一场美若樱花的爱情
期待拯救与重生
· A ROAD WITH SAKURA ·

程又勋，
一路樱花
相　送

墨雨菲菲 / 著

贵州出版集团
贵州人民出版社

图书在版编目（CIP）数据

程又勋，一路樱花相送 / 墨雨菲菲著. -- 贵
阳：贵州人民出版社，2017.6（2020.3重印）

ISBN 978-7-221-14114-9

Ⅰ.①程… Ⅱ.①墨… Ⅲ.①长篇小说－中国－当代
Ⅳ.①I247.5

中国版本图书馆CIP数据核字(2017)第096185号

程又勋，一路樱花相送

墨雨菲菲 著

出 版 人：苏　桦

出版统筹：陈继光

责任编辑：陈继光　肖锦汉

特约编辑：江小葶

装帧设计：Insect　蔡　璨

封面绘制：EP.cat

出版发行：贵州人民出版社（贵阳市观山湖区会展东路SOHO办公区A座
　　　　　邮编：550081）

印　　刷：三河市华东印刷有限公司

开　　本：787×1092毫米 1/32

字　　数：250千字

印　　张：9

版　　次：2017年 6月第1版

印　　次：2017年6月第1次印刷
　　　　　2020年3月第2次印刷

书　　号：ISBN 978-7-221-14114-9

定　　价：42.00元

目 录
contents

目 录

contents

序幕
午夜

据说，如果午夜时你还没睡，
那么，有可能会有奇怪的事情发生。
· A ROAD WITH SAKURA ·

[1]

"许言明！有种就给我开门！躲躲藏藏的算什么男人！难道我能把你吃了吗？！开门！"

头疼……

这个女生快疯掉了。

[2]

这个正站在我家阳台下号叫的疯丫头叫明蓝——多么可爱动听的名字，不过那完全是一个假象。

我记得刚认识她的时候她明明还是一个淑女。

那时她送了我一条自称是亲手编织的围巾，精致极了。

我虽然不喜欢这种东西，但还是被她感动了，决定送给她一次刻骨铭心、永生难忘的闪电式初恋——唉，我们这些超级善良的帅哥总是这么容易被感动，到头来就要为此付出代价。

没过两天，那丫头的恶魔本性就暴露了出来，还甩着送我的围巾嚣张地喊道："没错！这就是我从店子里面买的！哈哈哈哈！你这个傻瓜！上当了吧？！"

晕倒……

亏她当时还笑得出来！

郁闷的是我竟然栽在了这个小丫头的手里！我已经足足用了六个月的时间甩她，可她还是像一块口香糖一样死死地粘在我的鞋底上。

真是想死了——我是说我。

看看时间，咦，已经快十二点了，应该进屋了才是。

虽然今晚的星星很亮，楼下的"演出"也很 high，但是十二点钟之后我是无论如何也不会待在阳台上的——难道你没有听说过吗？

传说，如果午夜时分你还没有入睡，那么，也许会有奇怪的事情发生。

奇怪的事情？

我并不想遇见。

[3]

"明蓝走了吗？"申也趴在沙发上，十分无聊地问道。

申也是我从小玩到大的死党，三年前去国外读书，这个暑假又回国来烦我了。

这小子平时很缠人，唯一的优点就是长得太像女孩子了——简直漂亮如同洋娃娃，即使一个男生，偶尔视线在他脸上多停留两秒钟，都会觉得脸蛋发烧。

不过这样也好，我可以经常让他扮成我的女朋友，帮我气走那些缠人的女生。

哦，对了，我的房子里还住着一个家伙，叫作文泉，是后来搬到我这里的。

当初，就因为他不声不响地一拳打花了我的死对头灰龙帮老大那张爆丑的脸而让我对他肃然起敬，才一时晕菜决定让这个身世不明的小子住进了我的家里。

现在想想真是后悔莫及。

文泉的到来明显让我明白了什么叫雪上加霜——原本就已经命犯桃花的小窝，现在显然已经成了花痴重灾区。

真不明白现在的女孩子，竟然能承受得住文泉冷若冰霜的南极脸，真是佩服。

[4]

"言明，你到底喜不喜欢明蓝姐？"申也还在不屈不挠地追问。

"神经，我哪有时间想这些问题？！"我一边伸着懒腰，一边朝冰箱走去。

"那你整天都在想些什么啊？"

"唉，你小子根本不知道我有多辛苦！每个月我只有一个星期的时间来恋爱，剩下的三个星期都要来思考如何结束这场恋爱。真是头疼！"

"你这样似乎不大好吧？人家女孩子会很伤心的！"

"你懂什么！"我"啪"的一声打开了一罐可乐，"现在的女孩子就是喜欢这种伤心的感觉。只有'伤心'才够刻骨铭心嘛！所以在某种意义上来说我是成全了她们。唉……这样说的话我是不是不要脸？总之啊，爱情这东西就好像日子，今天过去了，明天又来了……而女生呢？就好像香草冰激凌，对她们太好就会融化，对她们冷一点才有利于她们的生存。"

"哈，言明，讲这种话小心被闪电炸翻哦！"

"怕什么？我说的有什么不对吗？本来就……"

"咔！"

我的话还没说完，就听到外面天空一声巨响，夜空仿佛被撕裂了一样。我手里的可乐险些掉在了地上。

嗯？这是怎么回事？汗，不是真的打雷了吧？

"哈！我说什么来着，果然遭雷劈了吧！"申也一边说一边窝在沙发里笑得前仰后合。

这个臭小子！待会儿再收拾他！

我郁闷地走到窗子前，吃惊地朝外面的天空看。果然，一道强烈的闪电正在我们房子的上空裂开。

啊？真的打雷了？不可思议！

要说现在的气候还真是邪门，怎么好好的天气会突然打雷呢？这可是 6 月份最晴朗的一个夜晚了，星星闪亮得像老妈戒指上的非洲之心。

这样的天气怎么会打雷呢？而且更加奇怪的是，淡黄色的星星此时明明还一闪一闪地挂在天上……

[5]

我还在莫名其妙，外面已经传来了"呼呼呼……哗哗哗……"的风雨大作的响声了。

这时，一直躲在卧室里的文泉突然重返人间，来到了客厅。听到窗外大雨的声音，他好奇地眯着眼睛走了过来，像我一样皱着眉头朝窗外的天空看去。

"哇！"申也也凑了过来，"好大的雨啊！怎么会突然下雨呢？奇怪！"

的确是一场突如其来的奇怪的大雨。

雨水"噼噼啪啪"地敲打着我们的窗子，凶猛得像战神丢出的石子。

这种架势就连我们这些大男生都有些害怕了，就更别说那些女孩子了。

如果有谁这个时候还站在外面，一定会被吓……

明蓝！

我突然意识到那个傻丫头，很可能还站在楼底下砸我家的防盗门。

这个念头把我吓了一跳，脑袋"嗡"的一声充了血。

顾不了那么多了！

我推开刚刚关好的窗子冲上了阳台，探着身子，瞪着眼睛朝楼下张望。

该死！如果让我看到那个傻丫头还站在楼下，我一定把她的屁股打扁！

"言明！你干什么呢？快点进来！"

申也一边大喊，一边顶着大雨把我拉回了房间。

"人家又不是白痴，自然知道避雨。"文泉面无表情地说道。

嗯？臭小子，准又在自以为是地认为我在关心那个疯丫头了！

真是可笑！我只是不想那丫头着了凉又装出可怜兮兮的样子，赖着我陪她去医院！再说，关心那些小丫头，只不过是我们这些有品位的帅哥几千年来与生俱来的绅士基因作祟罢了！

请勿自作多情！

[6]

楼下没有一个人影，相信她也早已经回去了。

嗯？我担心她干什么？？

头疼……

[7]

雨渐渐小了。

我们三个人以各自的姿势靠在窗前，皱着眉头"欣赏"着这场奇怪的大雨，看着雨水变成一条条银线从我们的窗前划过。

真是太奇怪了。

我明明看到远处夜空中的星星仍旧隐隐约约地挂在夜幕上，就好像这场大雨只是笼罩在我们这栋房子上一样，和外界根本没有一点关系。

这怎么可能？

汗……一定是我最近被明蓝那个臭丫头搞得精神恍惚了。

不过，文泉似乎也发现了这一点。此刻，他的眉头皱得更厉害了，深邃的目光已经穿透了雨水的屏障，一直伸入到远处的夜空。

"哇——"

这时，身后突然传来了申也超级惨绝人寰的一声大叫。

我和文泉连忙转身。

这一回，连我自己也被吓得后退了一大步！

只见一个脸色苍白的男生正坐在我们面前的沙发上。他一身白衣，全身上下都湿漉漉的，被雨水打过的栗色头发有些零乱地贴在脸上。

他看上去有些瑟瑟发抖，但那双黑宝石一样的眼睛里却闪烁出异样坚定的光芒。

我们在二楼，门明明从里面锁着，这位帅哥是怎么进来的？而且一点声音都没有，这也太夸张了吧！

"你你你……你是谁？"我壮了壮胆子，不客气地问道。

沙发上的那个男孩子没有说话，依旧幽幽地盯着我们几个看。

他那苍白的面孔和微微颤抖的身体，突然让人觉得十分可怕……

我们就这样僵持了大概半分钟。

这时，一个让我永生难忘的神奇景象发生了——只见那个男孩停止了颤抖，脸上划过了一丝生动的光彩……

他安详地闭上了眼睛。

接着，一股带着柠檬香气的暖流向我们袭来……

瞬间！屋外淅淅沥沥的碎雨停止了。

屋内闪过了一道炫目的光彩，只听到"唰"的一声巨响，一对超大超漂亮的白色翅膀在男孩子的身后展开了，那种美丽简直不是世间的词能够形容的！

整个屋子里一片耀眼的纯白，让人睁不开眼！硕大的翅膀在这安详的男生身后微微扇动，周围还有无数颗闪闪发光的小光点在匆匆上升……

"My——God！"我们三个人僵在那里，眼睛睁得无比巨大，"见——鬼——啦！"

[8]

我们已经被眼前的情景惊呆了，一句话也说不出。

谁想这个时候，申也突然兴奋地大叫了起来："哈！我知道怎么回事了！"

汗！这小子乱叫什么？是不是吃错了药？！难道不怕被"鬼"吃掉吗？

我和文泉都满眼同情地盯着他——可怜的孩子，可能真的被吓傻了。

"真人秀！一定是真人秀！我在美国的时候经常遇到这种事情的！Show time！Just show time！"申也兴奋得一边喊，一边四处搜索"导演"和"摄影师"隐藏的地方。

我和文泉欲哭无泪，一脸无奈地望着这个"乐观"的小子。

"啊——"简直不可思议，就在申也的手即将触到翅膀的一瞬间，男孩子的脸上突然露出了一丝痛苦的表情。

他微微地颤动了一下，整个翅膀发出了更为强烈的光芒，将申也整个人推出了好远。

这一回，我们三个人彻底傻掉了，看来翅膀是真的……

[9]

阳台上突然传来了一连串"叮叮当当"的响声。

什么声音？

我们三个人闻声连忙紧张地回头。

只见一个浑身湿漉漉、长长的头发挡在脸前的女孩子，正在有气无力地敲打我们的玻璃窗。

"贞——子？！"申也被吓得大叫了起来。

汗！不是吧？！她到底是人是鬼啊？！

每到这种时候，最镇定的总是文泉。只见他微微做了一个深呼吸，从地上捡起了一只垒球，眯着眼睛瞄了一下便朝窗子丢去。

球刚好打在了玻璃窗的安全栓上。栓滑掉了，窗子打开了。

刚刚趴在玻璃窗上敲打不停的"女鬼""扑通"一声扑倒了进来，一副貌似痛苦万分的样子。

我们三个人大眼瞪小眼，呆呆地盯着地上——那个狼狈不堪的家伙。

终于，在我们惊异的目光中，"女鬼"一点一点地、从地上艰难地爬了起来。

"喂！你又是谁？！"

[10]

听到我的声音，"女鬼"终于轻轻地将头发拨到耳后，缓缓地抬起了头。

就在看清她面目的那一瞬间，我们三个人同时震惊了……

全部做痴呆状……

My God！这个女孩子是不是被雷劈了？怎么会这副尊容？乱糟糟、脏兮兮的不说，单单脸上那道奇怪的疤痕就让我超级郁闷了。

"你是谁？"

文泉可真是镇定，面对这种货色都可以面不改色。

"你说我？"

那个丑丫头笑眯眯地提着湿漉漉的裙子朝我们凑了过来，吓得我和申也连忙倒退了N步。

"嘿嘿，我是天使啊！"

"天使？！"

我和申也同时瞪着眼睛重复了一遍。

晕倒，这丫头的家长也太幽默了吧？竟然给自己的女儿取这样的名字？！难道他们不懂得对比会加剧反差吗？！真是笑死人了，这副模样都可以叫做天使……哈哈哈哈……

我和申也终于忍不住抱着肚子笑了起来。

"呵呵，你们笑得真可爱！是不是见到我很开心啊？"

嗯？我们真可爱？哈哈哈哈……这个丑女真的好幽默！

"喂！你干什么？！占便宜啊？！"

眼瞧着一直笑嘻嘻的丑女抬起胳膊就要朝我冲过来了，我连忙警惕地跳出了好远。

"嗯？占便宜？"丑女挠了挠滴着水的头发，"见面拥抱不是你们人类的礼节吗？"

"你们人类？"

我吃惊地打量着眼前的这个丫头——呼呼！我一直以为明蓝那个臭丫头是来自外星的呢，想不到又来了一个外星生物！

"这位姐姐，"这时，申也关心地问，"你还好吧？难道你的头部刚刚真的被雷击中了吗？"

"嗯？你说闪电？呵呵，怎么会呢？它怎么会击中我呢？我刚刚就是坐着它来到你们这里的呢！"

又是一个疯子。

今天可真是晦气，沙发上坐着一个长翅膀、不说话的怪人，眼前又来了一个一开口就胡言乱语的丑女……

"你们不相信吗？我说的是真的！"丑女继续一本正经地说道，"本来我是想顺着'通天塔'一点点爬下来的，谁想刚巧不知道谁说了一句让上帝大叔发飙的话，结果大叔就气愤地朝人间吐了一口口水，就这样，我坐着闪电下来了……"

让上帝大叔发飙的话？汗！不会是我说的吧？

疯了！看来今天真是遇到精神病了！

"申也，精神病院电话号码多少？这丫头病得不轻……"

"言明，我认为文泉比较擅长处理这种事情……"

"……"文泉皱着眉头郁闷中。

"喂——"见我们三人傻傻呆呆的表情，这个丑女生似乎很不满意，"你们怎么回事？我真的是天使！你们不相信吗？那我给你们看我的证件好啦！"说着，这个疯得一塌糊涂的丫头开始浑身上下乱摸，"哎呀！糟糕！一定是早上洗衣服的时候晾在云彩上了……不过，我真的是天使！你们可一定要相信我啊！"

……这个丫头怎么瞎扯脸都不红啊？

"可恶！你们三个什么表情啊？你们还是不相信我啊？！"

鬼才相信她……

"无敌可恶！看来只有说出我的真实身份了！咳咳！"这个丑女还装模作样地咳了两声，"你们三个人听好了！我就是专门负责将死去的善良人引入天堂的大名鼎鼎的安息天使！我的名字叫安息——安息的安，安息的息！这回你们该相信我了吧？"

　　我突然觉得政府应该为精神病院投入更多的建设资金，至少要把精神病院的围墙建得再高一些。现在好了，连超级重度患者也跑出来了，这让我们这些良好市民怎么生活啊？

　　头疼……

　　"超级无敌可恶啊！"嗯？貌似这个丑女要发飙了，"你们这些人真是没见过世面！难道我的样子不像天使吗？！难道我说的话让你们无法相信吗？！"

　　呃……她这样问还真是有点为难人！

　　"好了啦！"我已经有点不耐烦了，"你到底是谁啊？不要以为装疯卖傻就可以有机会接近我！我永远不会喜欢一个从窗子进来的女生！"

　　"嗯？你在说什么啊？"那疯丫头还做出一副听不懂的样子，用两只圆溜溜的大眼睛瞪着我。

　　"我们是问你到底是什么人啊？"申也好心地解释。

　　"我说过了，我是天使啊！我叫安息，安息的安，安息的……"

　　"Stop！"我无奈地打断了这个有点白痴的家伙，"不要再来你这套无聊的自我介绍了，来点新鲜的好不好？你到底来这里干什么？"

　　"啊？来干什么的？好！不妨告诉你们！"丑女晃了晃脑袋，"呃……是这样的，最近天堂里发生了严重的人口流失，好多死去的人都没有按时来天堂报到，最终都变成了孤魂。唉……这种情况让上帝很生气，自然也就怪罪到了我的头上。"自称安息的丑女瘪着嘴巴可怜兮兮地接着说道，"可是我真的很无辜啊！我也不知道为什么越来越多的人死后都不愿意上天堂——宁愿变成孤魂也不上天堂。"

　　……今天可是遇到超级神经病了……这丫头在说什么胡话呢?

　　"唉……"她叹了口气接着说，"后来呀，我发现很多人不愿意上天堂的原因是因为他们在人世间还有最后的心愿没有完成，就好像又勋——"丑女说着，指了指坐在沙发上的那个长着翅膀的男孩子，"他已经意外死亡了两个多月了，可还是不肯跟我……"

　　"等等!"申也突然吃惊地尖叫了起来，打断了那丫头的鬼话，"你你你……你说什么?!你说他……他是死人?!"

　　我被申也的这句话吓出了一身冷汗。

　　"不!又勋是准天使!"那个安息立刻反驳，"只要他愿意跟我进天堂，他就会立刻变成真正的天使了!"

　　啊?那不就是说他还是一个死人吗?

　　"那那那……那你快带他走啊!就别在我们家里耽误时间了!快带他去做天使吧!"

　　申也竟然说出一句如此天真的蠢话，我真是要昏倒了。

　　"你这个笨蛋!少跟她废话!"我气急败坏地把申也推到一边，"不要在我的地盘装疯卖傻了，只有白痴才会相信你这个丫头的鬼话!"

　　"什么?你这个家伙还是不相信我?"自称天使的丑女似乎也生气了。

　　"神经病才相信你!"

　　"可恶!那你们到底要怎样才能相信我呢?"

　　"那那那……"申也哆哆嗦嗦地指着一直乖乖坐在沙发上的那个小帅哥，结结巴巴地说，"如果……如果你能让他立刻消失……我我我……我们就相信你……"

　　嗯?申也这小子什么时候变得机灵了?真是越在危急时刻就

越能激发出人类的潜能啊！

"哈！你们是想要考验我？"

"怎么？不敢了吗？"我撇撇嘴说道。

"你们这些可恶的臭小子！"丑女气呼呼地把手双叉在腰间，"好吧！我今天就证明给你们看！"

说着，那丫头瞪了我们一眼，提起湿漉漉的裙子朝坐在沙发上的男生走了过去。

汗！这丫头的胆子可真是不小，竟然一点都不怕那个奇怪的家伙！

"又勋！"丑女的语气突然变得十分温柔，好像他们真的认识一样。

我本以为沙发上的男孩子仍旧不会有什么反应。但真是不敢相信，那个被叫又勋的男生似乎听到了她的话。只见他的大翅膀又微微地颤抖了起来，而且越来越剧烈。

"又勋，相信我，你的心愿我一定会帮助你完成的。现在听我的话，不要再现身了。你的能量已经不多了！如果你还想要见到羽沫的话，就赶快留住自己最后的能量吧！又勋……"

不可思议！那个男生确实听得懂丑女的话！特别是当丑女提到"羽沫"这个名字的时候，男生竟然颤抖了一下，而且我看到他的眼圈红了！

这到底是怎么回事？

这时候，男生背后的翅膀突然"咻"的一声收了起来。他仿佛突然化作了一道白光，眨眼间消失在了我们面前，只剩下整个屋子里尚未完全消失的点点银光和落在沙发上的一根洁白的羽毛……

这一回，我们所有人都傻了眼。天啊！这丫头真的让那个奇怪的家伙从我们面前消失了！

那她不会一个不开心也把我们给变消失了吧？？

[11]

"喂！这回你们该相信了吧！"丑女得意地说道。

"……"我咽了一口口水。真是郁闷，居然还有我不知道说什么好的时候。

"真是讨厌！我早就说过我没有骗你们！你们这些臭小子竟然怀疑一个天使，真是可恶！"

"等等！"我突然又想到了一个问题，"你说你是天使，那你的翅膀在哪里？"

"什么？翅膀？唉！你还真是无知！"丑女貌似十分失望地摇了摇头，"别说翅膀了，任何一个天使来到人间，法力都会消失，更何况是翅膀呢！天使的翅膀只有在我完成任务后才会出现，带我回到天堂！"

"这么说你现在什么法力都没有了？"听到这个信息，我突然又有了底气。嘿！

没有法力就等于是个普通人嘛！这么说她就不能随随便便把我们给弄消失了，那我们还有什么好怕的呢？！哈，真是的！

文泉似乎也意识到了这个问题，长舒了一口气坐到了沙发上。

"啊？没有法力你还来我们这里干什么啊？"申也吃惊地问道。

"这正是我来你们这里的原因啊！"

"嗯？什么意思？"我警惕地打量了这个家伙一番，似乎有一种不好的预感。

丑女眨巴眨巴眼睛说道："因为没有了法力，所以我就需要你们几个帮忙啊！"

"帮忙？有没有搞错？"我有点搞不懂了，"我们能帮什么忙啊？"

"是这样的，我刚刚有说过我这次来是为了帮助又勋完成他最后一个心愿，然后才能让他安心地跟我去天堂。"丑女认真地说道，"又勋在人世间唯一放心不下的是一个叫羽沫的女孩子。她因为又勋的死变得精神失常，现在在泉山疗养院接受治疗。又勋最后的愿望就是让羽沫重新振作起来，好好活着……呃，我所知道的信息只有这些了。我对人间不是很熟悉，很多事情都不懂，而又勋的时间也已经不多了，因为一个准天使如果不能在九十九天内进入天堂，就会变成孤魂。而又勋已经在人世间游荡了两个多月了……所以我希望你们能够帮助我，一起完成又勋最后的心愿，让他尽快跟我上天堂……"

"哇！好感动啊……"

听完丑女的一番话，申也那小子竟然感动得红了眼睛，真是受不了他。

"为什么找我们帮忙。"一直没有说话的文泉突然皱着眉头问了一句。

这正是我想要问的问题！

"呵呵，这是缘分，也是上帝的安排。现在这个世界上只有你们三个凡人能看到准天使，也就是说你们一定要帮我这个忙！"

"一定？"我撇撇嘴巴，"凭什么一定？"

"唉……"丑女故意装出一副颇为同情我们的可气模样，"如果你们不帮我的忙，那又勋就会因为不能上天堂而变成孤魂。到那时……恐怕他会一辈子缠着你们的！"

不是真的吧？！我们是不是真的这么倒霉啊？！她这是什么口气啊？威胁吗？！

"丫头！你少吓唬我们了！我是吓大的！"

"哈！我吓唬你们干什么？我是好心提醒你们！要知道，孤魂都是'复仇鬼'哦！有谁对不起他们，他们就会找谁算账的！"那丫头居然还做起了鬼脸，"你们明明能够帮助又勋但却坐视不管，一旦又勋变成了孤魂，他一定会……"

"好啦好啦！别说了！"申也被吓得大叫起来。

我怎么感觉自己好像是上了贼船一样？郁闷！听丑女这么说，好像这件事情我们是无论如何也摆脱不了了！这可不是什么好玩的事情啊！和"鬼"打交道，我可是生平头一次！该死！

我突然有种超级糟糕的预感，好像我安稳悠闲的日子就要因为这个自称天使的丑女的到来而彻底终结了！

头疼！

我转过头看了看文泉。

文泉没有说话，而是反过来皱着眉头看着我。汗，我就知道指望着他出个主意比见到天使都难！

"喂！你们没有说话我就当你们答应帮我喽！"

晕倒！这个自称天使的家伙脸皮也太厚了吧？我们还什么都没有说呢！

"那好吧！我们说做就做！你们明天就带我去泉山疗养院找羽沫！"接着，那丫头又自以为是地说道。

有没有搞错？！明天？这这这……这太突然了吧？难道这个臭丫头想让我的暑期生活在"精神病院"度过？

"呃……你们的样子好呆哦！"丑女撇着嘴巴瞧着我们三个人，"好啦！今天的时间不早了，我们就早点休息吧，明天可要早早出发哦！"

那丫头一边说一边十分厚脸皮地朝我的房间大步走去。

"喂！你这个臭丫头想要干什么？"我激动地大喊了起来。

要知道我的房间可从来不会随便让女生进的!

"废话!"那个家伙打个一个大大的呵欠,回头朝我眨了眨眼,"当然是睡觉啦!你以为天使就不用睡觉啦?哼!"

说完,她就一溜烟似的冲进了我的房间。当我反应过来的时候,房门已经被紧紧地反锁了起来。

欲哭无泪……

"言明,"申也似乎还没有完全接受这个突然而来的变故,呆呆地说,"难道我们明天真的要去那个什么疗养院找人吗?"

"该死!别来烦我!"我气呼呼地骂了他一句,郁闷地倒在了沙发上。

My God!怎么突然会发生这种事情,竟然无缘无故冒出了一个自称天使的臭丫头打乱了我原本安静的生活!现在可好,我们似乎已经被这个丫头缠上了,甩都甩不掉……真想不到会有这种事情发生……帮助死去的人完成最后一个心愿?听起来都让人觉得不可思议……泉山疗养院?那又是什么地方?还有那个叫羽沫的女孩子,不知道又是什么模样……

我的日子一下子就被这样扰乱了……唯一能安慰自己的就是,也许离开这里一段时间能够便于我加速甩掉明蓝那个臭丫头……

羽沫

湿漉漉的迷茫眼神中满是惊恐，
就好像是一只受伤的小鹿。

· A ROAD WITH SAKURA ·

[1]

一切仿佛做了一场梦。当我们再次醒来的时候，已经跟随着行驶了三个小时的长途车来到了位于海边的泉山疗养院。

[2]

"嗨！美女姐姐，我们是来看望朋友的，能帮我们一下吗？"申也笑眯眯地对接待处那个长头发的小女孩说道。

"呵呵，当然。"小女孩红着脸，温柔地回答，"请问你们是来看望谁的？"

"是个女孩子，她叫羽沫。"

"羽沫？"小女孩似乎有点吃惊，但同时也带着一份欣慰和惊喜，"真是太好了！我们都以为羽沫没有朋友呢！从来都没有人来看过她，真是太可怜了。"

"What？一个来看她的人都没有？"申也也很吃惊，回头朝我们做了一个不可思议的手势。

"言明，真的好可怜啊！"安息那个丫头突然间变得十分难过，"所以说我们一定要帮助她和又勋，对不对？"

哈！全世界可怜的人多了，我又不是圣人，难道谁都要我帮吗?

我没有理睬安息,而是重重地把行李往地上一扔,十分不满意地说:"小姐,你们怎么招待客人的? 就算不能立刻带我们去看病人,也该赶紧给我们找个地方休息一下吧? "

"对不起! 对不起! "长头发的小女孩连忙红着脸鞠躬道歉,"先生小姐们,请跟我到休息室休息一下吧。我马上就去通知医生。"

就这样,我们几个人来到了疗养院的休息室。

大概五分钟后,休息室的门再次被推开了,进来了一个身穿白色医生长袍的高个子男人。

[3]

进来的这个男人看外表大概也就是二十几岁的样子,但他的神态举止却显得非常成熟。他高高的个子,一头很特别的浅咖啡色头发,在阳光的照射下显得格外柔美。然而他的眉骨却十分挺拔和坚毅,配上他深邃得如同黑宝石一般的眼睛,显得异常神秘和坚定——似乎还有一丝冷漠。

"下午好。"这个家伙的问候十分简单,而且不带一丝表情,这让我觉得十分不自在。

说实在的,他这种态度可是让我非常不爽。

"我并没有觉得这个下午有多好! "我有些挑衅意味地说。

"讨厌啦! "安息狠狠地用肩膀撞了我一下,然后立刻换成一副甜得腻人的笑脸,"呵呵,您好,我叫安息,安息的安,安息的息。很高兴认识您! "

汗,这个自称天使的丑丫头又开始她愚蠢的自我介绍了,真是给我丢脸!

我十分鄙视地瞪了她一眼,然后把椅子往旁边移了移,以便和这个白痴女保持安全距离。

"你好。"帅哥仍旧面无表情，微微朝安息点了点头。

真是可笑，难道所有的精神科医生都是这副鬼模样吗？难怪精神病患者们十年、二十年也出不了院。

"呵呵，我来介绍一下，我旁边这个喜欢撇嘴巴的讨厌家伙叫许言明。"

晕倒！听到安息这个臭丫头的"介绍"，我差点没被气死。

"那位可爱的哥哥叫申也，另外一位不喜欢讲话的帅哥叫文泉。"安息不厌其烦地一一介绍。

"你们好。我是这里的主治医生，姓权，叫我佑城就可以了。"他仍旧是一副冷漠的脸孔，甚至连眼睛都没有抬起来一下，真是自以为是得够可恶！

我随便翘了翘嘴角，当作对他的回应。站在我身后的文泉一直无聊地注视着窗外，似乎根本没有听到人家的问候。好笑的是那个申也，竟然笑眯眯地伸出手跟人家握手。

"佑城医生，我们是来看望我们的朋友羽沫的。"安息似乎很兴奋地走上前说道。

听到羽沫的名字，我发现那个叫佑城的家伙的脸色突然变得十分苍白。直到这一刻，他才第一次抬起头来认真地打量起我们。

"你们是羽沫的朋友？"我奇怪地发现佑城的眼神中透露出一丝防备和警觉。这让我十分好奇。

"没错！"我换了一个姿势，右手托着下巴，把胳膊支在桌子上，毫不客气地盯着他的眼睛，"怎么，不欢迎我们？"

听我这么说，佑城的脸上浮现出了一个让我最最讨厌的轻蔑的笑容："怎么会？我非常高兴有朋友来看望我的病人。"

可恶的臭小子，我最讨厌的就是别人对我摆出一副自以为是的臭德行!

"那我们什么时候能见到羽沫呢?"安息激动地问。

佑城又恢复了之前的面无表情,严肃地说:"这个患者很特殊,很害怕见到外人,即使是她曾经的朋友。五分钟后,我的助手会带你们来我的治疗室见她,不过最多只可以进来两位。你们准备一下吧,我先告辞了。"

佑城说完,便转身离开了。

[4]

喊!不就是一个长得帅一点点的精神科医生吗?有什么得意的?真是受不了他那副目中无人的高傲嘴脸。

"哇!好帅啊……"

扶墙……

真是头疼,我正在鄙视那个家伙,谁想我的身后竟然传来了安息流口水的声音。再看那丫头的超级花痴模样,真是让我对上帝充满了同情。

"喂喂喂!"我十分不满意地踢了她一脚。

"可恶!你干什么啊,许言明!"安息正在陶醉,被我这一脚吓了一跳。

"瞧你那色迷迷的模样!还自称'天使'呢!"我瞥了她一眼,"没见过帅哥啊?"

"怎么啦!你忌妒人家长得比你帅啊?"

"什么?"我气得跳了起来,"你这个臭丫头说什么呢?我忌妒那小子?他全身上下哪有一处比我帅?嗯?!"

"哼!人家全身上下从内到外都比你帅!比你帅一百倍!不对!是一万倍才是!"

可恶!这个自称天使的魔鬼竟然敢这样跟我讲话?!真是气

死我了！看来我今天不教训她一下不行了！这回非把她的屁股打烂！

我气呼呼地站起来一把抓住了那个小丫头的胳膊，把她按在了桌子上。

"许言明！你干什么？！放开我！你竟然敢欺负天使！"

"怎么啦？有本事变出翅膀飞走啊！"

"你！你这个混球！"安息那丫头的脸蛋气得通红，"我……我要诅咒你这家伙死了以后上不了天堂！"

"哈！那谢谢了！有你在的天堂还不如地狱呢，起码不会被你这种花痴整天纠缠！"我朝这个笨蛋丫头坏坏地笑了笑。呵呵，瞧她被气得那副模样——真是爽！

"可恶啊！申也快来救我啊！文泉！快来帮忙啊！"安息这个小傻瓜，竟然还以为求救会有用，真是可笑。

一旁的申也已经笑得前仰后合了，另一旁的文泉仍旧靠在窗边打着呵欠，好像什么都没有听见一样。看吧！这就是我这两个朋友处事的一贯作风———一个喜欢幸灾乐祸，一个爱好置身事外。

正在这时，门外传来了敲门声。为了维护我一贯的绅士形象，我决定过一会儿再教训这个丫头。我松手把她放开了。

[5]

"进来吧！"

推门进来的是刚刚那个长头发的女孩。

"先生小姐们，"女孩微笑着说，"不知道哪位能跟我过来办理一下手续？"

"哈！我来！"申也愉快地答应道。

汗……我就知道他会如此积极！在这小子看来，什么事情都是新鲜有趣的，哪怕是叫他去 Seven-Eleven 买一包手纸。

"那请跟我来吧！"这个喜欢脸红的女孩害羞地低着头带着申也出去了。

他们刚刚离开，另一位高个子女孩又走了进来。

"你们好，我是佑城医生的助理，我叫素云，不知道哪两位会跟我去看望羽沫小姐？"

哈，我真是奇怪，这个疗养院里怎么都是美女呢？而且每个人都那么温柔可爱——只是那个没有表情的佑城有些煞风景，让人看了就讨厌。

"文泉！你要不要跟我一起去啊？"安息乐颠颠地跑到文泉的身后，满怀希望地望着他。

文泉听到安息的声音，懒懒地转过头，用好奇的目光瞧了她一会儿——估计他怎么也没有想到安息会跑过来找他。之后，文泉并不张扬地打了一个哈欠："我有点困了。"

"咚——"

安息一定是受到了重大打击，差点没有栽倒在地上。

"哈！看来只有我好心愿意陪你去喽！"我幸灾乐祸地笑了起来，"还不快点走！"

安息十分郁闷地看了我一眼，极不情愿地跟在我和素云的身后，走出了休息室。

要知道我愿意陪她去可是她的荣幸！瞧她那副受罪一样的表情，真是身在福中不知福！

[6]

疗养院里的走廊特别狭长和安静，刺鼻的消毒水味道弥漫在我们呼吸的空气里。我们跟在素云的身后，听着她的高跟鞋在地上发出的密集的响声，有一种让人说不出的焦躁感。

我在心里暗暗发誓，今后再也不会来这种地方！

我们在走廊最里面的病房前停了下来。令我吃惊的是，让人顿感清新和愉悦的柠檬清香从门缝里飘散了出来。

"安息小姐、言明先生，就是这里了，佑城医生在里面等着你们呢。"

"好的，谢谢你！"安息跟素云道了谢，之后我们推门进入了羽沫的病房。

柠檬香气瞬间更加浓郁了。对于即将见到的羽沫，我的心里竟然有那么一点点好奇和激动……

[7]

这是一间用鲜花装饰成的病房，就连墙壁都是恬静的淡粉色。阳光透过巨大的落地玻璃窗照射在温暖干净的地板上，角落里摆放着一架纯白色的钢琴，屋子里播放着让人心情放松的爵士乐……

这一切都让人根本没有一点身处病房的压抑感。布置者的用心让我感到非常吃惊。

"你们来了。"我们正为这特别的病房惊叹，佑城医生突然出现在我和安息面前。

不知道为什么，我就是对这个高我两厘米、大我几岁的男人没有什么好感！从第一眼见他的时候就开始了！总之，只要一看到他，好心情就瞬间烟消云散。

"废话！"我并不友好地说，"羽沫在哪儿？"

对于我的不客气，佑城回敬我的是一丝微微翘起的嘴角和让我更加讨厌的冷笑。然后，他转身指了指房间最里面、落地窗的前面："她就在那里。"

我和安息这才注意到，在落地窗前的摇椅上，正坐着一个梳着整齐披肩长发、穿着白色轻纱连衣裙的女孩子。

此刻，她似乎正在遥望远处窗外的景色。

从她的背影看来，她是一个纤瘦单薄的女孩子。在巨大的落地窗前，她显得那么渺小和无助。

不用问，她一定是一个非常脆弱的女孩子，否则怎么可能死了男朋友就精神失常了呢？！唉，真是头疼！

[8]

经过佑城的允许，安息轻轻地朝羽沫走了过去，好像生怕吓到她一样。

"羽沫。"走到了羽沫的身后，安息轻轻地叫了一声。

这一声非常非常轻，但羽沫好像还是被吓到了。她猛地哆嗦了一下，惊恐地转过身望着我们。

湿漉漉的迷茫的眼中满是惊恐，就好像是一只受伤的小鹿。她的皮肤很白，白得有些透明，看上去给人一种会随时消失的感觉。小小的脸上写满了忧伤和憔悴。一双纤细的手柔若无骨，好像连一片叶子都握不住。

我们的出现好像吓到了她，她本能地想要去逃避，却又不知道应该躲在哪儿，她用无助的眼神望着一旁的佑城，颤抖地向佑城伸出了手。

本以为面对这样一个可怜柔弱的女孩子，佑城那个该死的冰山脸总该有一点表情了吧？

谁想他还是一如既往地僵硬着脸，不急不忙地走到了羽沫的面前，把羽沫颤抖的头搂在了自己的怀里，然后用似乎挑衅的眼神望着我们。

"对不起，羽沫现在害怕见到其他人。"他冷冷地说。

可恶！他以为他是谁啊？他只不过是人家的主治医生，干吗抱得人家那么紧啊！再瞧他那冷冰冰的可恶表情！真是欠扁！要知道我可是最讨厌别人在我面前装酷！

“喂！”我不客气地指着佑城说，“说你呢，你能不能先出去一下？我们想和羽沫单独待一会儿。”

“哦？”佑城的脸上又划过一丝轻蔑的冷笑，“对不起，我的病人现在还不能单独和外人见面。”

“什么？！我们是‘外人’？你这个……”

“许言明！”真是气死我了！我刚想要冲过去把他推开，却被安息拉住了，“你不要总是冲动好不好？佑城医生说得没错，他也是为了羽沫着想嘛！”

这个该死的丫头，这么快就变成人家的人啦？竟然帮着那个臭小子说话？！

[9]

“羽沫，”安息温柔地对羽沫说，“不要害怕哦！我是安息，安息的安，安息的息……”

汗！又来了……

“放心哦，我们不会伤害你的！我们是你的朋友，也是又勋的朋友哦！又勋！羽沫，你还记得又勋吧？”

听到又勋的名字，羽沫又微微地颤抖了起来，我好像从她眼神中看到了一丝光亮，却马上又消失了，就好像她根本已经忘记了又勋一样。

“羽沫，”安息仍旧不放弃，“难道你忘记了吗？又勋可是最爱你的那个人啊！也是羽沫最爱的那个人！你忘记他了吗？”

羽沫还是没有任何反应，呆滞的眼神痴痴地望着地板。

头疼！真不知道那个又勋还留恋什么？还不放心什么？还不如早点进天堂算了！反正羽沫已经记不得他了，而且记不得更好，忘记也就不会再有痛苦了！真是搞不懂那小子在想什么！

“羽沫，”安息那丫头还真是有死不放弃的精神，“你振作一点啊！虽然又勋已经离开了你，但是他真的不希望看到你这个样子啊！振作起来啊，羽沫……羽沫！你真的一点都不记得又勋了吗？"

"好啦！你就直接跟她说得了呗！"我有点不耐烦地把安息那丫头拨弄到了一边，弯着腰大声对羽沫说道，"喂，人死不能复生！你何必这么折磨自己呢？反正你男朋友已经死了！回不来了知不知道？你——哇！"

该死！这个羽沫竟然突然抓住我的胳膊在我的手腕上狠狠地咬了一口，真是疼死我了。

可恶，这个小丫头哪来的这么大力气？看来精神病患者还真有危险性，动不动就会发疯。

"言明！"安息紧张地叫了起来，"你没事吧？"

"废话！没事你来试试！"我郁闷地捂着胳膊喊道，"你没看到已经流血了吗？！"

这时，一直没有说话的羽沫突然大哭了起来。

佑城连忙一边紧紧地抱住羽沫，一边朝门外喊："素云！带许先生去医务室包扎伤口！今天的会面时间就到这里！"

闻声跑进来的助理并不知道发生了什么事情，只能慌慌张张地带着我们离开了羽沫的病房。

哼！真是不甘心，竟然被一个小丫头给咬了一口，我从小到大还没有经历过这种丢人的事情！

离开病房之前，我回头看了佑城那小子一眼，他正把抽搐的羽沫抱到床上，然后"唰"的一声拉上了落地窗的窗帘。

屋子里瞬间变得一片灰暗。

第二幕
佑城

有的时候自己想死，谁都救不了；
自己不想死，谁都不能伤害他。
这就是生命的力量。
·A ROAD WITH SAKURA·

[1]

"许先生，你没事吧？"助理一边急匆匆地带我们往医务室走，一边时不时关心地注视着我的伤口。

"你在自己胳膊上咬一口看看有没有事？"无辜地被咬了一口，我莫名其妙地把气撒在了助理身上。她有点委屈，红着脸低头闷闷地往前走。

"你别跟他这种人一般见识！"安息瞪了我一眼，连忙上前安慰她。

"哦，没有关系的。"

"呵呵，你们的佑城医生可很是帅气啊！"安息又花痴地说道。

我晕倒！这个天使什么心肠啊？！我可是受伤了啊！她竟然问都不问就开始和人家小护士聊帅哥？！上帝！你怎么会让这种没心没肺的家伙当天使？天堂到底还有没有女人啦？！

"是啊！"提到了佑城，连素云也瞬间来了精神，"我们的佑城医生不但人长得帅，而且心肠也好呢！"

"哈！我就知道！一看他就是一个大好人！"安息好像找到了知音一样，兴高采烈地说。

喊！你一个天上来的"外星生物"怎么知道地球上的险恶？

越是这种表面上看起来像个人样的家伙，才越是禽兽呢！

"嗯！我们的佑城医生对病人可好了！特别是羽沫小姐，她是一个孤儿，没有亲人也没有钱，佑城医生都是免费为她治疗呢！"

"啊？真的吗？那他可真是伟大！！"

P！我看那个伪君子就是想要乘人之危，想要占小女孩的便宜！搞不好等他把人家治好了，就逼着人家给他做老婆呢！我就不信，如果羽沫长得和安息那丫头一个水平，他还会这么好心？！

"是啊是啊！而且我们佑城医生还——"

"你还有完没完！"我实在听不下去了，气呼呼地喊了一声，"你还是不是护士？没看到身后还有一个身受重伤的病人吗？！那该死的医务室到底什么时候能走到啊？！"

"啊？"这个小助理似乎这才想起自己是来干什么的，连忙慌张地抬起头，然后用一副十分内疚同时相当恐惧的表情回过头朝我连连道歉，"对不起！对不起！实在对不起！许先生！那个……那个……医务室……走过了……"

我可怜的肺都快被气炸了！

[2]

总算是来到了医务室。

"许先生，我来帮你包扎吧！"素云连忙殷勤地上前讨好我。

"出去出去！赶快出去！"我气呼呼地把她推到了门外，"啪"的一声关上门。

哼！让你来？让你来还不得把我的胳膊缠成佑城两个字？！

我郁闷地拿起消毒棉签，自己弄了起来。

"可恶！真是搞不懂，不就是失恋嘛，用得着把自己搞成神经病吗？老大不小的还咬人，真是受不了！"我一边用消毒棉签擦拭伤口，一边抱怨道。

"喂！"安息十分不满意地朝我叫了起来，"你这个家伙怎么这么没有人性啊？！人家可不仅仅是失恋！人家是失去了最心爱的人！如果换成你，难道你就一点不难过吗？"

嗯？这丫头激动什么啊？是不是所有天使都长得像她这么丑、脾气像她一样臭啊？！

My God，那请上帝保佑我死后千万别上天堂！我可受不了这种刺激。

"可恶！你干吗用那种眼神盯着我？！"安息的眼睛又瞪了起来，"难道你还没有认识到自己的错误吗？"

"哈！真是可笑！我有什么错误好认识的？我最大的错误就是被你这个自称天使的魔鬼骗到了这里做这种无聊的事情！"我用极度鄙视的眼神白了她一眼。

"啊！真是气死我啦！许言明！你竟然说这种没有人性的话，看我怎么教训你！"说着，那个死丫头顺手抄起身边的玻璃杯就朝我丢了过来。

嗯？这丫头还真翻脸啦？！可恶，暴力倾向也太强了吧？看来她真是想彻彻底底颠覆天使在我心中的美好形象！

不过，想要丢我可没有那么容易！我只轻轻一个闪身，那个笨蛋丢过来的杯子便朝门口飞了过去。

几乎就在同一瞬间，门被推开了，身穿白衣的佑城走了进来。

哈！有好戏看了！

[3]

我幸灾乐祸地等着欣赏杯子砸在佑城身上后安息那丫头的可笑表情。谁想，超级镇定的佑城竟然反应极其迅速地用右手接住了杯子，而且像没事发生一样镇定地把杯子放在了桌子上，面不改色地朝我和安息走了过来。

该死！

没想到这小子斯斯文文的，身手还不错！更可恶的是他刚刚的反应竟然还比较帅！真是没有天理了！

"我来吧。"佑城十分绅士地抽走了我手中的酒精棉签，想要亲自给我消毒。

想要讨好我吗？我可不会吃这一套！

"让开！"我十分不客气地把他的手推开，抢回我的棉签，狠狠地一把戳在了我的伤口上。

"哇……好疼！"我忍不住叫了出来。

"还是让我来吧。"那家伙又一次抓住我的胳膊开始帮我处理伤口。可恶，那小子的力气还真是不小！

"言明！别再乱动了！还是让佑城医生帮你包扎吧！否则伤口会感染的！"安息跑过来貌似好心地说。不知道她是真在关心我还是想多看佑城几眼！

该死！那好吧，这次就当给他一次机会巴结我好啦！不过他不要以为这个样子就会让我对他多一点点的好感！我可不会那么容易被收买！

呃……这小子虽然总是面无表情一副超级冷血的样子，但包扎起伤口来还真是细心。不过我一个大男人让别人包扎伤口，还真是够没面子！头疼！

"羽沫需要一点时间，她会好起来的。"佑城一边给我包扎伤口，一边面无表情地说。

嗯？这么说他听到了我和安息刚刚的对话？

拜托！一个大帅哥喜欢偷听别人讲话，这个习惯可不绅士！

"嗯！佑城你说得对！我也相信羽沫一定会好起来的！你人真好，比许言明那个臭小子强多了！你放心，"安息那个臭丫头突然表情严肃地拍了拍佑城的肩膀，"等你死后，一定能进天堂！"

晕倒……

这个小神经如果再胡说八道的话准会被人当成神经病抓起来! 头疼!

本以为佑城听到这话会十分吃惊和莫名其妙, 谁想那小子竟然相当镇定, 头也不抬地说了声"谢谢"。

汗……是不是精神科的医生们本身对有点神经质的人都带有先天免疫力呢?

"我已经派人把海边别墅收拾好了给你们住, 另外还有什么需要尽管说就可以了。"

这家伙怎么突然这么好心了, 居然会安排别墅给我们?

"别墅? 我们随便有个地方住就行了, 佑城哥哥。"

恶心! 嘴巴变得可真甜! 还什么"佑城哥哥", 肉麻死了! 哼, 想不到天使也这么势利!

谁给吃给住谁就是"哥哥"! 鄙视她!

"不用客气了。"这时, 佑城用胶带把纱布封好, 放下手里的东西说道, "这几天疗养院接待馆没有多余的房间了。那是我自己的房子, 一直空着没人住, 你们随意就好了。"

说完, 佑城像刚刚走进来时那样, 面无表情地离开了。

"哇呜! 好帅的哥哥啊! 好有气质好有品位好有型啊……"

佑城刚走, 安息那个臭丫头就摆出了一副超级花痴的表情对着空空荡荡的门口流口水。

真是受不了, 这个丫头竟然还敢自称天使? 上帝啊! 您是什么眼神?

[4]

和羽沫的第一次见面就这样在我的光荣负伤中结束了。

傍晚, 素云开车送我们四人来到了佑城所说的别墅。

"到了！就是这里！"

我们的车子在距离海边不远的一栋双层洋房建筑前面停了下来。我们几个人提着各自的行李下了车。

"太棒了！托你们的福，终于可以参观一下佑城医生的私家别墅了！"素云似乎比我们还要兴奋，真是莫名其妙！

"素云！"看来对于男人相同的品位已经让这两个女孩子迅速混熟了，竟然已经开始直呼名字了。

"怎么了，安息？"

"难道你也是第一次来这里吗？"安息好奇地问。

"是啊！佑城医生从来就没有邀请过我们来这里，这也是我第一次进来呢！"素云忽闪着大眼睛兴奋地说，"呵呵！好激动呢！我马上就要成为我们疗养院第一个进来过佑城医生别墅的人呢！"

晕！第一个又怎么样？难道就能比别人多一个脑袋了吗？真是搞不懂这些小女孩！

"唉？对了，我们住在这里，那佑城医生要住到哪里呢？"安息接着问。

"哦，不要紧的。佑城医生已经好久没有住在这里了。"

"啊？好久没住在这儿？"

"嗯，现在佑城医生一直住在我们疗养院的接待馆里。"素云一边用佑城交给她的钥匙开门，一边对安息说，"我们也都不知道怎么回事。反正自从半年前佑城医生请了一个长假回来后，就搬出了这里，之后一直没有住进来过，只是每个星期都安排人来打扫。"

"这样啊，那还真是奇怪……"

[5]

门打开了，安息和素云第一个冲了进去。

"哇！好漂亮啊！装修得好有品位啊！"素云露出无比幸福和崇拜的表情，激动地说道。

"是啊是啊！真的好棒啊！"安息显然一副没见过世面的模样，"言明！快让文泉和申也进来啊！这里真的好棒！和这里一比，你们住的地方简直就是地狱啊！"

倒！这个臭丫头竟然把我的房子称作地狱？！早知如此我死活也不会好心留她在我家住那一个晚上！

"申也，你小子干什么呢！快点进来啊！"我朝一直站在门外打电话的申也喊道。

谁想那小子连忙紧张地捂住话筒，示意我不要出声。不用说，肯定又是明蓝那个缠人的丫头！我赶紧一脑门黑线地闪了进去。

上帝保佑！幸好我聪明，电话关了机，否则明蓝那丫头一定会千里追踪搜查到这里！

文泉的动作还真是快，已经第一个挑好了房间，二话没说"咚"的一声便把房门给关上了。

"言明，文泉没事吧？"安息不解地问。

"他？"我把背包往地上一摔，舒舒服服地窝进了沙发里，"不用管他！他连续五个小时没有睡觉的时候就是这样的。"

"安息啊，"素云这时走过来，把钥匙交给了她，"我得先回去了。佑城医生交代我把你们送到之后就要立刻回去。你们自便吧，我先走了。"

"哦，好的，再见！"

"再见！"

素云说完，微笑着朝我们点了点头，一个人离开了。

[6]

可能是第一次坐长途车，太辛苦了，我竟然在沙发里睡着了。

醒来后，天色已经暗了下去。安息那丫头不知道美滋滋地趴在窗子上看什么呢！难道她第一次见到大海吗？

文泉似乎还在"夏眠"中。我和申也闲着无聊，开始在房子里四处乱晃。

[7]

"哈，想不到佑城医生还挺有品位，房子里面布置得很别致啊！"申也一边看，一边赞叹。

"别那么幼稚好不好，"我撇了撇嘴，"明显是有女人帮他布置的！"

"女人？嗯，有道理，佑城医生挺帅的，应该早有女朋友了。"

我和申也沿着楼梯上了二楼。

"这里虽然很干净，"申也摸了摸楼梯的扶手，回过头说道，"但似乎很久没有住过了，没有一点人气！"

"嗯！"我点了点头，"刚刚听素云说，这家伙已经至少有半年没有住在这里了，一直住在疗养院的接待馆里。"

"啊？"申也显然也很吃惊，"那也太浪费了吧？放着这么舒服的房子不住，住在接待馆里？他还真是奇怪。"

"我早就说他是一个奇怪的家伙！"

"言明，你好像很不喜欢佑城医生！你们可是第一次见面，怎么好像前生是仇人一样！"申也调侃地说。

"别提了！"真是一提到这个佑城我的心里就不爽，"你没有听说过有些人天生就是让人讨厌的吗？这个小子我第一眼见到他就觉得不顺眼！真是一个天煞孤星！"

"呵呵，言明，你可真是夸张……"申也一边笑，一边顺手去推走廊最里面的一扇样式别致的门，"好像锁住了。"

"嗯？我看看！"我让申也让开，自己亲自推了推。看来真的锁住了，不过这种锁只要稍一用力就可以搞定了。

果然，我只稍稍地用了一点点力气，门就被推开了。瞬间，一股让人不舒服的灰尘气味冲了出来。

看来这是一间许久没有人来过的储物间。

[8]

我最讨厌灰尘的气味，连忙退出了好远。谁想申也那个三八的臭小子竟然还把灯打开了。

"快走吧！垃圾堆有什么好看的？你当会有古董啊！"我不耐烦地骂了他一句。

那小子好像没有听见我在说什么，还是走了进去。

"言明，你快来看啊！"申也似乎有些惊喜地朝我喊道。

该死！真是一个麻烦的家伙，不知道又发现了什么无聊的东西。我并不是十分情愿地捂着嘴巴和鼻子走了进去。

"言明，你看这个人不是佑城医生吗？"申也把他在地上找到的一张边角已经被烧焦的照片递给我看。很明显，有人想要烧掉这张照片，但是却没有烧完。

果然，照片中的那个男人就是佑城，虽然这灿烂的笑容实在和他现在的那张冰山脸搭不上边。

"旁边的这个女人是谁啊？"申也好奇地指着相片里和佑城头碰着头，笑得如同阳光般灿烂的女人说道。

"别这么白痴好不好？我怎么可能知道？！"我瞪了他一眼。

"呵呵，言明你接触的美女那么多，搞不好就认识呢！"申也有些坏坏地说。

"嗯？给我关上你的臭嘴！"我狠狠地在他的脑袋上敲了一拳。

可恶的臭小子！真是越来越不像话了，仗着比我小几个月就在我面前装乖，亏我还天天在越洋电话里跟他老妈说他的好话！下一次你等着瞧吧！

　　教训完那个臭小子，我的视线又回到了这张破损的照片上。照片中的那个女人看起来要比佑城年长一些才是，不过瞧他们那亲密幸福的模样，不用说，一定是情人！想不到那个小子竟然还喜欢姐弟恋！

　　但是后来又发生了什么呢？为什么这张照片会丢在这里呢？照片中的那个女人现在又在哪里呢？

　　真是一个让人猜不透的家伙……

　　我和申也把照片放回原地，然后关上灯，离开储物间下楼去了。

[9]

　　"言明！你快来看啊！"一直趴在窗户前望着海边的安息突然大叫了起来，还兴奋地朝我招手。

　　真是的，大呼小叫的干什么啊！

　　"言明言明！你快走几步不行吗？头疼！"

　　我汗！这丫头的学习能力还真是强，这么快就把我的口头禅偷走了。可恶，就冲这个我也得过去教训她两下。

　　"什么事情啊？真是麻烦！"我快快地加快了脚步，很不满意地来到了窗边。

　　"你快看啊！是佑城和羽沫！"

　　嗯？佑城和羽沫？

　　我有点好奇地顺着安息手指的方面朝远处看去。

　　果然，远远地，我看到佑城正拉着羽沫的手在海滩上散步。夕阳已经落山了，橘红色的余晖落在他们两人的身上，显得格外温柔……羽沫如云一般的白色长裙在清柔的海风里飞扬。已经换上休闲装束的佑城，一头淡咖啡色的头发在夕阳的余晖中闪烁着安静的光芒……只可惜，这幅美图并不能让我陶醉，因为我对佑城那小子可真是没有一点好感。

"看吧！怎么样，我没说错吧！那小子早晚会把又勋的女朋友收为己有！"我撇了撇嘴，靠在窗子上跷跷地说。

"喂！许言明，你不要诬蔑人好不好？"安息十分不满意地瞪着我，"不要因为你自己是这副德性，就把所有人都想成和你一个德性好不好？！人家佑城哥哥只是带羽沫来散步，这有什么大惊小怪的啊！"

"该死的臭丫头，就知道帮着外人说话是不是？"我被这个自称天使的魔鬼气得直咬牙。

说实在的，除了她，还没有谁敢这么跟我说话呢！

"哼！我跟你又不是'内人'！少跟我套近乎！"

什么什么？我跟她套近乎？！头疼！真是气死我了！

"哎呀！你快看！羽沫怎么了？"

我刚把拳头举起来，就被这丫头给打断了。我连忙朝那边看去。

[10]

嗯？怎么回事？羽沫好像突然很痛苦的样子……她好像是在哭……现在已经难过地蹲在了地上……

这是怎么回事？

"言明，发生了什么事情？"

"哼！我就说佑城那小子不是好人！"

"你怎么能这么说呢？你又不知道发生了什么事情！"安息说着，还十分欠揍地瞥了我一眼。

"我不知道你还要问我？！"我气呼呼地喊。

"人家只是随便问问，又没有要你回答，真是多管闲事！"

我晕倒！差点没被这丫头给气死！真是一个刁女，我上辈子一定是发动了世界大战，这辈子才会遭到报应，被这种刁女骚扰！真是想死了——我！

羽沫好像蹲在地上哭了很久，那个佑城一直站在她的旁边看着，不做任何反应，真是十分可恶！又过了一会儿，羽沫突然站了起来，转身朝相反方向跑去。

我本以为佑城会追上去，谁想仍旧站在原地不动的他过了好久才朝羽沫跑掉的方向"悠闲"地走了过去。

可恶！难道他不知道羽沫是他的病人吗？难道病人出了什么意外，他不用负责吗？！

"言明啊！"安息着急地摇晃着我的胳膊，"我们要不要去看看啊？羽沫会不会出什么事情啊？！"

"该死！你快点放手！"可恶，这丫头正好抓着我今天被羽沫咬伤的那只手臂上，"别傻了！不会出事的！精神病都是这样乱跑的！"

"可是……"

"哇！"

安息好像还要说什么，这时，我们的身后突然传来了申也招牌式的惨叫。我们连忙惊讶地回过头去。瞬间，一道巨大的白光刺得我们睁不开眼睛。

第三幕
又勋

善良的人死后就会长出一对天使的翅膀,
这对翅膀会带着他飞向天堂。
而一生做尽坏事的人死后就会长出恶魔的尾巴,
这条沉重的尾巴会把他拖向地狱!

· A ROAD WITH SAKURA ·

[1]

"又勋?"

当又勋在那道耀眼的白光中现身后,我们几个人同时大声叫道。

眼前的又勋明显比上一次出现的时候更加虚弱了,那惨白的脸色让人觉得他已经变成了一个透明的纸人。虽然他身后那双巨大的翅膀依然光彩熠熠,足以照亮整个客厅,但是却也不难看出,它们已经在虚弱地微微颤抖了。

"又勋!你怎么又现身了?!我说过不能再消耗你的能量了!"安息焦急地朝他喊道。

又勋的翅膀又颤抖了起来。只可惜我们听不见也听不懂他的语言。

"该死!他在说什么?"我瞪大眼睛问身旁的安息。

安息叹了一口气,用低沉的声音说道:"他说他想要看到羽沫好起来……他说,他很想念她……"

"可恶!"我摸了摸自己胳膊上的伤口,"干脆你告诉他实话算了,他女朋友已经疯得开始咬人了,好不了了!让他快点走吧！"

"言明！别这么说！如果又勋愿意放弃羽沫，他早跟我回天堂了！"

安息朝又勋走近了一些，语重心长地说："又勋，我们已经找到了羽沫。我们答应你，一定会帮助她重新康复的……可是这需要很多时间。如果你不能马上进天堂的话，就会变成孤魂了你知不知道？！"

又勋的表情有些激动，巨翅扇动得更加猛烈。

"他又在说什么？"申也忍不住回头问道。

"他说……"安息有点哽咽，"已经没有了羽沫，进天堂又有什么意义……他如果不能看到羽沫好起来，宁愿变成孤魂，即使永远不能重生……"

"这个傻瓜！人都已经死了还管这么多！真是急死人了！"我急躁地说道。

"安息姐姐，他好像又在说话！"

"他说他非常想念羽沫，每时每刻都在想……"安息红着眼睛接着说道，"很想抱一抱羽沫，很想帮羽沫擦干眼泪……他知道羽沫没有了他一定很伤心……他好恨自己，恨自己不能留在羽沫身边……他说——不行！"安息突然激动地大叫了起来，"绝对不可以！绝对不能现身！言明他们能够看到你是因为我降落人间的时候带给了他们通灵法力，可如果你在凡人面前现身了你就会魂飞魄散的！到那时你就真的永远都不能见到羽沫了你知不知道？！好！好！我答应你！一定会帮助羽沫好起来！不过你也要答应我，羽沫一好起来你就要马上跟我进天堂！嗯！我们一定会做到的！一定会！"

终于，又勋的脸上划过了一道单薄的光彩，他那对耀眼的大翅膀也终于收了起来。

转眼间，又勋化作一道白光，最终消失不见了。

[2]

又勋消失后，安息一直无精打采，任凭申也如何在她面前逗她开心都没有用。

靠在窗边，望着窗外已经挂满星星的夜空，我突然问了自己一个很傻的问题——如果我是又勋，我会不会去天堂呢……

[3]

夜色越来越深了。申也回了自己的房间，可安息还是呆呆地坐在窗前，一句话都不说。

第一次看到安息那丫头这么难过，竟然连跟我吵嘴的力气都没有了，这还真是让我不习惯。

"言明，陪我去海边走走吧……"

唉！我是一个善良的帅哥，没办法拒绝一个女孩子这样的语气——即使是一个丑女。

[4]

我们来到了夜空下的海边。这是我第一次在这种时候如此安静地坐在沙滩上，也是第一次听到大海的声音……

"言明，"安息苦着脸，仰身躺在了沙滩上，"你说，天堂那么美，不愁吃，不愁穿，也没有坏人……为什么像又勋这样的人，死后宁愿变成孤魂也不愿意进天堂呢？"

安息的这个问题让我一时间不知道如何回答。

我学着安息的样子躺在了沙滩上，看着头顶闪烁的星星，默默地在心里寻思着刚刚丢给自己的那个很傻的问题。

进天堂……貌似也不是什么很坏的事情……天堂里还是照样

有美女，照样可以吃喝玩乐，照样可以过着逍遥自在的生活，而且还要比在人世间活得轻松很多！干吗不去天堂呢？

只是……

"言明，"安息不耐烦地推了推我的肩膀，"你有没有在想我的问题啊？"

"催什么，我不是正在想嘛！"

"那你告诉我啊！为什么有些人死后都不愿意进天堂呢？"

呃……这个丫头还真是缠人啊，看来不想个答案应付她还真是不行啊！

"喂，小白痴！"我转过头坏坏地朝安息眨了眨眼睛，"天堂里看得到星星吗？"

"星星？"安息呆呆地看了看天，又看了看我，傻傻地摇了摇头。

"就是嘛！天堂连这么美的夜空都看不到，谁愿意去呢？"

"啊？真的吗？"

瞧安息那么认真的模样还真是好笑。不知道是不是所有的天使都如她般天真。

[5]

接下来是一阵听得到风声的沉默，我们安静地注视着头顶上那一块星星点点的夜空……

"言明，你说怎么办呢？我们怎样才能让羽沫快点好起来呢？"

"不知道，"我撇了撇嘴，下意识地看了看自己的手腕，"现在就连靠近她都很难，别说让她好起来了。"

"可是如果羽沫不能好起来，又勋是一定不肯进天堂的！"安息又失落了起来，"又勋是我第一个决定帮助的准天使，想不到我第一次行动就要失败了……我就要眼睁睁地看着又勋变成孤魂，永远都不能获得重生了……"

"喂，你干什么呢？！怎么又哭了！"可恶，我最受不了女孩子在我面前哭了！

"言明，我该怎么办啊？我是不是很没用啊？什么事情都做不好……"

"白痴！这也不能怪你！是又勋那个傻瓜自己不想上天堂！又不关你的事！"我也不知道该如何安慰她，只是希望这个小傻瓜心里可以好受一些。

"可现在是因为我们没能帮助到他啊！如果我们有办法帮助羽沫好起来，又勋就不会变成孤魂了！"

"现在不是我们不想帮他，而是我们帮不了他！我们根本就不知道羽沫为什么会变成这个样子，也不知道他们之间到底发生了什么事情！怎么帮呢？！"

"唉！可惜即使天使也没有权利知道一个人生前发生的事情……"

唉？这个问题突然让我颇有兴趣。

"安息，难道你们都不知道一个人是怎么死的吗？"

"嗯？你的问题真是奇怪，我们没有必要知道这些啊！"安息天真地望着我。

"可如果一个人生前做了什么事情你们都不知道，你们又是如何区分什么样的人才能上天堂的呢？"

"言明，"安息忽闪着大眼睛，"你的问题越来越奇怪。我的老师说过，天堂是一个纯净得没有杂质的地方，而人类的经历和记忆都是充满杂质的。如果天堂被人类的记忆污染了，也就没有天堂存在了……所以死后进入天堂的人才不会记得生前的事情，而我们也不会去知道他们生前的经历。况且，人死后进入天堂还是地狱，都是你们人类自己决定的。"

"什么？自己决定的？"我吃惊地瞪大了眼睛，"这怎么可能？"

"是真的！"安息好像十分不满意我对她的怀疑，"老师说，人类是幸运的，因为你们从出生那一刻就开始掌握自己的命运，直到死亡。人类死后，似乎一切的生理生长都会停止。其实不是的，人类有两样东西是只有在死后才会生长的！"

"死后生长？"我越来越吃惊，惊讶地望着安息，"那是什么鬼东西？！"

"一个是天使的翅膀，一个就是恶魔的尾巴！"

"……"My God！这都是什么东东啊？仿佛从安息的嘴里说出的都是天方夜谭一样，我惊讶得说不出话来。

"善良的人死后就会长出一对天使的翅膀，"安息接着说道，"就好像又勋一样，这对翅膀会带着他飞向天堂。而一生做尽坏事的人死后就会长出恶魔的尾巴，这条沉重的尾巴会把他们拖向地狱！"

天！这是什么鬼怪理论？！简直骇人听闻！我吃惊得直咽口水。

不过，再古怪的事情现在看来都很有可能是真的！现在我的身边不就正躺着一个自称天使的家伙吗？！这个世界还真是什么都可能发生！

该死！天使的翅膀、恶魔的尾巴……真是恶心！我这么帅，如果长出一条尾巴来，那可真是让人想死啊！

"哎呀，言明！"

我汗！这个安息怎么总是一惊一乍的，想要吓死我吗？！害我以为自己真的长出了一条尾巴呢！

"你干什么啊？！难道天使就可以随便吓唬人吗？"我十分不满意地说。

"不是啦！言明，我想到办法了！我知道如何能够帮助羽沫了！"

"啊？不是吧？"我撇了撇嘴，十分怀疑地把这丫头打量了一番，"开什么玩笑？凭你的智商能想出什么办法？"

"该死！人家真的想到了！你看！"安息说着，兴奋地从怀里掏出了一把羽毛。

"嗯？这是什么？哪儿来的？"

"这是又勋身上的羽毛！"

"哦……"我故意坏坏地眯着眼睛盯着安息，"哈，原来你这个丫头偷人家东西！"

只见安息那丫头差点没郁闷得晕过去，红着脸气鼓鼓地说道："不要胡说啦！许言明！又勋的羽毛一直都在脱落！这是我捡的好不好？！真是讨厌！"

"哈！那这东西有什么用呢？"

"当然有用啦！我的老师说过，准天使翅膀的羽毛里仍旧存在着魔力和记忆，它可以带我们回到过去！"

"回到过去！？"我惊讶得"噌"地坐了起来。

[6]

"对！言明，我们就用这十根羽毛回到半年前！那样我们就可以知道又勋和羽沫之间到底发生了什么事情，我们就能帮助羽沫了！"

"天！时空穿梭？"这样听起来实在是太不可思议了！

"言明，你不愿意陪我这样做吗？"安息眼巴巴地望着我，生怕我会拒绝她一样。

"呃……"我有点犹豫了。

说实在的，我可从来没有想过自己可以回到过去……当然啦！这听起来倒是挺好玩的。

"可是……可是我们会不会回去了就回不来了啊？！"这个想法让我打了一个寒战。

"不会的！言明，每根羽毛只能带一个人在过去的时间里停留五个小时，五个小时之后我们就会自动回到现实世界了！"

"……"我还是有些犹豫。

"言明！求求你了！这是唯一的办法了……"安息撒娇似的晃起了我的胳膊。

"可是……"该死，这件事情还真是突然啊！竟然有一个自称天使的家伙跟我说让我陪她回到过去，真是有点夸张！

"不要可是了！言明，我们只有这样做才能帮助又勋，求你了……"安息眼巴巴地看着我，让我一时间不知道该如何拒绝了。

唉！我就说我是一个超级善良的帅哥嘛！女孩子的一个可怜眼神就足以让我心软，之后做出一大堆让我后悔不已的事情……

"言明……"安息还在努力说服我。

"呃……"算了，反正已经陪她疯了，就不怕疯得更厉害了，"好吧！臭丫头，算我倒霉！就陪你一次吧！"

"太棒了！"安息兴奋得不停地挥舞手中的羽毛，"这样我们就能够帮助又勋了！言明万岁！万岁！"

呃……说实在的，刚刚答应过她我就有些后悔了。真是该死，回到过去干什么呢？

万一回不来，我老妈非得疯了不可……汗……

第四幕

回去

回到过去，回到开始的地方，
回到所有好与不好的时光，细细品尝……

·A ROAD WITH SAKURA·

[1]

第二天一早，我还在做梦就被安息那个臭丫头给拖下了床。头疼！真不知道她哪来这么大的力气。

"你干什么啊？疯了吗？"我气不打一处来地朝她骂道。

"你还在睡懒觉？！时间已经不早了，我们还有重要的事情要做呢！"说着，安息"唰"地抽出了两根羽毛，在我的面前晃来晃去。

汗……差点忘了，昨天好像确实答应了安息一件超级夸张的事情。唉！怎么说我也是说到做到的人，既然答应了就不会反悔！

我无奈地从地上爬了起来，一边打着呵欠，一边开始往卫生间晃。

"许言明！你动作快一点！"

"知道啦！唠叨鬼！"

头疼！早知道就不答应她了！

[2]

"现在我们怎么办？女巫小姐！"

洗漱完毕，我懒懒地趴在床上，笑眯眯地盯着傻坐在地板上摆弄着两根羽毛的安息。哈！那小家伙的样子十足一个吉卜赛女巫，真是有趣！

"现在只要把这两根羽毛烧掉，我们就可以回到又勋和羽沫最初相遇的那个时候了！"安息颇为严肃地说道。不过她严肃的样子实在好笑。

"有没有那么神啊？千万别一下子回到了恐龙时代！"我忍住笑，故意逗她，"不过也好，也许到了恐龙时代你就成了美女了！"

"讨厌啦！不要闹啦！快点做好准备吧！我就要烧啦！"

"哈哈！你烧就是了，我时刻准备着！"我满脸坏笑地说道，心中暗想她一定不可能成功的。等一会儿她烧完羽毛发现自己还坐在地板上，眼前只有一丝轻烟……哈哈！我想那场面一定超级好笑！

"都准备好了？那好！"安息兴奋地瞪着大眼睛，"啪"的一声点燃了打火机，"那我要烧啦！准备好！我们就要回到过去了！！"

说着，两根洁白的羽毛被安息点燃了。

……

哈！瞧她那一本正经的样子，她还真以为烧根羽毛就能穿梭时空？那烤鸭早就回到远古时代了！真是好笑！真是……嗯？

怎么回事？！我怎么会突然觉得身体一阵发热，眼前一片黑暗呢？？而我自己的身体也好像突然间变成了无数颗微粒，正在一点点地飘散，仿佛被一阵风吹进了巨大的时间隧道里。

呜呜！不要要我！这是怎么回事？怎么我什么都看不见了？我这是在哪里？！

我这是怎么了？到底发生了什么事情？！

到底……

"咚！"

一阵巨大的教堂钟声把我和安息叫醒了。当我们这次睁开眼睛的时候，周围已经是白茫茫一片，一阵刺骨的寒风吹过我单薄的T恤，险些要了我的命。

"哇！你想冻死我吗？！臭丫头！有没有搞错！你到底把我带到了哪里？怎么也不通知我换上棉衣？"

"人家也不知道嘛！人家比你还冷呢！你这个没有风度的男生！"

可恶！明明是自己做了错事，她竟然有脸叫得比我还大声？这个该死的臭丫头。

"咻——啪！"

嗯？我和安息正在争吵，突然一张报纸被风吹到了我的脸上。

"该死！"我气愤地将报纸从脸上扯了下来，下意识地扫了一眼日期——吓得我差点没有倒在雪地里。

疯了！如果再让我和这个自称天使的疯丫头多待上一秒钟，我准会疯掉！

12月2号？

我从6月14号突然回到了去年的12月2号？！这是真的吗？如果现在有谁告诉我这根本就是在做梦，那我一定会爱死他的！

可恶……然而这一切似乎都是真实的！一片片飘落在头顶的雪花，一棵棵挂着彩带的圣诞树，一声声清脆的"Jingle Bells"……还有那无数张像在观看马戏团猩猩一样盯着我和安息那个鬼丫头打量个不停的，穿着棉衣的路人们……

"言明！我们成功了！"安息突然兴奋地叫了起来，"我们真的回到了半年前！"

汗……我简直不知道说什么好了，一边哆嗦个不停，一边吃惊得嘴巴都合不上了。

"妈妈，那个戈格（哥哥）和姐睫（姐姐）好奇怪啊！怎么都没有穿衣服呢？"

喂喂！小屁孩说话注意点好不好？！什么叫"没穿衣服"？难道你看不见我身上的名牌 T 恤吗？！

"别看了快点走！再不走那个疯哥哥就来抓你了！"

晕倒！这是什么妈妈？你有见过这么帅的疯子吗？难怪儿子眼神那么差，原来都是遗传妈妈的！

"言明，我们怎么办啊！我要冻死了啦！"安息一边说一边往我身边蹭，好像要钻到我怀里一样。

"还能怎么办？都是你害的！现在人家都把我们当成神经病了——嗯？喂！喂喂！你干什么？！你这个丑八怪离我远一点好不好？！男女授受不亲你懂不懂？！喂！"

头疼！这个自称天使的魔鬼还真是会占便宜！竟然紧紧地贴在我的胸前，推都推不开！

难道现在天堂真的就这么开放吗？我和她可不是很熟！

"言明啊！不行了啦！我们去买件棉衣吧！"看来她还不是完全没有大脑。

"废话！还用你说？！"呼呼，摸摸口袋，幸好身上还带着钱。哎呀！也不知道我这钱现在还能不能用了？

晕倒，我们只不过是回到了半年前，又不是半个世纪前。我看我真是秀逗了！

[4]

我们裹着刚买的新棉衣，竖着领子，安息把帽子都快拽到脖子上了。不过还好，我们终于可以像一个正常人一样在街上行走了。

真是太神奇了，我直到现在都不敢相信自己真的回到了过去。难道这真的是半年前的 12 月 2 号吗？那我会不会在街上遇到过去的自己呢？

"哇！那边好多人啊！"

我正在做着美梦，身边的安息突然欢快地叫了起来，然后不由分说地拉着我朝不远处看热闹的人群跑去。

嗯？难道天使也喜欢凑热闹？！

真是奇怪，这大冷天的一大群人围在路边看什么呢？跑到跟前，我也忍不住好奇地朝里面瞟了一眼。

我吃惊得险些叫了出来，连忙弯腰躲在安息身后，把帽檐拉得低低的。

"嗯？言明，你怎么了？"安息转身莫名其妙地看着我的奇怪举动。

"别转身！站直了！"我连忙紧张地把安息的脑袋扳了过去，"小声点！遇到我的老仇人明蓝了！被她发现就惨了！"

"明蓝？"安息一副很兴奋的样子，连忙踮起脚朝人群里面看，"哇！她就是明蓝啊！"

可恶！这丫头怎么这么大声啊？想被发现吗？我连忙捂住了她的嘴巴警告她："小声点！"

"嗯？你怎么也知道明蓝？"我突然反应了过来，好奇地问。

"呵呵，申也跟我讲过啊！他说明蓝是你交往时间最长的女朋友！"

我汗！申也这个臭小子怎么什么都讲？真是越来越大嘴巴了！还有，什么叫"交往时间最长的"？明明是甩了时间最长的嘛！

真是不可思议，想不到我竟然遇到了半年前的明蓝……此刻，这个凶婆娘正一只手叉着腰，另一只手指着一个拎着滑板的男孩子大骂。我发现明蓝的眼睛红红的，脸上还挂着两条冰霜，像是刚刚哭过。

"对不起哦！姐姐……"男孩子低着头，十分内疚地说道。

"对不起？对不起有什么用？你这个可恶的臭小子，不乖乖地待在家里，学人家耍酷玩什么滑板啊？！真是太可恶了！你是哪个学校的？！你班主任是谁？！你家长在哪儿呢？！嗯？！"

汗……拜托！我当初是怎么瞎了眼看上这个凶婆娘的啊？！人家小弟弟已经道歉了，她怎么还这么不依不饶啊？真是个可怕的女人……

"姐姐……"男孩子一直低着头，"我……我赔给你好吗……对不起……"

嗯？我这时才发现，原来地上还躺着一个已经摔得稀巴烂的蛋糕……哦！原来是这个男孩子玩滑板的时候撞烂了明蓝的蛋糕。

喊！不就是一个蛋糕吗？她怎么这么小气？！真是丢人！

"赔？你怎么赔？"嗯？怎么一提到蛋糕明蓝又哭了，"你知不知道为了这个蛋糕我已经忙活了三天三夜了？！它可是我要送给我男朋友的！"

嗯？男朋友？汗，她不是说我吧？该死的臭丫头，竟然害我当场脸红了！要知道我可是最讨厌别人说我是她的什么男朋友！

明蓝抹了抹眼泪，难过地蹲下来望着烂掉的蛋糕。

"呜呜……人家本来就笨！什么都不会做！连想要编条围巾送给他都不行……现在终于做成了一个蛋糕，还被你这个小兔崽子给毁了……怎么我想送给他一件礼物就这么难啊……"

晕倒……她还真是够笨！可我怎么从来不知道她给我做过蛋

糕这件事情呢？

"姐姐……对不起……"男孩子也蹲了下来，内疚地递给了明蓝一张面巾纸。

明蓝没有说话，默默地接了过来。

周围的人们这个时候开始渐渐散去了——我想是因为觉得这出闹剧没有继续下去，不够精彩吧！

"快走！小心被发现！"我连忙一只手挡着脸，一只手拉起安息那个傻丫头头也不回地飞快跑掉了。

[6]

墙角处。

"许言明！你跑什么啊？"

呼呼！扶墙喘气 ing……

"喂！你说话呀！你没看到明蓝那么难过呀？怎么不说话呀？"安息看上去有些愤愤不平，好像全是我的错。

晕倒！我还能说什么？快让我好好地想想那天到底发生了什么事……

"许言明！你怎么喘来喘去都不说话呀？！"

汗！那丫头还真是吵！快让我想想……呃……我记得那天明蓝一身脏兮兮地跑到我家，说什么都要缠着我跟她去 Kitty House 吃蛋糕……呃……可为什么之前发生的事情她都没有给我讲呢？如果她告诉我这些情况，也许我就不会串通申也让他打扮成女孩子把她气走了……

哎！真是搞不懂这些女孩子在想什么！

"你说句话好不好？你想什么呢？喂……"安息还在唠叨个没完。

唉！怎么这些女生都喜欢没完没了了呢？怎么连天使也变得如此啰唆呢？这个世界可真是无可救药了。

嗯？那个人是？！

正在这时，一个熟悉的身影闯入了我和安息的视线。

第五幕

Sian Annair

我低头瞧了瞧手腕上
并没有因为时间转回而消失的牙齿印，
根本无法相信她就是半年后的那个疯女孩……

· A ROAD WITH SAKURA ·

[1]

一辆漂亮的黑色单车从我们面前飞过。车上的那个男孩子穿着合身的格子大衣，戴着一条纯白色的围巾，漂亮的棕色头发上星星点点地落了几片晶莹的雪花……他骑得很快，身体已经离开了座位。他转过头朝后面追逐他的人微笑，留下了一张阳光般灿烂的笑脸。

"又勋！等等我！慢一点啦！"随后跟上来的男孩子大声喊道。

又勋？是又勋！

我和安息激动地跟着跑了几步。

"言明！是又勋！我们得追上他才好！"

"知道！"

真想不到又勋这么快就出现了，我连忙激动地拉起安息跟在他们的车子后面跑。

该死！凭我们这两条腿怎么追得上？！

正在这时，几个男生踩着单车呼啦啦地朝我们这边骑了过来。

嘿嘿，OK啦！这个我最有经验！我瞅准了掉队在后面个头最小的家伙，一把抓住了他的衣领。

"唔哇哇！哥哥你干什么呀？"

"借你车子用一下，小帅哥！我是FBI！"说话间，这个小家伙已经被我拎下了车子，嘿嘿！这一招我可是最拿手了！

"啊……"小弟弟吃惊地望着我！估计他怎么也想不到自己竟然如此有幸能在有生之年遇到"活的"FBI吧？不过放心啦，我借东西从来都是有借有还！

"白痴！你傻站着干什么呢？快点上来啊！"

郁闷！我已经跨上了车子，安息那个傻丫头竟然还呆呆地站在那里不知所措，真是头疼。

"你……许言明！你就……你就这样随便抢人家的东西啊！？"安息的嘴巴张得老大。

真是一个没见过世面的天使！这有什么大惊小怪的啊！

"抢了又怎么样？少废话！快点上来！"

"哼！我才不要！快点把车子还给人家！"

瞧她那副一本正经的样子，真是可笑！

"你不上来是不是？！"

"我……"

"你到底上不上来？"

"呃……"

"你不上来是吧？那我自己走了！拜拜！"说完，我转身朝呆呆地站在一旁的小弟弟敬了一个礼，"感谢你支持FBI的本次行动！"之后一脚踩下去，车子向前飞了出去。

"啊——不要啊！你真的就这么走啦？！你等等我啊！等等——"

真是可笑！瞧那个臭丫头没命地跟在车PP后面狂追的样子，

实在是有趣！

"哈！你不是说自己是天使吗？你倒是飞过来啊！飞过来追我啊！哈哈……"

"可恶！许言明！你这种人死后一定上不了天堂！你给我站住！站住——"

呼呼，真是一个可怜的小天使，长得丑不说，连智商也这么低……唉！天堂这几年还真是不景气！

[2]

真是佩服安息那丫头的体力，竟然真的追上了我的车子。

载着安息，我飞快地踩着脚下的踏板，紧紧地跟在又勋后面。

这是 12 月份的冬日午后，阳光暖暖地照在我们的身上。雪花是冬日里最美丽的装饰品，让所有的东西都显得生机勃勃。还有二十几天才到圣诞节，然而我们的城市里已经到处洋溢着圣诞的气息了——彩带、气球、五彩盒子、圣诞老人……还有街边嘻嘻哈哈的小孩子和大人们难得一见的温和面孔。

呼——多美妙！可自己半年前怎么没有注意到这美好的一切？真遗憾！看来，我一定还丢掉了很多美好的东西——人人如我吧……

[3]

又勋他们的车子在"圣安妮娅"孤儿院门前停了下来。我和安息就跟在他们的身后。

今天是星期六，孤儿院对外界的友好人士开放。我和安息在来访记录上随便签下了两个假名，然后跟在又勋的身后走进了孤儿院。

说真的，在这个城市里生活了六年，我竟全然不知这里还有一个孤儿院，这让我对这里的一切更加好奇了。

走廊里有很多张友善的脸孔，我分不清哪些人是孤儿，哪些人是孤儿院里的工作人员，哪些人又是和我们一样的所谓"社会友好人士"……呼，总之还好，这里没有我想象中的冷漠和孤独……

嗯？我和安息只顾着东张西望，竟然连前面的又勋消失了都不知道！

"许言明你这个笨蛋！你把又勋跟丢了！真是什么事情都做不好！和你在一起真是郁闷！头疼……"

晕倒！这丫头还真是会先咬一口！我还没埋怨她呢！真是的，懒得理她！

"啪啪啪……"

嗯？突然从旁边的教室里传出了一阵热烈欢快的鼓掌声……

[4]

我和安息连忙跑去门口看——咦？那不是又勋嘛！坐在钢琴前面的那个男生。

"又勋哥哥就是我们这段时间的钢琴教师！"一位院长模样的爷爷笑眯眯地指着又勋说道，"又勋哥哥可是音乐学院的高材生哦！他只有一个月的时间陪伴大家，同学们可要珍惜这段宝贵的时光！好不好？"

"好！"下面的同学愉快地齐声回答。

哈，看来帅哥就是受欢迎哦！还不知道这老师的钢琴水平怎么样呢，一个个就笑成这种模样？！喊，要知道本少爷的钢琴水平也是相当了得的！如果让我上台去秀上一下，这些小女孩岂不是要激动到流鼻血？哎呀！该死的臭安息！干什么又打我的头？？

"哼！瞧你那一副酸溜溜的样子，是不是忌妒人家长得帅又有才华啊？哈哈哈哈……"

可恶！上帝到底收了这丫头什么好处？！怎么这种货色也能当天使？真是悲哀！

我和安息彼此瞪了一眼，然后轻轻地从后门进到了教室，在倒数第二排坐了下来。我发现周围还有一些叔叔伯伯之类的人物，估计也都是些"爱心人士"吧。

嗯？不过很是奇怪，环视了一周都没有见到羽沫，难道她不是在今天出现吗？

"各位同学，你们好！很高兴能够认识你们。我叫又勋——"又勋说着，面带微笑把自己的名字一笔一画地写在了黑板上，"从今天起，我就是你们的钢琴老师。希望……"

又勋一口气说了很多话。凭我并不敏锐的直觉，他应该是一个快乐、阳光的男孩子……

我突然想起那天他出现在我家中那虚弱、忧郁的模样，跟现在相比简直就像是两个人……

我很好奇，不知道这其中到底发生了什么事情……

[5]

想不到这小子的钢琴水平还真不是盖的——虽然比我差了那么一点点！嘿嘿……

瞧瞧他已经把这些小女生都迷成什么样子了？真是头疼！连我身边这个"自称天使的魔鬼"也是一副陶醉到流口水的花痴模样了！上帝，她她她……她真的是天使吗？不是有句话说什么"像天使一样不食人间烟火"吗？如今见到了安息这丫头，我真想大声向全世界宣布——这都是骗人的！

"哇——好帅啊！好好听啊！"这丫头保持花痴状已经十几分钟了，"言明！这是什么曲子啊？怎么这么好听？"

"啊？不是吧？你连《小夜曲》都不知道吗？！你这个乐盲！"

"《小夜曲》？呜呜！好好听啊！可惜天堂听不到！"

"什么？"我颇为费解，"难道舒伯特死后没有上天堂吗？怎么可能？"

"你在说什么许言明？"安息一副超级鄙视我的眼神，"你怎么又忘了！人死后是不能把在人世间的任何东西带入天堂的！"

汗……死后什么都不能带入天堂，还真是超级惨……

[6]

这节课已经上到一半了，奇怪的是羽沫还是没有出现。难道我们回到的并不是羽沫和又勋第一次见面的那天？

我正在奇怪，这时，从门口传来了一阵温柔的敲门声。

"请进来吧。"又勋的声音依旧温和。

门推开了，从门口走进来一个怯怯的长发女孩。她微微地朝又勋老师点了点头，好像连话都不敢说，然后低着头回到了自己的座位上。

羽沫？她就是羽沫吗？

温柔、清新、甜美……

我低头瞧了瞧手腕上并没有因为时间转回而消失的牙齿印，根本无法相信她就是半年后的那个疯女孩……

"言明，羽沫那时候好漂亮啊……"安息撞了撞我的肩膀。

我当时真想立刻告诉她——白痴！任何一个女生站在你面前都是美女！但出于对这个"自称天使的魔鬼"的最后同情，我还是没有告诉她这个事实。

羽沫来了。

钢琴课继续。

我发现又勋温柔的眼神开始频频停留在羽沫的身上。哈！看来这段爱情就要开始了！

突然有种莫名的兴奋——糟糕！自己不会变得也像安息一样八婆了吧？

我本以为羽沫也会像其他女孩子一样开始对又勋着迷，但是我错了。几分钟后，羽沫突然站起来，默默地从后门离开了教室。

我看到又勋的眼神一直跟随着羽沫的背影，眼神中交错着困惑和失落。

或许就是这突然的到来和意外的离开，让又勋对这个柔弱的女孩子有了一份特别的感觉……

[7]

下课铃声终于响了。

已经将心中的崇拜压抑了好久的女孩子们一拥而上，将又勋老师围在了中间。

"哇——该死的许言明！你干什么拉着我？别耽误我看帅哥！"

我汗！你们听听，这像是一个天使该说出来的话吗？这个花痴转世的臭丫头，如果不是我拉住她，她早就跟着那群小女孩，扑到又勋的身上了！真是受不了！

"快点！还有正经事要做呢！"不管那么多了！我毫不留情地将她拖出了教室。

[8]

这个时候羽沫会去哪里呢？

我和安息在孤儿院里前前后后找了起来。

终于，在小花园的长椅上，我们找到了正一个人坐在那里呆呆地望着天空的羽沫。

我们小心翼翼地在不远处的一棵老香树后面躲了起来。

"言明！"安息用蚊子一样的声音偷偷问我，"你听！羽沫的嘴里在说些什么啊？"

"嘘——"我连忙瞪起眼睛让她不要出声。

呃……羽沫的确好像在说什么……哦不！她应该是在哼着什么才对！我把帽子往上推了推，露出耳朵仔细听了起来——天！这丫头哼的竟然是《小夜曲》的谱子！她竟然能把《小夜曲》的谱子全都背下来？

我正在吃惊，不远处传来了鞋子踩在薄雪上的声响。哦——是又勋！

他竟然也找到了这个地方。

[9]

果然，又勋在羽沫身边坐了下来。此时的羽沫已经不再哼曲子，而是安静地低下了头。

"不喜欢钢琴课吗？"又勋先开了口，露出他阳光般的可爱笑容。

"……"羽沫没有说话，而是把头埋得更低了。

嗯？看起来是个超级羞涩的女孩子！可我还是想不通，这样的女孩子怎么一发起疯来就变成一只爱咬人的小野猫了呢？该死！刚想到这儿，我的手腕就又痛了一下。

"女孩子都很喜欢音乐……你呢？你喜欢唱歌吗？"

"……"

"平时听些什么歌呢？"

"……"

"Sumiya geena 喜欢吗？"

"……"

"呃……今天的天气真是不错！"

汗！扶树 ing……

我终于明白什么叫没话找话了。

几分钟后——

"呃……你叫什么名字？"

终于问到正题了。

羽沫缓缓地把头抬了起来，羞涩地看了又勋一眼："羽沫……"

"好特别的名字！"

见羽沫没有再说什么，又勋又主动介绍起了自己："我叫又勋，我是音乐学院的学生。呃……是来做义工的，我……哈！"又勋突然停了下来，不好意思地笑了一声，"怎么好像一直都是我在说，也不知道有没有吵到你……"

羽沫轻轻地笑了，脸蛋红得好像八九月份的夕阳。

"没有……挺喜欢听你说话的……"

听到了羽沫的回应，又勋的兴致似乎更足了。

"刚刚怎么听了一会儿就离开了呢？不喜欢吗？"

"不，不是的。很喜欢。"

"那为什么提前离开呢？"

"……"

"不喜欢《小夜曲》？"

"嗯？"羽沫的头又低了下去，"不是……"

"那是因为什么呢？"

"因为它太美了……"

什么？因为它太美了？这个理由还真是让人不解……真是个

让人捉摸不透的女孩子……

又勋似乎也很好奇，用疑惑的眼神望着羽沫，想听到她更多的解释。

"我总觉得……"羽沫的声音中飘过一丝伤感，"美好的事物都不属于我……有些东西如果从来不曾拥有，也不会心痛……"

消极的女孩子！

羽沫的这句话一定让又勋很心痛。

他刚想要说些什么，突然，刚刚和又勋一起来的那个男孩子冒了出来——

"又勋！原来你在这儿啊？我找你好久了！"

"南志？你的素描课结束了吗？"又勋连忙起身跟前来的男孩子打招呼。

"早就结束了？这是你的新朋友吗？"南志看到了羽沫，笑眯眯地问。

又勋笑得很灿烂："是啊！她叫羽沫，很美的名字吧？是我的学生。"

南志愉快地朝羽沫摆了摆手："你好！我叫南志，很高兴认识你！"

羽沫的脸更红了，好像害羞得手都不知道往哪里放了。她羞涩地起身朝南志点了点头，轻轻说了声"再见"，然后转身跑向了休息室。

"呵呵，好害羞的女孩子！不过长得好漂亮啊！"南志笑眯眯地说道。

"嗯？呵呵，是啊。"又勋的回答有些心不在焉，眼神还在追随着远远离开的羽沫。

"行啦，又勋！下次再找人家吧！我们得赶快回去了！"

"嗯？哦……"

又勋跟着南志离开了，临走时，还恋恋不舍地回头张望了好几次。

爱情的种子在这个冬日的午后发芽了。

第六幕
风信子

就好像风信子，它虽然不会讲话，
但却可以把你的思念带到任何地方，
即使是天堂……

·A ROAD WITH SAKURA·

[1]

五个小时转眼过去了。我和安息梦游一般又回到了六个月后的那个夏天。

这并不长的时间穿梭让我有一种恍如隔世的缥缈感觉。我足足盯了文泉十几分钟，摸了申也一百多遍，又翻看了所有显示着日期的东西，这才肯相信自己又回到了现实世界。

又勋和羽沫第一次见面时那种青涩和纯美的滋味还在我的心里回味，让我难以接受他们两个人现在的这种悲惨境遇。

[2]

但我和安息还是立刻打起精神来到了疗养院，想再去看看现在的羽沫。

在素云的指引下，我们来到了疗养院的植物园。

远远地，我们就看到佑城正手把手地帮着羽沫一起一片淡紫色的风信子浇水。

"看吧！我就说这个佑城不是什么好东西。"我撇撇嘴巴，"总是利用工作之便占病人的便宜！"

"许言明！"安息瞪了我一眼，"闭上你的嘴巴！你真的好讨厌！"

讨厌？讨厌干什么还总是缠着我？还不如马上飞回你的天堂去算了！

我俩又互相瞪了一眼，轻轻地朝那两个人走去。

"植物永远是我们最忠诚的朋友，如果有些话你不想对别人说，不妨对植物讲，它们永远都会为你保守秘密。就好像风信子，它虽然不会讲话，但却可以把你的思念带到任何地方，即使是天堂……"佑城耐心地对一言不发的羽沫讲着。

"哇……好浪漫啊……"

我汗！这个安息还真是丢人，竟然说得这么大声！

听到了安息的声音，佑城和羽沫这才回过头来。发现是我们，羽沫马上胆怯地躲到了佑城的身后。

[3]

"下午好。"佑城礼貌地和我们问好。

"哈！你倒是好了，陪美女浇花。"我撇撇嘴，"你们这行还真是好做啊！"

佑城笑了一下："这也是物理治疗的一部分，而且根据临床经验，非常有效。"

"啊？真的吗？佑城哥哥你对羽沫的照顾真的很细心啊！"

这个臭丫头，就知道巴结人家，真是给我丢脸！

"我是医生，对每个病人都是一样的。"

"佑城哥哥，我们今天可以多些时间和羽沫在一起吗？我们好想和她聊聊天啊！有好多话想和她说呢！"

听到这话，佑城警觉地看了我们一眼——准确地说是看了我一眼，然后立刻收起了目光。

"今天不行。不过我可以在明天下午为你们安排时间。"

"哈！真的吗？那太好了！"安息开心地说道。

"如果没什么事情的话，我们要继续了。"佑城礼貌地下了逐客令，"今天的阳光很好，两位不妨去海边走走。"

虚伪！想让我们走就直说好了！

"呵呵！佑城哥哥你真好！那我们先走了！"

我晕，安息那个傻丫头用不用这么天真？开心得像只老鼠似的，难道她听不出来人家是不想让她待在这里碍事吗？真是受不了她……

没办法，我和安息只能就这样离开了，没有一点收获。

不过，我越来越觉得这个佑城很奇怪，他怎么好像是在故意不让我们和羽沫有太多接触呢？难道他在害怕什么？

主治医生？恐怕没那么简单……

[4]

我可是服了安息那个臭丫头，她还真是佑城那小子的疯狂粉丝！这天晚上，她竟然抱着一大盆风信子回来了。

"喂！你这是干什么？"我吃惊地望着那个臭丫头。

"呵呵，佑城哥哥说了，植物是最忠诚的朋友嘛！我交个朋友不行啊？"

臭丫头，嘴巴真是越来越刁！

该死，这个东西最好不要让申也碰到，那小子有严重的花粉过敏症，一旦犯起病来可真是有够麻烦的！

"你最好把这个东西拿出去！万一被申也看到就倒霉了！"

"哈！什么好东西不能被我看到啊？"

晕！这小子怎么突然就冒出来了？我还没有来得及告诉他这

里的危险状况，那个傻小子已经"嗖"地窜到了我们的身后，还故意把脑袋伸过来瞧。

"阿……阿嚏！"

汗！这回完了，这小子又中招了。

"言明……阿嚏！你怎么不告诉我有花啊？你……阿嚏！"

"废话！我哪知道你窜得这么快！"我气呼呼地连忙把他拉到了屋外，"快点大口呼吸！"

"阿嚏！阿……阿嚏！阿嚏！阿……"

惨了，这小子还没完没了了。

"该死！现在怎么办啊？"

"药药药……阿嚏！药！"

"药？你是说你老妈让你从美国带回来的那个吗？"我"绝望"地瞪着眼睛望着他，"你不会是想让我回去给你拿吧？"

"阿……阿嚏！你……阿嚏！你不会……不会想让我一直……阿嚏！一直这样下去吧？"

汗……滴答滴答流！

这个害死人的安息，都怪那个死丫头！

可恶，申也的这个毛病我可领教过，如果没有药，他可以连续"阿嚏"三十六个小时！My God，那种药现在只有家里才有，可这里距离我们家足足有三四个小时的路程，何况现在又没有长途车，开车的话也不排除迷路的可能……毕竟这里我也是第一次来！

郁闷！

那小子还在那里"阿嚏"个没完，再这样下去我也别想舒服！算了，就当我上辈子欠他的！

没办法，我只好找到素云，借了她的车子准备带申也回去取药。

[5]

我和申也刚刚发动了车子，就发现车库最里面的一辆黑色宝马开了出去。

嗯？那不是佑城的车子吗？这么晚他出去干什么？

"阿嚏……言明，那……阿嚏……那个人好像是……阿嚏！是佑城医生！"

"嗯！"我点点头，连忙发动了车子，"真是奇怪！得看看那小子这是要去哪儿！"

"啊？阿嚏！阿嚏！那我的药呢？"

"坚持一会儿！"我说完，一踩油门冲了出去。

[6]

真是奇怪，他这到底是要去哪里呢？

佑城的车子开得飞快，所走的路线也让人感到非常陌生。素云车上的卫星定位系统显示我们已经越来越靠近远郊地区。这小子还真是可疑，深更半夜地开到这种偏僻的地方干什么呢？

"阿嚏！言明……别……阿嚏！别跟了！我快受不了了！"申也抱怨。

"再等一下！"

这时，佑城的车子在一处巨大的建筑前面停了下来。我不敢太靠近，便把车子远远地停在了一边。

夜色太深，建筑物周围的灯光也不是很明亮，但我还是隐隐约约地辨认出了抱着枪的哨兵和高大的铁丝网围墙……

啊？！监狱！

[7]

我着实吃了一惊。佑城怎么会来这种地方？而且还是半夜三更的，他是来干什么？一大串问号从我的脑袋里蹦了出来。

"阿嚏！阿嚏！"申也的过敏症更加严重了，"言明！先……阿嚏！先去拿药了啦！阿嚏！阿……好难过的！"

"你可真是麻烦！"我狠狠地瞪了他一眼，"你没看到我正在跟踪佑城吗？！"

"你……阿嚏！你跟踪……跟踪到也没有用！阿嚏！我们……阿嚏！我们现在……阿嚏！不能进去的！"申也郁闷地喊，"我……阿嚏！明天找……阿嚏！找熟人帮你……阿嚏阿嚏！帮你调查！你先……先……阿嚏！先送我回去拿药！"

汗！听他说一句话还真是累！嗯，瞧他那副难受的样子，我看的确应该先带他去取药。

看来今天只能跟踪到这里了，不过，佑城身上的秘密我早晚有一天会揭露出来的！

之后，我重新启动了卫星定位系统，飞快地朝我们家里的方向驶去。

文泉

事情越来越复杂，谜团越来越多，
他，也越来越神秘……
· A ROAD WITH SAKURA ·

[1]

昨晚折腾了一夜，我一直都在好奇佑城去监狱的那件事情，害得自己到早上也没有睡意。

按照我和安息昨天的约定，今天我们会第二次回到半年前，进一步去了解又勋和羽沫之间的事情。

[2]

睁开眼睛，我又来到了去年的冬天。12月9号——距上次回去的时间整整相差一周。

圣安妮娅今天格外安静，因为所有的女孩子都去学唱圣诞祝福歌了。又勋的车子还停在外面，那就说明他和羽沫应该还留在孤儿院里。可是他们现在人在哪里呢？

[3]

"言明，你听到什么声音没有？"走廊里，安息轻声问我，"嗯，好像……是钢琴声。"

我们跟随着渐渐清晰的钢琴声来到了孤儿院的钢琴室。果然，又勋和羽沫的身影映入了我们的视线。此刻，他们两人正并排坐在钢琴椅上。

这是一个高大宽敞的、颇有些复古味道的房间，高高的吊梁屋顶，保留着上个世纪的味道。

"嘘——小声点！别打扰到他们。"

我和安息悄悄地躲在钢琴室门口的阴影里，生怕破坏了这静静的浪漫。

[4]

"羽沫。"

"嗯？"听到又勋温柔的声音，羽沫羞涩地抬起了头。

"羽沫，我想送你一件礼物……"

羽沫的脸有点红，好奇地看着又勋的眼睛，没有说话。

又勋笑了笑，转过身，轻轻地用手指在钢琴上敲下了一个音节。

"羽沫，你现在闭上眼睛。"

"……"羽沫十分惊讶，但还是听话地闭上了眼睛。

又勋幸福地看了羽沫一眼，之后，流转的旋律从他的指间飞扬了出来，又勋温柔的歌声也随之飞进了每一个人的心里——

整个冬天 都在萧瑟

除了那一刻

你的脸红点燃我的热

心就乱了 不由自主

想做你的暖炉

傻傻的笑

转身迷了路

我想爱你

又有一点舍不得

蓝色的冰雪

飘落

像你的脆弱

好想爱你

最后还是舍不得

怕我的双手

触摸

你冰的酒窝

就融化了

……

随着指尖流淌出的动人旋律和又勋别样深情的歌声，羽沫的脸上已经满是幸福的红晕……

突然，让人惊讶的情景发生了，在他们周围居然奇迹般地飘起了雪花，还有许多大大小小带着七彩光芒的肥皂泡像魔术一样从天而降……

这些泡泡折射着爱情的颜色，闪着七彩的光芒……浪漫得让人窒息。

[5]

高手！佩服！

又勋这小子不但拥有了我百分之零点零一的音乐才华，而且连这种"狠毒"的泡妞手段也想得出来！真是厉害！

"哇！好浪漫啊！"

瞧安息那个小色女一脸色迷迷的样子，还真是丢人。

"喊！这根本就是我小时候的泡妞水平——哎呀！臭丫头！又打我的头！"

"谁叫你总是忌妒比你帅的！哼！"

什么什么？忌妒？！该死的，我从来都是遭人忌妒，我什么时候忌妒过别人？！

这个讨厌的"自称天使的魔鬼"！真是懒得理她！

[6]

"羽沫……"又勋轻轻地把手放在了羽沫的眼睛上，"喜欢吗？"

"嗯！"羽沫点了点头，羞涩但却甜蜜地睁开了眼睛，"这……"

羽沫明显已经被周围飘散的雪花和缤纷的气泡弄得有些眩晕了，满眼惊喜地望着又勋，激动得说不出话。

"羽沫，"又勋的脸竟然也红了，"谁说美好的事物都不属于你，这一切就真实地围绕在你周围啊！而且这首歌……就是只属于羽沫一个人的！"

"又勋老师……"羽沫的眼睛似乎已经湿润了。

"叫我又勋吧！"又勋的眼神中充满了可以信任的柔情，那一刻，相信羽沫一定被他打动了。

"又勋……谢谢你。"羽沫温柔而羞涩地说。

"不要说谢谢……我……"又勋的脸更加红了。他欲言又止，几次想要说些什么却又都咽了回去。

"又勋……"羽沫更加好奇地望着又勋，"你想说什么？"

"呃……我……我想说……我……"

"拜托！快点说啊！"突然，一个男生调皮的声音从羽沫的头顶正上方传了出来，把羽沫吓了一跳。

就连躲在外面的我和安息也都吃了一惊。

"南志？！"听到这个声音，又勋郁闷地仰起了头，非常不满地朝上面喊，"南志！不是说好不出声的吗？！你怎么还是忍不住了？！"

汗！我和安息这才发现，原来那个叫南志的小子竟然一直藏在钢琴斜上方的吊梁上，一只手不停地朝下面撒"雪花"，另一只手举着吹泡泡的小工具……

原来这所有的浪漫都是他们"串通"好的！

"可我实在忍不住啦！"南志有点委屈地抱怨，"你要是再不快点对羽沫说，我就要累死在上面了！"

"你这小子！"

"又勋……这到底是怎么回事……"羽沫十分不解地望着又勋。

"这……我……"望着羽沫如水一般的大眼睛，又勋仍旧红着脸说不出话。

"哇！我可真是服了你！"说话间，南志"噌"的一声从上面跳了下来，"有什么不好意思的？喜欢人家就说嘛！"

听到这话，羽沫和又勋的脸像被盛夏的阳光沐浴一样瞬间红透了。

"南志！你乱讲什么？"

"我哪有乱讲啊？又勋，像个男人一样好不好？既然喜欢人家就直说嘛！"

"你还乱讲！"

"哈！如果你不敢说，那我替你说好啦！"说着，南志笑眯眯地转向了红着脸呆在那里的羽沫，"羽沫啊！我们又勋可是第一眼看见你就喜欢上你了！哈，不过这个家伙好木的，都不敢跟你……"

"南志！快点住口吧！"又勋朝南志喊，"我的事情我自己来说！"

"哈！我还以为你不敢说呢！"

"谁说我不敢说？！"又勋像个孩子一样争辩了起来，"我现在就说！立刻！"

南志强忍住笑，装出一副鄙视的神情，像是在故意激怒又勋。

又勋气愤地瞪了南志一眼，视死如归一般长长吸了一口气，红着脸转向了羽沫。我发现他的两只手在下面不停地揉搓，看样子一定是紧张得不得了。

"羽沫……"又勋鼓足勇气走到羽沫面前，双眼满是深情却不敢抬头。

他轻轻地握住了羽沫的双手，过了好久，才重拾勇气抬起头望着羽沫的双眼，深情地说道："还记得我们第一次见面吗？你抬头看着我的那个眼神，我这辈子都不会忘记。你的双眼就像最纯净的山泉，清澈、单纯。可是又那么害怕，那么羞涩……这一切让我对你充满了好奇。我第一次想去了解一个女孩子，想去保护一个女孩子……这一个星期我每天都来到这儿，每次看到你弹钢琴时沉醉的笑容，我真的很开心。我希望自己能给你幸福，让你成为最幸福快乐的女孩……"

"……"羽沫有些说不出话了，睁大双眼望着面前的又勋，脸上的红晕一直绵延到了耳边。

"呃……可能你会觉得很突然……"又勋有些难为情，"但是……我真的从第一眼见到你，就……就喜欢上了你。我想这就是一见钟情吧……我这人不是很会表达……但是……但是我知道，我喜欢你，我想要和你在一起……羽沫……"

"可是我……"羽沫的眼圈红了。

"羽沫。"又勋把手指轻轻地放在了羽沫的嘴巴上，"能让我做你的男朋友吗？让我陪在你身边，照顾你，陪伴你，保护你……我要让你成为这个世界上最快乐的女孩，好吗……"

听到这话，羽沫的眼泪瞬间涌了出来。

她没有说话，但是眼神中却充满了对这突如其来的幸福的喜悦和对未知的胆怯……

　　"羽沫！"一旁的南志突然又凑了进来，"答应我们又勋吧！他可是第一次跟女孩子表白呢！我是最了解他的，他可是认真的！"

　　"我……"羽沫仍旧没有说话，而是羞涩地低下了头，脸上露出了甜美的笑容。隐约之中，一滴晶亮的泪珠自羽沫眼角滑落，落入地上的"雪花"之中，溅起了些许幸福的"花瓣"。

　　"傻小子，还等什么呢！"南志坏坏地推了又勋一把。

　　又勋一个趔趄扑在了羽沫的身上……这是两个人的第一次拥抱，意外中带着难以言喻的甜蜜……

　　"羽沫，我永远都不会离开你……"又勋的眼神中充满了甜蜜的柔情。

　　"又勋……"羽沫温柔地呼唤着爱人的名字，将自己的脸埋进了他的肩头。

　　呼……爱情在这轻轻飘散的雪花中开始了。

　　谁能想到，这样的浪漫和甜蜜过后，他们面对的将是生离死别的伤痛和那般残忍的结局呢？如果能预料到将来发生的一切，他们还会选择如此相爱吗？

　　爱情……

　　头痛的东西。

　　我感觉有点闷，一股莫名的焦躁袭上心头，于是拖着对这浪漫的画面恋恋不舍的安息离开了钢琴室。

[7]

　　可能是觉得刚刚的情景实在太美好了，我和安息对这半年前的冬日上午突然有了一种莫名的喜欢。我们愉快地在街边闲逛，转眼间已经到了中午。

"言明，我有点饿了……"

知道吗？遇到安息以前，我一直以为天使是不吃东西的。即使吃东西也顶多是吃素。

可自从这个丫头出现，我的世界观被彻底颠覆了——这个丫头不但超级能吃，而且超级能吃肉。每当想到一个自称天使的家伙大口大口地吃肉，我都觉得这场面好恶心！

汗……

安息在一家烧烤店前停了下来，十分丢人地流着口水不舍得离开。

外面的天气很冷，可是烧烤店里面似乎是一片热气腾腾。我记得过去明蓝那丫头就很喜欢吃这个东西，整天缠着我陪她烧烤，不过我似乎一次都没有答应过她。呵呵。

"言明，你笑什么呢？"

嗯？我笑了吗？

是哦，我笑了，好像是因为想起了明蓝那个傻丫头求我陪她吃烧烤时的可笑样子——

的确很可笑。

"言明，反正还有时间，我们先吃点东西再回去好不好？"安息一副乞求的样子眼巴巴地望着我。

真是一个小馋鬼，这种时候还有心情吃东西。不过，我的肚子似乎也有点饿了。从昨天晚上跟踪那个该死的佑城去到了那个该死的地方，直到现在我都还没有吃东西！头疼！

"喂！我们不会因为吃了一块肉，就回不去了吧？"我突然想到了这个严肃的问题，瞪着眼睛大叫了起来。

"哎呀，你放心吧！只要我们不和与我们有关系的人说话，不给他们留下记忆，就不会有事的啦！走吧！快点来吧言明！言明最好啦！"

汗！这个丫头这么快就学会撒娇了，真不知道上帝还会不会让她回天堂去。

[8]

走进烧烤店，热气瞬间扑面而来，还真是让人有想要敞开肚皮大吃一顿的冲动。

我们在靠近窗边的一个双人座位坐了下来，在安息的"蛊惑"下，我稀里哗啦地点了一大堆东西，之后我们便坐在窗前望着滋溜溜乱叫的煎烤锅傻笑。

"言明，你笑什么啊？"安息傻傻地问我。

"你长得幽默呗！"我故意开她的玩笑。

"讨厌！不要乱讲啦！人家认真问你呢！"安息红着脸，一副要生气的模样。

"只是觉得很滑稽，"我笑了笑，"第一次和女孩子一起吃烧烤竟然不是和一个美女，真是想不到！"

"喂！该死的家伙！"安息的脸气得红红的，好像比煎烤锅上的牛肉还要烫。哈，原来每个女孩子都讨厌别人说她丑，连自称天使的家伙也不例外！我突然想起从前的时候，我每天都说明蓝丑得影响我的睡眠……好像每一次，她也都是气得和安息一样，小脸红红的……

汗！头疼，我最近怎么总是想起那个疯丫头？！难道真的像申也说的那样，一旦没有明蓝每天来烦我，我也许还会不习惯……

"两位！里面请！"

"老板，我们要靠窗边的座位！"

我正在胡思乱想，突然一个熟悉的声音跟着屋子里的热气一起飘进了我的耳朵里。

明蓝？！

我在心里惊讶地大叫了一声。当进来的两个人转过身的时候，我差点惊讶得背过气去。

什么？！怎么会是他们？！

[9]

"言明，怎么了？"

安息发现了我的奇怪反应，刚要回过头去看，却被我一把按住了她的脑袋。

"快低头！白痴！"

可恶啊！真是想不到会在这种场合下遇到明蓝，更想不到的是明蓝竟然和文泉在一起！

该死，他们怎么会在一起？！我可从来没听说过文泉那小子会陪女孩子吃饭！

"言明，我们现在怎么办？"安息发现原来是明蓝和文泉，也吃了一惊，连忙把头埋到大衣里面，小声地问我。

"还能怎么办？别被他们发现就是了！随时准备溜走！"我低声呵斥对面的小傻瓜！可恶，如果不是她非要来吃什么该死的烧烤，我们也不会遇到这种事情了。

[10]

屋子里热气腾腾，而我和安息还是把大衣裹得紧紧的，就连帽子都不敢摘，帽檐压得低低的，生怕被正巧坐在旁边的两个人发现。

"文泉，许言明那小子真的和别人出去约会了吗？"明蓝有点激动地问。

"嗯。"文泉没事人一样地答，"和申也'约会'。"

哇呀呀！这个可恶的文泉，竟然把我出卖了！要知道我为了甩掉明蓝可是整天让申也打扮成女孩子啊！难怪明蓝那个臭丫头总是不上当，原来是家里出了这么一个叛徒！可恶，文泉你小子给我等着，回头我就让你把这半年的房租全都补给我！

"可恶啊！这个该死的臭小子！总是骗我！"明蓝气呼呼的。

文泉没有说话，低头喝了一口茶。

"文泉，你说言明是不是很讨厌我啊？他怎么总是躲着我呢？"

"……"文泉抬头看了她一眼，仍旧没有说话。我连忙把头埋得更低，生怕被他发现。

"可恶！"明蓝还在自言自语地说个没完，"言明好像很不愿意见到我似的，是不是我真的很讨厌啊？我已经很尽力地做到他喜欢的样子了，可他还不满意！唉，现在连我自己都搞不清他到底喜欢什么了？是不是我怎么做他都不满意呢？文泉，你倒是说句话啊！"

"……"

汗！文泉还真是有定力，竟然还是一句话都不讲，服了他！

"唉……"明蓝又叹了一口气，"可就算言明不喜欢我，我也没有办法不去喜欢他……我想我一定有毛病，喜欢上了不喜欢自己的人……"

啊？她竟然都知道自己有毛病，为什么还不赶快放弃？那样大家都解脱！要知道我已经甩了你六个月了，我不烦你也该累了吧？？

"但是我不会放弃的！"明蓝突然又变得坚定起来，"既然喜欢一个人，我就不会后悔付出！相信言明早晚有一天会明白我的心意的！你说对不对，文泉？"

我以为文泉还是不会回答，谁想这一次他竟然轻轻地举起了杯子，淡淡地说了一句："希望你成功。"

"呵呵！谢谢你，文泉！"明蓝开心地举起了杯子，和文泉的杯子碰到了一起。

我汗！"希望你成功"？这个该死的文泉！这个超级叛徒！希望明蓝成功不就是希望我早日落入那个丫头的虎口吗？可恶！这个臭小子太不够朋友，看来我必须要他交房租才行！

"言明，我看我们还是赶快溜走吧，"我正在气愤，对面的安息突然小声地说，"再不走该被发现了！"

嗯！没错！我可没有心思在这里跟他们两个人生气了！还是赶快安全地回去才是关键！

文泉，早晚要跟你小子算账。

陪我的女人吃饭不说——注意！还没有甩掉的都是我的！竟然还出卖我！可恶！

[11]

这时，旁边一对情侣吃完正要离开，我和安息把脸捂得严严实实的，跟在他们的后面溜了出去。半个小时后，我们回到了现实的夏天。

[12]

这次回来后，我怎么看文泉怎么不顺眼。这个可恶的小子，平时不声不响的，竟然陪明蓝一起吃烧烤！要知道过去让他跟我去喝杯啤酒他都懒得动！

更可气的是他竟然在明蓝的面前出卖了我，这是我最最不能容忍的！

我就这样坐在客厅的沙发上死死地盯着文泉的一举一动。本以为那小子会心虚得很不自在，谁想他简直就当我是空气，根本无视我的存在以及我那犀利的眼神！

这种僵局直到申也回来后才被打破。

"言明，我查到了！"一进门，那小子就兴奋地喊了起来，"我知道佑城去监狱干什么了！"

哦？想不到申也的办事效率还真是高啊！昨天晚上答应我的事情，这么快就搞定了。

"快说！怎么回事？"我连忙追问。

"哈！真是想不到，"申也在沙发上坐了下来，"原来佑城还有一个弟弟，叫权佑正！"

弟弟？

听到这个消息，文泉也好奇地转过头来。刚刚洗完澡出来的安息听到佑城的名字也立刻冲了过来。

"申也！你说什么？佑城哥哥还有一个弟弟？帅不帅？！快说说！"

我差点没倒在地板上——这个该死的丑丫头！真是想帅哥想疯了！

"是的，佑城有一个叫权佑正的弟弟，小他两岁。昨天佑城去监狱就是去看望他的弟弟！"

"什么？你是说佑城哥哥的弟弟在坐牢？"

"嗯，"申也点点头，"我刚听说的时候也有些不可思议。不过的确是这样，佑城的弟弟是因为车祸撞死了人入狱的。"

"啊？坐牢？想不到啊！真是好可怜啊……"安息一脸难过

地说。

可怜？哈，这丫头是在说谁可怜啊——是说佑城还是说佑正？还是在说那个被撞死的人呢？

总之，我觉得现在我最可怜！佑城身上的问号越来越多……

第八幕
天使雪

他们紧紧地拉着手，
不停地在雪地上一圈一圈地、小心翼翼地走着，
踩出了一个个大大的、漂亮的形状
——心形、正方形、苹果形、蔷薇形……

· A ROAD WITH SAKURA ·

[1]

抵不过心里的诱惑，也受不了安息的折磨，我终于答应她今天再回去一次。

这次，是我和安息第三次回到过去。

我们来到了去年的12月20号。这一天，我们迎来了入冬以来最大的一场雪。我已经忘记了去年的这个时候我在做些什么，相信那天我一定和文泉一样睡到了很晚才起床。所以，我对这场雪没有一点印象。

我和安息早早地来到了圣安妮娅。远远地，我们就看到羽沫痴痴地站在大门口，幸福地张望着。

当然，她等待的并不是我们，而是冒着大雪来看她的又勋。

爱情的力量可真是了不起，这压顶的大雪也不能掩埋一对恋人之间缠绵的思恋。

可是，对于我来讲似乎没有这么美好的力量支撑。我现在唯一的想法就是赶快找到方法让羽沫好起来，然后立刻打发掉这个"自称天使的魔鬼"，恢复我正常的生活。

我们在圣安妮娅不远处的公车站牌停了下来。

[2]

"真是搞不懂这些小情人，这么大的雪，换一天再约会就好了啦！搞得好像几百年没有约会过一样，真是头疼！哎呀！女魔头！你干什么？！"

我真是受不了安息这个臭丫头了，怎么动不动就对我动手动脚的？？真是可恶！

"许言明！你这个人不懂浪漫就算了，怎么还没心没肺啊？人家冒着大雪来陪伴心爱的人，你不感动不说，竟然还说风凉话！上帝保佑你这个家伙死了以后千万不要进天堂！"

这个丫头除了诅咒人家上不了天堂还能不能有点新鲜的？真是无聊！

"那谢谢上帝大叔了！他就算是请我进天堂我也不去啊！下地狱也比每天对着你这个'自称天使的魔鬼'要好得多！"

"许言明！"安息的眼睛瞪了起来，"我警告你！不准再说什么'自称天使的魔鬼'！听到了没有？！"

喊，真是的！事实如此还不让人说，什么嘛！

话说回来，其实安息这个丫头也不是很差劲，虽然人长得丑了点，智商低了点，但毕竟还是一个热心肠嘛！只不过她的热心总是连累我跟着她做一些十分丢脸的事情。

头疼。

我正在胡思乱想，突然从羽沫的那边传来了一声惨叫。

怎么回事？

哦，幸好不是羽沫出了什么事情，而是一个骑单车的女孩子在孤儿院的大门前摔倒了。

"你没事吧？"

我看到羽沫关心地跑过去扶起了那个女孩，还帮她抚落了身上的雪。

看来羽沫真的变了。如果换作过去，这种情况下说不定会羞涩地转向另一边，心虚地装作自己什么都没有看见，而绝对不会去勇敢地接触一个陌生人。是又勋改变了羽沫，让她敞开了心扉，让她走出了自己封闭的小圈子，勇敢地融入到了这个大世界。

看着羽沫灿烂的笑容，我的心里莫名地涌起一丝忧伤。也许就是因为又勋在羽沫的心目中实在太重太重了，所以羽沫后来才无法承受失去又勋的痛苦吧！

"真是好倒霉啊！"这时，摔倒的女孩子抬起了头，"谢谢你啊！"

晕倒！不是真的这么巧吧？！

我倒吸了一口凉气，"咻"地把帽檐拉了一下，遮住了一半的脸，把身子扭了过去。

"哇！是明蓝哎！"

安息这一次终于学聪明了，乖乖地躲在了我的身后，没有大呼小叫。

"可恶，这个死丫头跑到这儿来干什么？"

"言明，你和明蓝还真是挺有缘分的哦！要不要我帮你问问爱神你们两个到底有没有机会啊？"

"算啦！不用您操心啦！"

这个自称天使的魔鬼又开始跟我玩封建迷信是不是？喊！我自己的事情跟爱神有什么关系？！用得着别人管吗？头疼！

不过这件事情还真是奇怪，为什么每次回来总是能够碰到明蓝那个死丫头？真是可恶……

[4]

"你怎么样了？疼不疼？"

我和安息偷偷地躲在一旁看。

"没事啦，就是膝盖还有点痛。早知道这么滑我就不骑车子了。"

明蓝那丫头果然是个笨蛋，下这么大的雪路当然滑了！你看看路上哪里还有骑车的人？

真是个白痴！

"你来这么早，是来领福饼的吧？"

"呵呵，对呀。你也是吗？"

"不是啦，我就是在这个孤儿院长大的。"羽沫笑得很好看，再也看不到从前的自卑和忧郁了，"每个星期天都有很多人来领福饼的，不过今天你来得实在是太早了。"羽沫一边说，一边帮明蓝把车子推到了墙角。

"哈！我知道啊，我上个星期就是因为来晚了没有领到，所以这一次我一定要排在第一位！"

"给爸爸妈妈领吧？"

"嗯！"明蓝调皮地眨了眨眼，"还有我男朋友！"

嗯？她男朋友？！又是说我吗？！郁闷！

该死的臭丫头，她搞什么啊？冒着这么大的雪来领什么破饼干！她难道不知道我讨厌这些东西的吗？我根本不吃面食好不好！真是个傻丫头！

"那你的男朋友一定很幸福！"

"呵呵。"

我似乎看到明蓝笑得脸都红了，这让我的心里涌出一阵说不出的滋味……可恶啊！许言明啊许言明！可千万别因为一块小破饼干就出卖了自己的灵魂！

"我想你也一定很幸福。"

羽沫真诚的祝福却让明蓝的脸上划过了一丝不易被人察觉的忧伤。但是最终明蓝还是点了点头，大声地说道："是的！我很幸福！"

那丫头脸上的笑容是那么灿烂和真挚，貌似她真的超级幸福……

"哦？过去我怎么一直没有发觉我原来是一个会给别人带来幸福感的人呢？哈哈！哎哟！该死的！我再次提醒你不准再打我的头！"

"喊！许言明你别得意了！"安息那个鬼丫头撇了撇嘴，"明蓝的幸福感是她自己的爱带给她的！跟你一点关系都没有！而你只会给人家带来痛苦！哼！"

哎呀？！该死的臭丫头！她在说什么？！她竟然说我只会给别人带来痛苦！？

"可恶！看我怎么收拾……"

我刚想摩拳擦掌好好教训那丫头一顿，谁想又勋却不早不晚地在这时出现了。我和安息赶快又把帽子往下拉了拉。

"羽沫！"

又勋从车上跳了下来，可以看得出他见到羽沫是多么快乐。

"又勋！"羽沫脸上的笑容灿烂得简直可以融化整片雪地，这不能不让我对爱情的伟大力量刮目相看了。

羽沫愉快地和初次见面的明蓝告别，然后高高兴兴地上了又勋的车子。

车子开走了。

我看到明蓝还傻傻地站在那里向着车子的背影挥手，眼神中流露出无尽的祝福和淡淡的忧伤……

我的心突然被触痛了一下。

NoNoNo！许言明！你这个浑蛋怎么了？千万不要陷入了感情的陷阱！那完全就是一个陷阱！

"言明！我们得走了！"

安息的声音把我从优柔寡断的狼狈境地里拉了回来。我决定暂时忘记明蓝，去做我现在要做的事情。

我和安息连忙拦住了一辆的士，紧紧地跟上了又勋的车子。

车子开动的一瞬间，我回头看了一眼，发现明蓝正皱着眉头朝我们这边看。不过还好，她最终也没有认出这个人是我……

[5]

又勋他们的车子在郊外的一块空地上停了下来，我和安息便也在不远处下了车。现在，我们的正前方是一片洁白无瑕的雪地，远处是一片被白雪覆盖的银白色香树林。

可能是时间太早，这里竟然一个人都没有。我想又勋也是因为这个原因才带羽沫来这里的。哈，不过如果现在他发现旁边还站着两个人——也就是我和安息——心里一定会很不爽吧？

整片雪地上只有我们四个人，一对真心相爱的情侣，一对水火不容的冤家，两个人心怀坦荡，两个人"图谋不轨"……

不过，放心啦兄弟！你就当我和我旁边的这个白痴不存在好了啦！自由发挥，尽情享受吧！

要知道我们只是来自半年后的一对无聊的人——呼，如果我和安息能够隐身就好了，

那就不用像现在这样尴尬了……

又勑拉着羽沫的手，踏上了这块没有瑕疵的白色空间。瞬间，雪地上留下了他们长长的幸福的足迹……

"言明，我们要不要也跟过去听听他们在说什么啊？"

"你白痴吗？！"我十分鄙视地瞥了安息一眼，"那样做很没品位知不知道？"

"啊？那我们怎么办？"

"怎么办？我看我们还是别过去打扰他们了，就在这里等着他们谈完情说完爱好啦！正好还可以——哎呀！该死的！你想偷袭吗？"

可恶！我话还没说完，安息那个臭丫头便攒起了一个超大号的雪团朝我丢过来，刚好砸在了我的脑门上。

该——死——这个不知死活的臭丫头，竟然敢挑衅战无不胜的许言明？我看她真是舒服腻了！

"偷袭我？那就别怪我不客气了！待会儿可别跪在我面前哭着喊上帝！看招！"说着，我假装做了一个抛雪球的动作，想要吓唬吓唬安息——谁想那丫头还真是超级无敌愚蠢，竟然被我一吓，"啪唧"一声在地上摔了个狗吃屎。

汗！用不用这么蠢啊！很没有挑战性啊……

"可恶！许言明你这个浑蛋！竟然敢欺骗我？我不会放过你的！"

安息十分不服气地从地上爬了起来，又接连攒起好几个雪团朝我丢了过来。

这个小丫头，看来还挺有骨气的嘛！好，既然她不想跪地求饶，那就尝尝我的厉害！

打雪仗？哈，好像很久没有玩过了，不过我可绝对不会输！

而且我最擅长的就是抓住小女孩的领子，把雪球塞到她们的脖子里面！呃……不过这一招现在看来似乎有点太幼稚了是不是？特别是对于像我这样的大帅哥来说，用这种方法欺负小女孩似乎有点太残……

哇！该死！什么东西这么凉？

"哈哈哈哈！你中招啦！"

可恶！她到底是天使还是女魔头？！人家正在犹豫要不要对她实施暴力，谁想那个小丫头竟然先下手为强把雪团塞到了我的脖子里？！头疼！看来对于她这种家伙根本就不用手下留情！更谈不上怜香惜玉！接招吧！

"臭丫头，你给我站住！"

我和那个"自称天使的魔鬼"在雪地里展开了一场"惨不忍睹"的雪地大战。

好像已经有好些年没有玩过这种游戏了，特别是看着那个丫头身上脸上都是雪，疯子一样在雪地里奔跑、大叫、大笑……我突然感觉自己曾经失去了那么多的美好……我又开始想去年的这个时候我在做些什么？为什么去年的这个时候快乐离我那么远？或者说是，那时我从来就没有珍惜过快乐，没有珍惜过这场美丽的大雪……

[7]

我们的笑声一定是太大了，远处的又勋和羽沫时不时地会转过头朝我们笑。

他们并不知道我们是谁，可笑的是，半年后我们却有了千丝万缕的联系。更可笑的是，我和安息此刻都知道这个"秘密"。

又勋和羽沫脸上的笑容很甜蜜，很安静。他们在享受着属于他们的爱情味道，他们的幸福和六个月后的凄惨形成了鲜明的对比，让我和安息都不忍去想，却又忍不住想知道这期间发生了什么事情……

一场雪仗下来我已经累了。此时，坐在雪地上的我终于肯安下心来看看那对"可怜"的小情人了。

我看到又勋和羽沫紧紧地拉着手，不停地在雪地上一圈一圈地、小心翼翼地走着，踩出了一个个大大的、漂亮的形状——心形、正方形、苹果形、蔷薇形……

哈！真是有趣的两个人，他们到底在干什么？恋爱中的人还真是不怕无聊！

[8]

"言明，我们来做一个雪人好不好？"

安息那丫头突然跑了过来，招呼也不打就一下子扑到了我的背上。

可恶！这个"自称天使的魔鬼"总是喜欢占我的便宜，还故意装出一副天真得不得了的可恶样子！

"雪人？太无聊了！"我撇了撇嘴，把她推到一边。

"不要嘛！"她现在已经越来越会撒娇了，真是愁人，"人家从来都没有做过雪人！你教教我嘛！"

"啊？你们那个什么天堂……不下雪吗？"我吃惊地望着她。

"许言明，你可真是够白痴！天堂根本没有四季，又哪里会下雪呢？"

没有四季？不会下雪？那可真是一个可怜的地方……我更加坚定了死后不去天堂的信念——我不喜欢一成不变的环境，即使永远都是阳光明媚的夏天。

"言明……求求你了！拜托啦……做个雪人给我吧！言

明……”安息开始没完没了地缠着我。

汗！这女生啊，你就是不能跟她们混得太熟，一旦混熟了准会开始跟你撒娇，缠得你死去活来。头疼！

不过这个时候，最好耍一耍她，让她接受教训！

"你这个臭丫头真是好烦啊！你想要雪人是吧？"我用力地敲了敲她的脑袋，"那就乖乖地听我的话！"

"啊？"安息的眼睛瞪得老大，"我听话你就做雪人给我是吧？哈哈！好的，我听话！我听话就是了！"

呵呵，幼稚的天使。

"那好吧！不过做雪人是需要一个人来做架子的！呃……"我装模作样地东张西望了一会儿，"周围似乎也没有什么人了，那……你就自己做架子好了。"

"做架子？好呀好呀！"

晕倒！这家伙真的智商超低！连做架子都能乐得屁颠屁颠的！头疼！

唉！这种小白痴现在不被我要，将来也会被别人要，那还不如被我要来得好。

"那你过来吧宝贝！摆一个漂亮点的姿势！"我一本正经地说道。

"哦！好的！"安息笑眯眯地坐在地上摆了一个熊仔饼干一样的姿势。

我强忍住笑，开始了造雪人工程。

[9]

我十分"认真"地开始把雪粘在安息的身上、四肢上、脑袋上。渐渐地，安息变成了一个白色的小熊，最可爱的是她那张露出的小脸蛋上还挂着心满意足的傻傻的笑。

呃……说句实话，虽然安息真的……真的有点丑，不过她的眼睛还是很漂亮的。其实我总觉得，一个女孩子漂不漂亮也不是什么大不了的事情，最重要的是性格不要让人觉得讨厌就行了。

所以，安息在某种意义上来讲还算是一个可爱的女孩子。就好像明蓝，虽然脾气不好、手脚又笨，但她终究还是我所有交往过的女孩子中最不让我讨厌的一个，所以她也可以算是一个可爱的女孩子吧。

嗯？许言明！你这个小子在胡思乱想什么？！天！说这两个女魔头可爱？哈，我看你真是活腻了！

我无奈地摇了摇头，笑了出来。

"言明，你笑什么呢？雪人什么时候能够做好呀？"安息似乎有点不耐烦了。

"急什么？你长得这么丑，肯定是需要多点时间才能把雪人做得漂亮些嘛！"

"该死的许言明！你不准再说我丑！我会跟你翻脸的！"

哈！翻脸？如果这丫头的脸真能翻过来就好了，那我就不用整天对着这张惨不忍睹的脸蛋了。

安息身上的雪越来越厚，她竟然一点都不觉得冷，而且依旧很开心。我已经厌倦了这个游戏，而她似乎还兴致盎然。唉！这些小女生的乐趣总是那么简单。

"言明，怎么样了？好了没有？"

"行了啦！世界上最蠢的雪人已经做好啦！"我拍拍手套上的雪，心不在焉地说道。

"讨厌啦！喂！我好想看看！我想看看'安息雪人'到底长什么样子！"

哈，这小丫头竟然还给雪人取了名字，真是好笑！

"你想看啊？那好办，我来给你拍张照片就 OK 啦！"说着，我把手机从口袋里拿了出来。

"言明！不行的！"安息的脸色突然变得很难看，大叫了起来，"千万不能拍照！否则时间轨迹会被扰乱的！我们不能留下任何东西，你忘了吗？"

啊？有没有这么夸张？不过她说的似乎也很有道理，否则我回到半年后发现去年12月份的相册里有安息的照片一定会吓死的。

我放下手机，做了一个"那就没办法了"的手势。

我看我的手一定是冻僵了，竟然十分白痴地把手机掉在了地上。我刚要弯腰去捡，正在这个时候，不知道是谁突然从身后推了我一把——晕倒！我竟然脚底一滑，一个"趔趄"朝"安息雪人"扑了过去。

[10]

"啊——"安息面对我这突如其来的举动只能吃惊地大叫。转眼间，我已经死死地压在安息的身上。"雪人"已经没有了，剩下的只有纯白的雪雾和飞散的雪花。

啊！不要啊！上帝可怜我，千万别让我像那些该死的偶像剧中的男主角一样就这样被这个丑八怪占了便宜啊！

呼！还好还好，我们只是彼此很不情愿地紧紧抱在了一起，大眼瞪小眼吃惊地盯着对方，还好嘴巴没有贴在一起！真是上帝有眼啊！

我正在暗自庆幸，突然不知是谁在我的脑袋上轻轻地点了一下——啊——我想死了！

我的嘴巴！安息的嘴巴！我们的嘴巴……呜呜呜！天旋地转落花流水生不如死！我真是想死了！

"救命啊！"那个该死的安息根本不顾及人家的感受，一把把我推开了，"快来人啊！流氓啊！流氓非礼天使啦！"

该死！我简直被气得浑身发抖！可恶，是谁非礼谁啊？！该大哭的是我好不好？！

我正在郁闷，身后却传来了银铃一般的孩子的笑声。我连忙气呼呼地从地上爬了起来。

可恶，我和安息这才发现，原来整件事情的罪魁祸首就是我们面前这个两三岁模样的小孩啊！

不过这个孩子长得真是可爱，大大的眼睛忽闪忽闪的，好像天上的星星一样，晶莹的皮肤好像轻轻一碰就会破碎一样，还有那调皮的小嘴巴，笑起来真是可爱得让人心疼。

嗯？我怎么还有心情夸他可爱？！难道我忘了吗，这个小东西可是刚刚一系列惨剧的罪魁祸首！可恶！他还有脸笑？！看我不打烂他的屁股！我——

"念念！你又在调皮！"

我刚要上前教训一下这个小毛孩，不远处突然传来了一个男生好听的声音。

怎么会……好熟？

第九幕
父与子

这到底是怎么回事？

· A ROAD WITH SAKURA ·

[1]

从我们的正前方走来了一个高大帅气的身影，这漂亮的身材让我们不禁联想到了一个人。

直到这个人来到了我们的面前，摘掉了戴在脸上的口罩，我和安息心中的怀疑才终于被证实了——佑城？

我们简直不能相信自己的眼睛，吃惊得说不出话来。

天！他怎么会出现在去年 12 月份的这个地方？是巧合吗？到底是怎么回事？

"对不起，念念又调皮了。希望没有打扰到你们。"

佑城说话的语气和半年后我们认识的他没有一点变化，甚至连他那张冰冷的没有表情的王子脸都没有变……

"爸爸！"小家伙见到佑城便高兴地扑到了他的身上，而且还叫他——爸爸？

爸爸？！我和安息不约而同地在心里吃惊地大叫了一声。

什么？这小家伙叫他爸爸？！这么说他是他的儿子？！

My god！等一下等一下！我已经晕了……怎么回事？！这个佑城看起来大不了我几岁的样子，怎么会突然冒出来一个儿子呢？何况从来没有听说佑城结过婚！这到底是怎么回事？

"实在抱歉！打扰了。"

我和安息还处于极度惊讶之中，这时，佑城抱起了念念转身便离开了。

　　"哎——"

　　我刚想上前拦住他问个究竟，却被安息拉住了。

　　"言明！千万别过去！"

　　"嗯？又怎么了？我只是想过去问问他到底是怎么回事。"我有些郁闷地瞪着死死地拉住我的安息。

　　"笨蛋！有问题要去半年后问啦！我们现在不能和他们之中的任何人对话，否则就会留下记忆，那样的话时间隧道还是会被扰乱的！我们就会有危险了！"

　　安息的表情非常严肃，让我多少有了些后怕。

第十幕
天空照

当一对对情人躺在雪地上的时候，
都会不自觉地微笑着朝天上看，
好像天空就是镜头一样……

·A ROAD WITH SAKURA·

[1]

佑城和念念这对奇怪的父子在雪地里坐了下来，像我和安息一样默默地注视着不远处的又勋和羽沫。

那对小情人似乎根本没有在意我们的存在，尽情地享受着美妙的周日时光。

念念一个人在雪地上画画玩，佑城却一直面无表情地盯着又勋和羽沫，这让我十分好奇。

从又勋和羽沫的反应来看，他们和佑城应当是不认识的，可是佑城的眼神却似乎告诉我们：他已经认识他们很久了……

"真是奇怪，佑城怎么会出现在这里？"安息皱着眉头低声问道。

"哈！连天使都不知道，我怎么可能知道！"

"我还以为他仅仅只是羽沫的主治医生呢……"

"所以说你们这些丫头都太单纯！我第一眼见到佑城就觉得这家伙有问题！"

"喊！那是因为你忌妒人家比你帅！"

晕倒！怎么我在她心里永远都这么肤浅？头疼！

2

"羽沫，好像可以开始了！"

这时，不远处传来了又勋愉快的声音，我们的注意力再次被这对小情人吸引。

"真的吗，又勋？这样就可以了吗？"羽沫的声音听起来真的好开心啊！在我记忆中，好像从来没有听过羽沫这么大声、这么开心地讲话。

难道又勋的存在真的对羽沫有这么大的影响？

不过我更好奇的是这两个人在雪地里忙活了那么久，到底要玩什么好东西？真是奇怪。

"又勋，我们从这边开始好不好？我觉得这个心形的最漂亮！"

听到羽沫的呼唤，又勋连忙快活地朝她跑去，脚底下飞出了幸福的"嘎吱"声。

我好奇地盯着他们两个——只见他们站在一个大大的、用脚印组成的心形框框前，手拉着手，愉快地对视了一眼——随着那久久回荡在天际的幸福笑声，两个人一起倒在了心形的正中间。

两个人的笑声再次冲破了天际。当他们小心翼翼地从地上爬起来的时候，心形的中间已经留下了两个人亲密的身影……

哦？真是有创意哦！这是什么游戏，好像挺有趣的哦！

"哈！我知道了！"身旁的安息突然大叫了一声。

"你干什么叫这么大声啊？真是丢人！"

"言明，我知道他们在玩什么了！是'天空照'！"

"天空照？"我好奇地重复了一遍。

3

"对哦！好像恋人都很喜欢玩这个游戏呢！我记得有一年人

间的冬天，我坐在云端看到好多相爱的人都在雪地里玩呢！当时我就觉得超级浪漫！"

"啊？你偷窥人家啊？真不要脸！"

嘿嘿！我要抓住每一个时机好好地损损她！

"讨厌啦！该死的许言明！人家给你讲的可是很浪漫的事情！"

瞧着她那一本正经的样子，还真是好笑。我强忍着笑，继续听她说。

"我记得，那一年我看到很多情侣在雪地上用双脚踩出各种形状的漂亮的'相框'，然后两个人用各种各样的姿势在'相框'里留下他们的身影。我还清楚地记得，当一对对情人躺在雪地上的时候，都会不自觉地微笑着朝天上看，好像天空就是镜头一样。所以啊，我就给这种游戏取了一个好听的名字，叫'天空照'。嘿嘿……浪漫吧！"

呵呵，我撇了撇嘴，故意气她："呃……除了这个名字土了点，其他的倒是挺浪漫的！"

"什么？！名字土？——你这个该死的家伙！我现在就让你下地狱！永远都别想上天堂！"说着，那个"自称天使的魔鬼"举着两个拳头就向我飞了过来。

汗……现在的女孩子怎么都这么暴力啊？竟然连天使也不例外？

又勋和羽沫还在拍他们美妙的天空照，而我和安息却又在雪地里闹了起来——浪漫从来与我们无缘。

当我们这两个身上、脸上都挂满了雪花的无聊人从这场恶战里面爬出来的时候，我们发现佑城和念念父子两个已经不见了——我甚至开始怀疑刚刚他们的出现是不是仅仅是一场虚幻的梦境？

"言明……"这时，安息突然拉了拉我的衣角，脸蛋红得像熟透了的苹果，"你快看啊……"

我顺着安息的视线看了过去——哈！难怪这个小家伙会脸红。

原来，远处的羽沫和又勋正面对面跪在雪地中间，甜蜜地亲吻着对方。

不知道为什么，我的脸竟然也"唰"地红了——汗！千万不能让申也那小子知道。如果让他知道我堂堂许言明看到别人亲吻会脸红的话，我就没脸见人了！

可是，那样的吻，即使从来都冷冰冰的文泉看到，恐怕也会红了脸吧——因为那实在是太纯洁了！

特别是在这纯白色的雪地与清爽的天空之间……

第十一幕
佑正

[1]

再次回到半年后，有件事情一直让我耿耿于怀——就是那天我们意外地见到了佑城，和他那个突然冒出来的儿子。

该死，我就说那个佑城一定有问题！原来他早就见过又勋和羽沫，而且竟然还有一个那么大的儿子！这小子只大我几岁，而他那个儿子差不多三四岁的样子，这小子到底多年轻就当了爸爸？真是嚣张！

我撇开安息，一个人气呼呼地朝佑城的办公室走去。

安息那个丫头只会碍事，我今天一定要让佑城那个家伙露出破绽！

"当当当——"

我做了一个深呼吸，强压住自己内心的激动，礼貌地敲了敲佑城办公室的门。没错，我不能表现得太过激动而引起他的防备。

"请进。"

我推门走了进去。

"许先生，"佑城的表情中看不到一点惊讶，"有事情吗？"

"事情倒是没有，只不过天气这么好，想找人聊聊天。不会拒绝吧？"

"当然。"佑城微微地笑了一下，"请这边坐。"

那个家伙还真是镇定，一边把我请到了沙发上，一边从容地给我倒了一杯红酒。

[2]

"Bordeaux？ 82 年的？"

"看来许先生对红酒也很感兴趣。"

哈，真是不好意思，我老妈就是在 FRANCE 做酒店的。

"权医生很有品位。"

"哪里，这是我女朋友喜欢喝的酒，放在我这里。"

嗯？女朋友？好！既然这小子提到了这里，那我不妨就开门见山地问问他！

"权医生还没有结婚吗？"

"没有。"面对我的问题，佑城没有一点犹豫或是惊讶，十分镇定而且随意地回答，让人听不出一点破绽。

可恶的小子，没结婚就有了儿子，那问题可就更大了！

"权医生真是好厉害，这么年轻就做了主治医师，如果再有一个漂亮的太太加上一个可爱的儿子，那可真是太幸福了，不是吗？"

我故意把重音放在了"儿子"上，还盯着那家伙的眼睛不放，谁想即使这样他都丝毫没有半点异样的反应。真是太可恶了，看来这一次真的遇到了一个不简单的家伙！不过越是这样，越是说明他有问题！

我更加坚定了第一直觉。

[3]

"许先生真会说笑。"佑城又轻轻地翘了翘嘴角，"我也希望有一天可以像许先生说的那样，享受天伦之乐。不过现在眼下最重要的还是我的病人，我希望我的病人都可以尽快康复。"

可恶的家伙，真是会装模作样！好，说到病人那就说说羽沫好了！

"权医生，羽沫可真是一个可爱的女孩子！"

"的确。只可惜年纪轻轻就经历了这么多事情。"

"哦？听权医生的语气好像很了解羽沫？"

听我这么说，佑城又笑了笑，挑衅似的盯着我的眼睛说道："了解每个病人是我们做医生的责任。就好像许先生作为羽沫的朋友，把了解她的医生当成自己的责任一样。"

该死！这小子明显是话里有话！竟然敢跟我讲阴话，真是可恶至极！不过算你小子走运，今天我决定忍你！

"权医生，"我顺了顺气，接着说道，"不知道权医生和羽沫是怎么认识的呢？"

"许先生的这个问题很有趣。"佑城从容地端起酒杯晃了晃，"一个医生和病人还能有什么样的认识方式呢？"

我冷笑了一声："不过听说权医生对羽沫的治疗完全是免费的，这让我很好奇。我还以为羽沫这么幸运，之前就和权医生认识呢。"

"羽沫是一个好女孩，谁见到她都会想要帮助她。我想即使换作别人，也会选择和我一样的做法，你说呢？"

"这么说，在羽沫入院之前，权医生从来没有见过她吗？"

哼！看你怎么回答！我就不信你小子还敢继续撒谎！早晚让你的狐狸尾巴露出来。

佑城又是微微地笑了一下："许先生，这个世界本来就很小，我们每天都会遇到很多陌生人。对于我，是没有必要记住每一个人的。就好像我们，也许我们就曾经在一家 bar 里喝过酒，甚至还打过一个简单的招呼，那么我想问，许先生现在是否还会记得我呢？"

可——恶——竟然滴水不漏！真是气死我了！看来不给他点厉害瞧瞧，这小子是不会说实话了！

"哼！不要以为我会相信你的这些鬼话！我今天——"

"言明！"我汗！我刚站了起来，安息那个丫头就不早不晚门也不敲地闯了进来。该死，怎么好像每一次都是被她坏了好事！

[4]

"哇！你果然在这里啊！快点跟我来！有重要的事情要跟你说！"

"该死！我现在的事情重要多了！待会儿再说！快点出去！"

"我不！"安息噘着嘴巴，眼睛瞪得圆圆的，"真的是重要的事情！你快点跟我来吧！少废话！"

说着，那丫头不由分说地就硬是把我给拖了出去！

我晕倒！她还真是爱添乱！更可恶的是那个丫头也不知道突然间哪来那么大的力气，竟然活生生地把我拖了出去。我眼看着那个可恶的家伙阴险的嘴脸一点点消失在门后，自己却硬是被安息拖走了。真是气不打一处来。

哼！臭小子，下次再跟我耍阴的，我一定不会放过你。

"哎呀！言明你快点跟我走吧！发生大事情啦！"

[5]

安息这个丫头，掉根羽毛都是大事情，真不知道这次又玩什么花样。

我跟着安息回到了我们暂住的海滨别墅。客厅里，文泉和申也正在那里等着我们。

"言明，你终于回来了！重大新闻啊！"见我黑着脸进了门，申也那小子问都不问我发生了什么事情就一把把我拉进了沙发里。

"什么事情大惊小怪的？"我不以为然地说道。

"你看看这个！"申也说着，把一份旧旧的报纸塞到了我的手里。

"这是什么？"我有点好奇。

"言明，这可是我托朋友从档案馆里找到的，是三个月前的报纸。"申也指着一个醒目的标题说道，"快看这条新闻！"

我忙把视线集中在了申也所指的地方——"归国留学生酒后撞死富商之子，被判入狱十三年"。

这是怎么回事？跟我们有什么关系吗？

我的脑袋里冒出了一串问号。

[6]

接着看下去我才搞清楚，原来这报道中所说的富商之子正是又勋，而那个归国的留学生不是别人，正是佑城的弟弟——佑正。

我惊讶得倒吸了一口凉气，半天没有说出话来。

事情越来越复杂了……

虽然那天我跟踪到了佑城去监狱看望弟弟佑正，而且后来我和申也也调查出了佑正是因为酒驾撞死了人，被判入狱的。但是我却根本没有把这起车祸和又勋的死联系在一起……

还有佑城。如果说佑正是因为撞死了又勋而入狱的，那么作为亲生哥哥的佑城是不可能不知道又勋的。如果佑城知道又勋，那么自然也会知道羽沫……这样说来，如果佑城是因为自己的弟弟撞死了羽沫的男朋友，害羽沫疯掉，所以才会帮助羽沫免费治疗的话，那倒是可以说得通……

可奇怪的是佑城为什么要对我们隐瞒事实真相呢？而且不单单是对我们，他似乎是在对所有人隐瞒事实真相，就连和他在一起工作的同事都不知道他的身世，甚至连他的别墅都没有进去过，更别说他还有儿子这件事情了……而这些又是因为什么？

我的脑子被搅乱成了一锅粥。我知道自己不是 Holmes，我也不想成为 Holmes，可是安息的出现已经彻底把我卷到了这个事件之中。现在，就算有谁来制止我继续调查这个事情，似乎也是不可能的了……

[7]

"言明！我就说佑城哥哥是个好人嘛！我没有说错！"

所有人都在沉默思考，安息那丫头却突然激动地大叫了起来。

"你这个丫头疯了吗？乱叫什么？"我狠狠地瞪了这只小白一眼。

"言明！我没有乱叫！"安息很不服气地喊，"佑城哥哥真的是好人！你看，他一定是想要替自己的弟弟赎罪，所以才帮助羽沫免费治疗的！他是真诚地想要帮羽沫的，我们不应该怀疑他，不应该对他存有偏见！"

"言明，安息说得好像有道理！"申也也跟着说道。

唉！两个幼稚的家伙！事情才不会有想象中那么简单呢！

"你们两个不要那么单纯好不好？"我撇撇嘴，"搞不好佑城是因为憎恨羽沫的男朋友害得自己的弟弟坐牢，想要报复在羽沫身上呢！"

"许言明你胡说！"安息气得眉毛都竖了起来，"不要把所有人都想得那么坏好不好？

你哪只眼睛看到佑城哥哥报复羽沫了？嗯？！你有看到佑城哥哥害她吗？"

该死！这个小丫头一天到晚就知道帮着外人说话，她也不想想自己一个"外星生物"，是谁收留她给她吃给她穿给她住？真是可恶！

　　"臭丫头！还用眼睛看吗？你用你那快退化的脑子想想好不好？！佑城那小子帮羽沫治疗快三个月，都还没有一点好转！我看他一定是故意的！"

　　"你说什么？你怎么能这么说呢？可恶！"

　　"我就说！我就说怎么了？你的佑城哥哥不是好人！"

　　我和安息又吵了起来，一直坐在旁边皱着眉头没有说话的文泉打了一个呵欠回到房间去了，剩下申也急得满头大汗。

　　"拜托，你们两个别吵了！真的好头痛啊！哎呀！"

　　我汗！我早就告诉过申也，在我和女孩子吵架的时候千万不要管，否则一定会受连累。

　　现在好了，又被安息一拳挥在了鼻子上。

　　"啊！"安息见自己误伤到了申也，连忙跑过去心疼地问，"申也，你不要紧吧？我不是故意的，真是对不起！都怪那个可恶的许言明！"

　　嗯？有没有搞错？自己打到了人还要怪在我的身上？真是一个小变态。

　　正在安息紧张地把申也扶到沙发上的时候，我们房间里的灯又突然无故闪了起来，一道白光在我们的眼前划过。

　　我知道，一定是又勋来了。

第十二幕
恩恩

天使说，人类很奇怪，
只有人类才会把死去的亲人困在小小的石头房子里，
让他们的灵魂不能自由。
· A ROAD WITH SAKURA ·

[1]

仍旧是那道炫目的白光，但是已经明显没有过去耀眼了。又勋身后的翅膀也不再像最开始那样生机勃勃了，羽毛脱落得越来越厉害。我突然在想，又勋的那些羽毛会散落在哪里呢？会不会被贪玩的小孩子捡到呢？然后像我和安息那样烧掉那根羽毛，回到过去……

想到这些，我不知道为什么竟然有了一点点的心酸……

[2]

"又勋！你还好吧？"

看到又勋虚弱的样子，安息难过地问。

又勋没有回答，而是微微地点了点头。看得出，虽然只是微小的动作，却也要消耗他很大的能量。

"头疼！还等什么？还不赶快飞到天堂去！"看到他这副模样，我都有点着急了，气急败坏地大声吼道。

又勋没有回答，而是用那双几乎已经看不到光彩的眼睛望着安息。

"他问我们羽沫怎么样了……"安息心虚地回过头望着我。

有那么一瞬间我真想直接告诉他没希望了，让他快点走吧。但是看到又勋期待的目光和微微颤抖的双唇，我最终还是决定违背我一贯的做人原则，违心地安慰他几句……

"呃……就……就快好了！"我避开又勋的目光，"你就放心吧，羽沫没事了，事情的真相我们就快都了解了，呃……就快找到治好羽沫的办法……那个，九十九天的时间已经快到了，你是不是考虑一下先去天堂……剩下的事情交给我们……"

我试探地说了最后一句话，但是结果跟我想的一样，又勋坚定地摇了摇头。他要亲眼看到羽沫好起来，否则进天堂对他来说没有任何意义。

又勋再一次消失了。我们都知道，又勋下一次现身的时候，恐怕就是他即将变成孤魂的那一刻了。

我真希望自己可以像安息那个傻丫头那样掉几滴眼泪，但是我不能！许言明不能流泪！

许言明答应别人的事情也一定要做到！我必须知道事情的真相！

必须要让羽沫好起来！

[3]

我们的时间越来越紧迫了。因为又勋已经一天比一天虚弱，如果还是不能尽快地完成又勋的心愿，让羽沫好起来，恐怕那个大家都不想看到的结局就要成为现实了。

这是我第一次与安息达成共识，在没有她胁迫的情况下决定再烧掉两根羽毛，回去看个究竟。我真希望它们能带我们尽快找出事件的关键。

没想到，我们这次居然回到了 3 月 10 日，与之前回去的时间跨度很大，这是距离又勋死亡大概两个星期之前。

让我们惊讶的是，这次我们再看到羽沫的时候，她已经完全没有了往日的神采，而是消沉得像一朵快要凋零的小百合一样。羽沫已经明显瘦了一圈，眼神也失去了光彩，再也看不到她和又勋在一起时的那种笑容了。

看来我们错过了太多的事情。我们不知道这期间到底发生了什么。

离开圣安妮娅，我和安息辗转找到了又勋。

[4]

这是这么久以来我和安息第一次来到又勋的公寓。

"哇！好大的房子啊！"安息望着眼前的高大建筑，惊叹道。

"废话！人家老爸有钱。"

"哦？又勋的爸爸是做什么的？"

"报纸上说是珠宝生意。"

我们正说着，大门突然打开了。我连忙把安息拉到了一旁的拐角处躲了起来。

"好像是又勋的车子。"安息指着正从里面缓缓开出来的黑色跑车说道。

"嗯！我们得想办法跟上才行。"

"啊？就靠这辆脚踏车吗？"安息指着我刚刚用老办法冒充FBI从另外一个小弟弟手里"借"来的脚踏车，郁闷地问道。

我汗……是哦！的确是一个大问题！就算把我的两条腿踩断也追不上人家四个车轮的法拉利啊！何况我还要带着这只不会飞的天使。

我们正在发愁，突然一个穿着黑色西装的中年人跑了过来，硬是拦在了又勋的车子前面。

又勋只得把车子停了下来，滑下了车窗。

只见那人绕到了车窗处，毕恭毕敬地朝车子里的又勋鞠了一个躬。

　　"对不起，少爷。老爷吩咐过，不准少爷开车出去。"

　　"我只是去看望妈妈而已！"又勋有点气愤，又有点无奈地说道。

　　"呃……"中年人面露难色，"可这是老爷的吩咐，我们当下人的也不好……"

　　"好啦！"又勋气愤地跳下车子，"咣"的一声关上车门，"你们老爷只是说不准我开车出去，现在我走着出去应该可以了吧！"

　　"啊？"中年人明显被又勋的行为吓到了，"这……这不好吧——少爷！少爷！你去哪儿啊？少爷……"

　　又勋没有心思再理他，扔下车钥匙一个人径直朝大门外走去。

　　嗯？到底发生了什么事？

　　我和安息互相看了一眼，都十分好奇。但这样也好，至少我们可以跟得上又勋了。

[5]

　　我想又勋一定是个说到做到的男生，他真的就这样一直走了下去，一路都没有拦车子。

　　然而我似乎看到了又勋正在反抗着什么，他每走一步都是一种示威。

　　冬天已经结束了，三月的冷风吹在脸上，还是让人感觉瑟瑟发抖。我和安息安静地跟在又勋的身后，一声不出地跟着他默默地往前走。

　　又勋说要去看望他的妈妈，这让我和安息很好奇，因为我们也是第一次听说又勋的妈妈。

不知道有这样一个可爱儿子的母亲会是什么样子。

又勋继续飞快地前进着。他紧紧地夹着身上的大衣，两只手插在大衣的口袋里，脸深深地埋在厚厚的纯白色围巾里。

他的速度时快时慢，我猜想他的心里也一定像他的脚步一样纷乱。

[6]

"言明，你说又勋的妈妈在哪里啊？她怎么不和她的家人住在一起呢？上帝啊！已经走了快一个小时了，我的两条腿都要断掉了。"安息不停地用小拳头敲打着她那据说就快断掉的大腿，皱着眉头哭诉道。

"小点声你这个笨蛋！没看到他已经停下来了吗！"

没错，又勋停下来了。他似乎站在原地踌躇了一会儿，然后突然抬起头，转身拦了一辆出租车，钻了进去。

我们不是被发现了吧？那可真是麻烦大了！没办法，现在这种情况只能硬着头皮上了！

幸好紧跟后面又来了一辆的士，我和安息二话没说便跳上了车子。

"叔叔！快跟上前面的那辆车子！"

"喂！别跟得太紧了！"我连忙谨慎地补充。

[7]

大概又这样默默行驶了二十多分钟，基本上已经出了市区，又勋的车子终于停了下来。

"嗨！真是晦气，一大早就来这种地方！"

司机抱怨着收了我们的钱，我和安息莫名其妙地下了车。

什么？墓地？

[8]

没错，我们竟然已经来到了墓地。站在我们现在所在的高地向右边放望去，几百几千个陵墓整齐地排列在我们的脚下。我瞬间有一种快要窒息的感觉。

安息那丫头不是自称天使吗？怎么好像连墓地都没有见过似的，看起来比我还要吃惊呢！

"喂！我还以为你们天使每天都和坟墓打交道呢！"我故意调侃她。

"不要乱讲啦！许言明！天堂里怎么会有这些东西呢？只有你们人类才这样有趣，人死了还要修这些小小的石头房子，把亲人困在里面，真是不理解！"

嗯？把亲人困在小石头房子里？呃，这种对陵墓的理解我还是第一次听说……

不过似乎也有道理的。我想如果有一天我死了，我也不希望被关在这里面吧？我更希望我的灵魂可以飞到很远很辽阔的地方去……啊呸！我乱讲什么呢？怎么好好的都想到死了？！晦气！

这时，又勋已经顺着旁边的台阶走了下去，进入了墓地。我和安息这才忙着也跟了下去。

[9]

看来又勋一定是经常来这里，他看都不看四周，便直接来到了一座看起来比较新的坟墓前。这座坟的周围种上了一圈矮矮的常青树，还有四季都会开花结果的四季橘，看得出亲人对墓主人的细心。纯白色的大理石墓碑被雕刻成了优美的玫瑰花瓣形状，墓碑上清晰地刻着几个大字——爱妻恩恩之墓。

我和安息十分好奇，便躲在了不远处的一个墓碑后面偷看——呃，希望没有打扰到这地下的灵魂，我可是大大的好人！

"妈妈……"又勋蹲下来轻轻地、充满爱意地抚摸着墓碑上的照片，"对不起，今天没有带来你喜欢的白玫瑰……"

"原来又勋的妈妈已经死了？真是不可思议……"我暗暗惊讶道。

"妈妈，真希望你从来没有离开过我……你知道吗，我现在真的很无助，好希望妈妈会帮助我……"又勋的声音有点哽咽了，"爸爸还是不答应我和羽沫在一起。我跟爸爸说羽沫是一个好女孩，我们是真心相爱的，但是爸爸却始终不同意我们在一起……妈妈，我突然觉得爱情真的好辛苦，明明是自己喜欢的人，却不能在一起，为什么会这样？为什么？"

说到这里，又勋突然无奈地笑了一下："也许妈妈自己也搞不清这个问题，对不对？"

我和安息越听越迷糊……

"妈妈，我想我必须做出一个决定了，就像当初的您一样。看来爸爸是不可能成全我和羽沫了……真是可笑……他已经失去了您，难道还想要再失去一个儿子吗？"又勋的声音突然变得很激动，"我是真心喜欢羽沫的，我答应过羽沫要永远保护她，永远不会离开她……我爱她，从我第一眼看到她我就知道，她是我一直在等的人！我也相信羽沫对我的爱！我从来没有怀疑过！我不能让羽沫失望……不能让她再流泪，我没有办法让自己看着她伤心难过而什么事情都不去做……没有了羽沫，我的生命将毫无意义，羽沫常说，我是她的阳光，其实她才是我的天使……如果没有羽沫，就算给我天堂我也不要……"

又勋流泪了，在这个冬末的早晨哭泣得像一个无助的孩子……

这是我第一次见到又勋流泪，心里有一种说不出的滋味。我还是不懂，难道爱一个人真的是这样的感觉吗？难道这个世界上真的还有这样的爱情吗？如果有一天我遇到了和又勋一样的情况，我又会做出什么样的决定呢……

这时，又勋掏出了口袋里的手机，拨通了一个电话。从又勋脸上温柔的表情来看，这个电话一定是打给羽沫的。

"羽沫，我是又勋……我很好……我想见你……一小时之后，在山道路口的大峡谷，好吗？路上小心点……我等着你……"又勋说完，轻轻地挂上了电话。

大峡谷？汗，这小子约会的地点还真是有个性！

[10]

又勋又低着头在妈妈的墓前站了几分钟，之后他轻轻地拂去了墓碑上的丝丝尘土，这才转身离开了。

我和安息并没有马上跟着又勋离开，而是好奇地在又勋走后来到了他妈妈的墓碑前。

"爱妻恩恩之墓"几个字赫然映入我的眼帘，字的上方是一张女人微笑着的照片。

嗯？这个女人……怎么有点眼熟？

[11]

没错！我真的好像在哪里见过！

我下意识地把头凑了过去，仔细地端详着照片里的这个女人。

她看样子非常年轻，也非常漂亮，怎么也想象不出她会有又勋这么大的儿子！而且又勋长得一点都不像她……

最奇怪的是我真的好像见过这个女人！嗯，一定见过！

可是到底是在哪里呢？真的想不起来了……

"言明！"我正皱着眉头冥思苦想，安息突然用力把我拉到了一边。

我还没有搞清楚到底发生了什么事，就连滚带爬地跟着安息又躲到了刚刚藏身的那个墓碑后面。

"你干什么？！"我瞪着眼睛，低声呵斥这个莽撞的家伙。

"嘘——"安息忙示意我小声一点，"小点声！快看，又有人来了！"

嗯？果然，一个高大的戴着口罩的男人抱着一个同样戴着口罩的小孩子缓缓地走了过来。

[12]

那人缓缓地走到了恩恩的墓碑前面，停了下来，轻轻地摘掉了脸上的口罩。

"佑城？"安息吃惊地说道。

没错，真的是佑城，他怎么会在这里出现？难道这个家伙和程家也有关系？！

我汗！事情真是越来越复杂，一个情况接着一个情况出现，我简直有些招架不住了……

第十三幕

念念

这个世界真是残酷极了，
连自己最爱的人都救不了……

· A ROAD WITH SAKURA ·

[1]

嗯？佑城怀里抱着的孩子不就是那天在雪地上见到的那个叫念念的小男孩吗，念念？

这个名字让我的心跳加快。念念……念念……难道是——思念恩恩？

这个大胆的想法让我自己都大吃一惊！我想起来了，那天我和申也在佑城的海滨别墅的储藏室里发现了一张他和一个女人的合影，那个女人不就是墓碑上的这个人吗？

"念念，跟妈妈问好。"佑城帮念念摘掉口罩，轻轻地对他说道。

我晕倒！妈妈？佑城让念念叫她妈妈？！

我和安息简直不敢相信自己的耳朵，吃惊得张着嘴巴彼此望了好久。

My God！

等等，等等！我现在的脑袋已经膨胀了，快让我想想这到底是怎么回事！

念念叫佑城爸爸，叫恩恩妈妈，这么说佑城和恩恩就应该是……等等！可是又勋也叫恩恩妈妈！这么说佑城是恩恩的婚外情情人？！可恩恩又是怎么死的呢？刚刚又勋对这墓碑说的那番话又是什么意思呢？还有佑城，他既然和程家有这么千丝万缕的联系，那么他跟又勋的死还有羽沫的病情又有什么关系呢？

汗！我数学也不好历史也不好国语也不好化学也不好……什么都不好！干吗把这么复杂的问题丢给我？真是想疯掉了！

我真有冲动想问问身边自称天使的安息是否知道这是怎么回事。但当我看到她瞪着圆圆的眼睛、张着大大的嘴巴连口水都快流出来的痴呆模样时，便放弃了这个愚蠢的想法。

[2]

"爸爸，妈妈会不会冷？"念念突然天真地说了一句让人十分辛酸的话。

"傻孩子，有爸爸陪着，妈妈永远都不会冷。"

看吧！这个臭小子承认了！果然没有错，他和程家的关系的确非常复杂。

"咳咳……"小念念突然咳嗽了起来，又勋马上紧张地帮他把口罩戴好。这个小朋友病了？

[3]

"恩恩，"佑城轻轻地弯下腰，将手里那一束早就准备好的白玫瑰放在了恩恩的墓碑前，"念念很想你，我也一样……"

这可能是我第一次听到佑城带有感情的说话。那束白玫瑰是恩恩最喜欢的，而佑城又把自己儿子的名字取作了念念，可以想象，他一定非常非常地爱这个女人。看来，我一直把这个家伙当成一个没有感情的冷血动物恐怕是错的。原来他也可以是一个温柔的情人，一个和蔼的父亲……

但是，他也不要妄想因为一束白玫瑰而改变我对他的看法！

我想知道的是这当中到底发生了什么事情。

[4]

"恩恩，下一次我会多陪你一些时间的。念念生病了，受不了风寒……不过你放心，我不会让我们的儿子有事的。"之后佑城突然换上了十分冰冷的语气，"也不会让程汉熙那个老头子好过的！早晚有一天，我也会让他尝到失去最亲爱的人是什么样的感觉！"佑城说完，抱着咳嗽个不停的念念离开了。

嗯？那个老头子？如果我没有猜错，佑城所说的"老头子"一定就是又勋的爸爸了！

那这样看来，也就是说佑城的太太被又勋的爸爸抢走了，成了又勋的妈妈……或者说是佑城勾引了人家的太太，然后还生下了念念……不过可以肯定的一点是，恩恩一定不是又勋的亲生妈妈——毕竟年纪实在是太不合适，而且——

"言明！"

可恶！这个该死的安息，没看到我正在冥思苦想竭力分析吗？总在这种关键的时刻打断我，真是可恶！

"臭丫头！你是不是很喜欢打别人的头？！"

"不是啦！你快看啊！我看到文泉啦！"

"文泉？"我吃惊地顺着安息手指的方向看了过去。

果然，不远处一个高高帅帅的、戴着黑色墨镜的男生不是别人，正是文泉！

可他怎么会在这里出现？！看他的样子是刚刚来看过了什么人，可我怎么从来没有听过他有什么亲人安葬在这里呢？臭小子，平时什么都不说，这回被我抓住了，非得问个清楚不可！

5

"喂！言明，你要干什么去？"

见我摘掉帽子就要朝文泉冲过去，安息连忙紧张地、死死地抱住了我。

"头疼！我去问问他来这里干什么！"

"晕倒！你难道忘了我们是来自三个月后的吗？你这样做会害死我们的！"

汗，差一点忘记了。

可恶，看来只能眼睁睁地看着文泉这样从我的面前走过了。

"气死我了，这个小子还真是奇怪，搞不懂他每天都在干什么！"

"许言明，你真的好差劲！"安息突然撇撇嘴巴。

"嗯？"我莫名其妙地回过头，"你在说什么？臭丫头！"

"哼，我真是怀疑文泉到底是不是你的朋友，你平时一点也不关心人家的吗？"

"关心？还要怎么关心？"我十分不满意地反驳，"难道你以为我们男生像你们女生一样八婆，整天讨论人家的隐私？"

"你这个人还真是喜欢狡辩！反正你就是从来都不关心自己的朋友，也不懂得关心身边的人！就从这一点来说，你跟佑城哥哥根本就没办法比！"

该死，我看这个丫头已经走火入魔了。难道她刚刚没有看出佑城在这个事情中复杂的身份吗？难道她还把她的佑城哥哥当好人吗？这些女人还真是单纯！单纯得可怜！

我和安息争吵了一路，离开墓地的时候，距离我们应该回到现实世界的时间还有两个小时，我们决定去又勋电话里说的那个大峡谷看看。

我们叫了一辆的士，用了四十多分钟的车程，终于赶到了大峡谷。我们到的时候，又勋和羽沫已经在那里了。

大峡谷周围实在太空旷了，没有一点掩饰物。没办法，我们只能远远地看着那两个人，不能靠近。

此刻，又勋和羽沫就坐在悬崖边上。峡谷猛烈的冷风吹得他们的衣角和围巾都飞得好高，让我十分担心这两个傻瓜会突然被一阵大风吹进悬崖，就此"殉情"了。

他们两个人坐在那里说了好久，可惜我和安息什么都听不到。不过，看到羽沫的头靠在又勋的肩膀上，也大概猜得出他们在说些什么。

这样的画面一直持续了二十几分钟，这时，我们远远地看到又勋突然站了起来，从怀里掏出了一个什么东西，猛力丢进了悬崖里。见此情景的羽沫似乎茫然了片刻，之后轻轻地扑到了又勋的怀里……

奇怪……又勋丢下去的是什么东西？真是好奇……

接下来的时间，两个人基本上没有再说话，不是安静地抱在一起，就是彼此依偎地坐在悬崖边上向远处眺望。

[8]

我和安息见时间差不多到了，便又回到了三个月后的现实世界。

第十四幕
文泉

或许他自己就是最大的一个谜……
·A ROAD WITH SAKURA·

[1]

离开冰冷的墓地和凛冽的大峡谷，回到现实世界的温柔阳光中，我突然觉得原来身边的日子是这么美好……

洗完澡，我舒服地伸着懒腰来到了落地窗前，望着窗外夕阳中的沙滩。

那橘红色的沙滩和泛着夕阳余晖的海水让我的心里暖暖的，似乎已经完全忘记了白天看到的一切冰冷的画面。突然，悠闲地坐在沙滩上的文泉的背影映入了我的眼帘，我的心里有了一种想要和他聊聊天的冲动。

我换上了一身轻便的运动装，随后从冰箱里拿出了两罐可乐，出门朝文泉所在的那片沙滩走去。

[2]

"接着！"

我把一罐可乐丢在了文泉的怀里，然后并排坐在了他的身边。

文泉对我的到来似乎没有一点点的惊讶，甚至都没有因为我的出现改变他的一个眼神——他仍旧眯着眼睛，执着地望着远处的海水。

"喂！想什么呢？"我"啪"的一声打开可乐，随意问道。

听到我这样问，文泉似乎觉得很奇怪。他转过头，皱着眉头看了我一眼，然后又把视线送向了大海深处。

"没想什么。"他的回答比我的问话还要随意。

"文泉，呃……"

汗，突然之间来关心人家的私事是不是真的很八婆？我还是有点开不了口。

见我欲言又止，文泉很奇怪。他又一次转过头皱着眉头望着我，像是在问我什么事。

拼了！有问题就问嘛！有什么好犹豫的呢？这根本不是我的作风！对！直接说就好了。

"文泉，好像从来没有听你提过你的家里人？"我还是决定先试探着问一下。

文泉轻轻地笑了一声："好像你也没有说过。"

"啊，我……"这小子竟然还先来了一个反问？好，反正我也没有什么秘密，说就说呗，

"我老妈在国外开酒店，老爸早就不知道跑到哪里去了。就是这样啊，你呢？"

"我没什么好说的。"文泉无所谓地说道。

"喂！别这样啦，我都说了，你也随便说说嘛！"

"我又没有逼你说。"

我晕倒！这是什么人啊？不声不响的，还很阴险，真是气死我了！

"喊！不说算了！"我撇了撇嘴巴，"以后可别说做兄弟的我不关心你！"

文泉又笑了笑："有时间的话，你还是多关心一下明蓝吧。"

嗯？明蓝？

可恶，这个臭小子怎么突然跟我提起了明蓝？哼，这个家伙平时对什么事情都不闻不问，

对明蓝怎么这么关心？！真是值得怀疑！

[3]

"喂！你这个臭小子老实交代，是不是对那丫头有……哎？你干什么去？"

我正说着，文泉那小子竟然连个招呼也不打就站了起来。

"喂，我还没有说完呢！喂——你有没有听到我说话？喂——"

我汗！这个该死的家伙，总是这副德性，想干什么就干什么，说走就走！真是头疼。

不过我早就已经习惯了文泉的这种奇怪个性，何况一起住了这么久，也懒得跟他计较了。

咦？这是什么？这个迷糊的家伙，竟然连自己掉了东西都不知道。

我拾起文泉掉下的东西，原来是那小子的钱包。随手翻开，我发现文泉竟然把我们"一家三口"的合影插在了里面。我摇摇头笑了笑，觉得这小子虽然平时冷冰冰的，其实还是一个挺重兄弟情义的人嘛！

这不是上一次申也过生日的时候我们拍的嘛。呵呵，想不到这小子到现在还留着，而且还放进了自己的钱包里。我突然间觉得心里暖暖的，好像有这么两个朋友在身边，感觉也不是很差劲哦！

我下意识地把相片抽了出来——嗯？掉了什么东西？

我这才发现，原来我们三人合影的下面还藏了一张小照片，我刚刚抽照片的时候刚好把它带了出来，掉在了我的腿上。我好奇

地把照片捡了起来，翻过来一看——着实吃了一惊。

[4]

明蓝？

文泉的钱包里装着明蓝的照片？

我此时的心情不知道如何形容，一种说不出的复杂滋味在我的心里流动。

我突然想起上一次在烧烤店里看到的情景……然而在我的头脑中更多的是文泉面对明蓝时如同视而不见的景象……怎么？难道文泉是故意在我的面前装作对明蓝毫不在意吗？也就是说文泉其实很在意明蓝，或者说文泉喜欢明蓝？

不会吧？！可我真的一点都没有看出来啊！

可恶！这个该死的臭小子！竟然连我的女人都敢算计，难道他不知道什么叫朋友妻不可欺吗？就算是……就算是我准备要甩掉的女人，他文泉是朋友的话也不应该有什么想法！更何况是把照片藏在自己的钱包里！

可恶——想不到文泉的品位竟然和我半年前一样！

想不到他一直没有对我讲实话！一直在我的面前装模作样！

更想不到他文泉竟然来跟我争同一个女人！真是太可恶了！

我郁闷地把明蓝的照片塞到了自己的口袋里，然后气愤地握紧手里的钱包，狠狠地扔进了大海里！

[5]

我一个人郁闷地在沙滩上跑了五六圈，出了一身的汗，这才觉得舒服了一点。

海风吹在我的身上凉凉的，让我不禁打了一个喷嚏。

该死！还是回去吧。

[6]

路过疗养院的时候，我远远地发现羽沫病房里的灯竟然还开着，于是便好奇地调转了方向，朝疗养院走去。和值班人员打好招呼后，我被许可进入了病房区。

走廊里十分安静，我不自觉地放轻了脚步。在路过值班护士办公室的时候，我突然听到素云的声音从里面穿了出来。

"佑城医生最近真的好辛苦，他每天都要陪羽沫小姐聊天到很晚！"

听到了佑城和羽沫的名字，我停下了脚步。

"是啊！这些天我还总是能看到佑城医生在办公室里加班，好辛苦的样子啊！素云，佑城医生最近怎么这么忙啊？"

"唉，我也不知道为什么。每次我劝他休息一下，他都说时间不多了，必须要尽快帮助羽沫小姐好起来才行。"

"哇！佑城医生真的好好啊！羽沫小姐也真的好幸福！"

"是啊！不过让人难过的是，无论佑城医生多么努力，羽沫小姐的病情还是不见好转……"

"唉……羽沫小姐也真是不幸，那么年轻就失去了自己心爱的人……"

后面的谈话我没有再听下去，而是好奇地继续朝羽沫的病房走去。

[7]

"羽沫，很多事情没有人能帮助你，只有你自己才能帮助自己，知道吗？"

羽沫病房里的门虚掩着，我隐隐约约听到里面传出佑城的声音。我轻轻地把门缝推开一些。

朦胧的灯光中，我看到佑城拉着羽沫的手站在落地窗前，望着窗外闪烁的夜空。

"人很奇怪，"佑城继续说，"有时候他明明醒着，却要强迫自己闭上眼睛。因为他害怕面对现实，害怕面对回忆……他宁愿永远把自己封闭在阴冷的黑洞中，也不愿意睁开眼睛看看现实世界中的阳光……"

本来是想找佑城问个明白的我突然决定不去打扰他们了。

我又在门口站了几分钟，然后带着说不出的沉重感，离开了疗养院。

第十五幕

明蓝

原来，爱一个人可以让自己变得更幸福、更勇敢。

·A ROAD WITH SAKURA·

[1]

第二天，我和安息早早地来到了三个月前的那个星期二——3月24日。这是我和安息第五次回到过去，我们也因此用掉了最后两根羽毛。

我们的心情非常沉重，因为又勋就是在这一天离开羽沫的。

[2]

今天早上刚好下了这个春天的第一场雨，空气中还可以闻到春雨清新的味道。冬天就这样正式结束了。

路面有点滑，我和安息小心翼翼地走在一条刚刚修好的石板路上，如同两个无所事事的"闲人"一样。

"言明，我有点害怕。"安息一边低着头走，一边轻轻地说道。

"怕什么？"

"……"安息犹豫了一下，"我害怕看到又勋被佑正撞到的那一幕……"

"傻瓜，那一切都早已经发生过了，有什么好怕的。"我虽然这样说，但一想到将要发生的那一幕，心里就实在不是滋味。

"真是太残酷了……我们只能眼睁睁地看着可怕的事情发生，却不能去制止……"安息失落地说。

"那干脆不要看好啦！我们这就回去！"我的语气似乎表明自己也很是害怕看到那一幕……

"可是就差这一步了，我们必须坚持到底……"

我和安息都不再说话了，继续低着头朝前走，不知不觉中，我们竟然走到了离我家不远的一个小巷子里。过去，这是我和文泉每天遛狗的必经之路，后来狗死了，我们也很少来过了——想到文泉，我的心里又是一阵说不出的滋味。

"龙哥，这边！"

巷子的另一头传来了一个沙哑难听的声音，我和安息停下了脚步。

只见两个小混混模样染着五颜六色头发的家伙，手提着两根巨大的棒子，凶神恶煞地从我们旁边走了过去。我和安息自然不想多生是非，连忙躲在了一边，生怕招惹了这群家伙。两个小混混很快和另一帮早就等在那里的家伙会合了。

"你们说的那个许言明就住在这附近吗？"

我和安息刚想离开却听到了我自己的名字。真是奇怪，难道这些小流氓是来找我的麻烦的？该死！我看这群家伙真是活得不耐烦了，竟然敢直呼我的大名！

我和安息互相看了一眼，决定躲在旁边听个究竟。

[3]

"嗯！龙哥，这次你可要帮我们兄弟出头，那个嚣张的小子抢了你的弟妹！"

嗯？什么？我抢了谁的弟妹？真是搞笑，每天从早到晚巴结我的美女无数，我知道谁是谁的弟妹？再说，每次都是女人来找我，我可从来没有主动抢过女人！可笑。

"是啊，龙哥！"旁边的另一个小胖子也开始帮腔，"那个许言明实在太嚣张了！全校美女都向他投怀送抱，更可恶的是他从来都不把我们兄弟几个人放在眼里！"

哈！你们是谁啊？凭什么指望我把你们几个小东西放在眼里？头疼！

"哼！"那个被叫做龙哥的家伙哼了一声，"看来这个小子很不给我们兄弟面子啊！"

"就是！他仗着什么啊？家里有钱？人长得帅？龙哥，我可不觉得那小子哪里有您帅！"

我倒！有没有他这么拍马屁的啊？真是睁着眼睛说瞎话。

"看来我们得好好教训他一次，让他知道在我们兄弟的面前嚣张绝对不是好玩的！"

"嗯，没错！教训他！"

"教训他！打断他的腿！"

这群小子开始兴奋地叫嚷了起来。

岂有此理！想不到三个月前，在我的脚底下还有这样一幕发生，真是可恶！这群不知好歹的鬼小子，竟然还敢说出想要教训我这种可笑嚣张的鬼话？！该死！看来我不先教训他们一顿是不行了！想到这，我气呼呼地挽起袖子就准备冲出去了。

"言明！"安息连忙拉住我，"你这是要干什么啊？"

"还用问？当然是要教训这群不知死活的臭小子！"

"哎呀！"安息急得额头冒了汗，"别忘了我们是来干什么的！没有必要为这点小事耽误时间啊！"

"小事？难道你没有听到他们刚刚说什么吗？竟然说什么要打断我的腿！该死，我今天就要把他们的腿打断！"说着，我就要往前冲。

"言明！"安息死死地抱住我，"可是你的腿不是没有断嘛！那就说明他们没有伤到你啊！那个时候的你已经把他们打败了，现在的你应该跟我去找又勋才是！"

嗯？安息的话提醒了我，这一切都是发生在三个月前！

可是我想来想去，都不记得三个月前曾经见过这些家伙！这是怎么回事？这样看来只有两种可能：第一就是这些小流氓后来前思后想，觉得我实在是太帅、太厉害了，打也打不过我，争女人也不是我的对手，那样的话不如认栽算了！所以他们后来决定就地解散，刚刚那些话就当痛快痛快嘴巴……呃，不过这似乎不大可能哦……还有一种可能就是有人出来制止了这些愚蠢家伙的"自杀行为"。可那又会是谁呢？是申也？不可能！那小子比女人还胆小，最怕的就是打打杀杀，爱惜他漂亮的发型超过爱惜我的生命！那是文泉？

可我根本没有听他说过这件事情啊？

真是奇怪……

我的朋友不多，真正以兄弟相称的朋友除了申也和文泉就没有别人了——大多人都视我为眼中钉……如果不是他们，还会是谁呢？

"住口！"

我正在奇怪，突然，从巷子的另一头传出一个女孩子的声音。

[4]

明蓝？！

我和安息吃惊地发现明蓝那个丫头竟然出现了。

什么？是她？难道就是这个傻丫头半年前制止了这场对我的报复行动？啊！

NoNoNo！这怎么可能？！明蓝虽然样子够凶、嘴巴够臭，但怎么看也不可能单枪匹马、赤手空拳打败眼前这几个人高马大的暴徒吧？单单那一个小胖子，抬一下脚就能把那丫头踩死了……

"喂！你是谁啊？"那个沙哑嗓子把明蓝上上下下地打量了一番，不屑地喊了一声。

"我是谁你们没有必要知道！"明蓝叉着腰气势汹汹地喊，"但是，我绝对不允许任何人说言明坏话！"

啊？这丫头疯了吗？难道她真的以为自己是女神？！我可没有想过让她替我出头！

"言明！明蓝对你可真好！"安息感动地看着我说。

"好？我看这丫头是疯了！"我气呼呼地说。

我真是快被明蓝给气死了！难道她不知道自己几斤几两吗？这几个小子随便一挥手就能让她毁容！该死，谁让她逞英雄啦！她怎么总是这么天真，她真的以为美人救英雄我就会被感动吗？！头疼，看来如果我不出手，她今天就死定了！

"言明，你又要干什么？！"

"废话！当然是去救人啦！"我一把甩开安息的手，"再不去那丫头就报废了！"

"难道你又忘记了我们是从三个月后来的吗？"

"呃……"

的确，我刚刚头脑一热又忘记了这个问题……

"言明，明蓝不会有事的！如果今天明蓝出事了，那就不会有后来的明蓝了！放心吧！明蓝一定会化险为夷的！"

化险为夷？我有点茫然，不知道这个丫头能使出什么解数逃离这些暴徒……

虽然我平时总是骂她"去死吧"——可是现在，我真的不希望她出事。

我紧紧地攥着拳头，决定跟安息一起躲在这个让人郁闷的角落里看看事情接下来的发展。

明蓝，死丫头，千万不要有事……

[5]

"丫头！识相的就快点让开，别在这里挡着哥哥们的路！"

"不行！谁都不能去伤害言明！只要有我在，就绝对不允许你们碰他一根手指！"明蓝说着，坚定地张开了两只胳膊横在了巷子中间。

"哈哈……"那群家伙笑了起来，"丫头，你以为凭你就能挡住我们的去路吗？快点让开吧，我们只是教训许言明那小子，还没有想要伤及无辜！"

"不——行——不能伤害言明！"

"哈！你是他什么人啊？干什么那么关心他啊？"

"是啊是啊！"周围的家伙也开始跟着起哄，"你是他老婆吗？哈……我们可听说许言明一交女朋友都是一月一新哦！"

"哈！我还听说那小子每个月用一个星期的时间谈女朋友，三个星期的时间甩掉女朋友！哈哈，那你是他的'几月女友'啊？"

"哈哈哈哈……"

……

[6]

该死的家伙们！真是后悔当时我没有在现场。如果我当时在的话，准把他们一个个地碾碎！

我的拳头攥得咯吱直响，我感觉自己的太阳穴正在一点点地膨胀。

我看到明蓝的脸蛋被气得绿绿的，瞪着红红的眼睛狠狠地盯着面前的几个家伙。

看到明蓝激动的样子，我真担心她还会做出什么傻事，只希望这个傻丫头能快点清醒过来，聪明起来，知道自己现在面对的是一群什么样的恶徒，然后赶快跑掉。

但是接下来发生的一幕让我彻底不对她的智商抱以什么希望了——这个傻瓜竟然像个小孩子一样气呼呼地从地上抓起一把沙子，狠狠地丢向了前方的这群人。

头疼！难道她一定要惹怒他们吗？

一大把沙子"准确无误"地撒在了"龙哥"的脸上。

"该死的！"他惨叫了一声，好像有沙子进到了他的眼睛里。

"看来你这个丫头是活得不耐烦了！小虎，给我教训她一下！"

那个一直靠在墙边抽烟没有说话的黑皮肤小子听到龙哥的吩咐，狠狠地把剩下的烟头扔在了地上，踩碎，然后气势汹汹地一步步朝瘦小的明蓝靠近了。

白痴！她还站在那里干什么？！还不快点跑？！

可恶，那个叫小虎的家伙竟然狠狠地一把把明蓝推倒在地。明蓝痛苦地叫了一声，手捂着扭到的脚踝。

这个笨蛋！摔倒一下就能扭到脚，这种水平还在这儿逞什么英雄啊？快点给我跑啊！

眼看叫小虎的那人伸出胳膊就要抓住明蓝的头发了，可明蓝还是傻傻地坐在那里一动不动！该死！她到底在想什么？难道她真的想要被人家教训一顿吗？！

不行！如果我再这样坐视不管，我就不是许言明了！

"安息你别拉我！今天我说什么都要管这件事情了！"

"言明！别冲动！"

"让开！"我又一次甩开安息，"别跟我提什么'时差'！就算是我们真的再也回不去了！我今天也不能放过这群狗东西！一定要——"

"哎呀！"

我正要冲过去，只见那个叫小虎的家伙突然大叫了一声，左手捂着右手十分痛苦地倒在了地上。

嗯？这是怎么回事？！

该死！难道明蓝那丫头背着我练了什么内功秘籍？！

可是不像啊！那丫头已经被吓得脸色发白了，她的表情似乎比我还要吃惊。

"言明！"安息突然两眼放光，开心地说道，"好了，没事了！文泉来了，明蓝不会有事了！"

文泉？

[7]

"该死的！你是什么人？！"

刚刚被文泉一颗石子打在手腕上的小虎连滚带爬地从地上站了起来。

这时，穿着一身休闲装的文泉走进了我们的视线。

呼……我终于长舒了一口气。这回好了，只要文泉出现，明蓝就不会有事了，文泉会保护明蓝的——文泉保护明蓝？！

我的心里突然有一种异样的感觉，很不是滋味……

"文泉！"明蓝兴奋地叫了一声，脸上露出了见到救星一样的喜悦，"你终于来了！真是太好了！"

"如果电话里你能把地点说得更清楚一些，我早就到了。"文泉一边说，一边把她扶到了旁边。

汗……我就说嘛！这小子不可能起这么早跑到这种地方，原来明蓝那丫头还没有那么笨，知道先打个电话通知救兵！嗯？不过这该死的丫头怎么打电话给文泉而不是打给我呢？

可恶……

"唉！明蓝对你可真好……"我正在郁闷，安息那个丫头突然没头没脑地说了这么一句。

"白痴！你说什么呢？"

"你看，明蓝都没有叫你来，我想她一定是怕你受伤……可想而知她有多爱你……"安息颇有些陶醉意味地说。

呃……安息的这个解释让我的心里又是一阵纷乱……难道真的是这样吗？那个傻丫头因为怕我出事，所以才没有打电话给我？不！我宁愿让自己相信她是一时吓傻了忘记了我的电话号码，总之，我不想欠她太多……

[8]

"小子！来找碴的吗？"龙哥很不满意地盯着文泉。

文泉轻蔑地看了那家伙一眼，没有说话。

"该死！别在我面前装聋作哑装深沉！识相的就快点跟我的兄弟道个歉！"

文泉还是没有说话。

这一回叫龙哥的家伙可真的是火了。

"臭小子，不识抬举！那就别怪哥哥我今天不客气了！兄弟们——"龙哥朝身后的家伙一招手，"活动活动手脚！给我狠狠教训他！"

"是！"

说话间，那几个混混模样的小子便摩拳擦掌，一步步逼近了文泉。

不知道以寡敌众文泉吃不吃得消！真后悔那天我不在现场，否则就可以好好地亲手教训一下这群家伙了。现在想想还真是手痒。

文泉似乎根本没有把这几个小子放在眼里，他若无其事地看了他们一眼，甚至连动都没有动一下。

"臭小子，看招！"

叫小虎的那个家伙第一个冲了上来，结果一个"背负投"，那小子就被文泉狠狠地摔倒在了地上。其他的几个家伙吃了一惊，发现文泉并不是好对付的，然后无耻地一拥而上，开始围攻——一场恶战开始了。

"文泉！小心啊！"一旁的明蓝紧张地喊道。

幸好文泉是柔道高手，面对几个小混混还是招架得住的，否则今天这种情况就危险了。

虽然以一敌五有点吃力，不过文泉不愧是我的兄弟，一点也没有给我丢脸！不一会儿，几个小子就全都被文泉打倒在地了。

"帅哥饶命……饶命啊！我们以后再也不敢了！"

"是啊！放过我们吧！"

这几个被打得鼻青脸肿的小流氓开始跪地求饶。

"不准再欺负她，也别想打我兄弟的主意，听到了吗？"

"呜呜……听到了，听到了帅哥！那我们可以走了吗？"

"快点滚！"

听到"快点滚"，几个人马上连滚带爬地头也不回地跑掉了。

[9]

"哇唔……"安息已经没有了刚刚的紧张情绪，取而代之一副十分陶醉的样子，"文泉好帅啊！英雄救美啊！而且好讲义气的！喂……"安息踮起脚撞了撞我的肩膀，"你难道一点都不感动吗？你没有听到吗？刚刚文泉说不准他们伤害你呢！"

"闭嘴！不用你多管闲事！"

我狠狠地骂了她一句。

[10]

"你没事吧？"我看到文泉走到墙边，把明蓝抱在怀里，关心地问道。

"呃……"明蓝摸了摸自己的腿，咬着嘴唇摇了摇头，"没事的。"

"我送你去医院。"

"啊？不用了！没事的！只是扭到而已。"明蓝连忙说道。

然而文泉并没有听她说，硬是抱着明蓝往前走。

明蓝知道文泉的性格，他决定的事情是不能被改变的，所以也没有再争论下去。但明蓝却突然紧张地补充了一句："千万别让言明知道！他一定会找他们算账的！我不想让他受伤……"

听到这句话，文泉停住了一下。但马上，他还是什么也没说，继续抱着明蓝往前走了。

可恶……这两个人……这两个人！竟然抱在一起！呃……虽然这么说不太准确！可还是让我无法忍受！

[11]

"言明，我们现在怎么办？"

"跟过去看看！"我凶巴巴地对安息说道。

第十六幕
佑正

[1]

我们跟着文泉来到了我家楼下。

只见文泉小心地把明蓝抱进了我的车子里，然后钻进车子掉头朝医院开去。该死！这小子什么时候拿着我的车钥匙？

我和安息也连忙跟在后面拦了一辆车子，跟了上去。

十分钟后，我们一前一后来到了市中心医院。

[2]

"快点，他们下车了！"我连忙催促着安息。

看着文泉紧张地抱着明蓝冲进医院大楼，我心里的感觉十分奇怪……

"臭丫头！你快点行不行！"

这个笨蛋安息，付个的士钱还要拖拖拉拉的，真是麻烦！早知道就不该把钱交给她！

"言明，哪张是五十元的啊？"

我晕倒！

这个白痴还真是丢人！

我气呼呼地一把抢过钱包，掏出一张五十的扔给了前面的司机，然后一把将安息提下了车子。

"你干什么啊？温柔一点好不好？"安息很不满意地说道。

"温柔？"我的火气比她可要大多了，"全都怪你这个没用的家伙拖拖拉拉的，现在好了，人都跟丢了！"

"什么嘛！"安息很委屈的样子，"真是搞不懂你！有文泉送明蓝去医院你还有什么好担心的？平时不知道关心人家，现在又来装模作样！"

"嗯？"我的眼睛瞪了起来，"你这个臭丫头说谁装模作样？"

"就是你嘛！"安息更加"嚣张"地跟我喊了起来，"我就知道你这个小气鬼！一定是害怕明蓝被文泉抢走了！哼！你总是这个样子，在你身边的人不知道珍惜，直到就要失去人家了才开始紧张！哼！你这种人真是活该！我看明蓝和文泉在一起比和你在一起不知道要幸福几百倍！你根本就不值得明蓝喜欢！"

"闭嘴！"

可恶！什么时候轮到她这个 P 都不懂的笨蛋教训我？！是不是我最近少骂了她几句她就开始嚣张？她知道什么！她以为我会紧张那个叫做明蓝的臭丫头吗？！她真是太不了解我了！

"白痴！不要自以为是！别以为我是在乎明蓝那个臭丫头！"

"哼！你就是在乎人家！如果不是在乎人家，你刚刚怎么会不顾生命危险想要冲过去救她呢！"

"哈……真是好笑！你当我是无情无义的人吗？那种情况下即使换作你这个白痴，我也会救你的！"

"哼！你尽管狡辩好啦！反正我知道其实你是喜欢明蓝的！"

"闭嘴！"我简直被气得快要疯掉了，"你这个臭丫头再敢乱讲我就把你扔到天上去！"

"你扔啊扔啊！有本事就扔啊！"

"你这个刁女……"

……

正在我和安息争吵个不停的时候，一辆有点眼熟的黑色宝马一个急刹车停在了我们的身边。

[3]

"哥，你先去补办一个手续，我带念念去找李博士！"

说话间，一个穿着色彩明朗的外衣，头戴鸭舌帽，长相清秀的年轻人慌忙地从车子里跳了下来，怀里还抱着一个三岁左右的小孩子。

面色憔悴的佑城也下了车。佑城的出现着实让我们吃了一惊。

"好！我办好手续就去找你！"

说完，他们行色匆匆地进入了医院大楼。

虽然刚刚那个面容干净、充满活力的年轻人我们并没有见过，但是从刚刚那一声"哥"可想而知，这个人就是后来因为撞死又勋入狱的佑正。而佑正怀里抱着的孩子就是念念。

真是想不到，这样一个阳光可爱的大男生几小时后竟然成了罪犯……更让人不理解的是，这场车祸到底是如何造成的……

[4]

"言明，这是怎么回事？他们怎么会来这里？"安息吃惊地问。

我也很奇怪，不知道他们为什么也会出现在这个地方——因为按照三个月后的结果，今天应该是佑正的车子撞死又勋的日子。

这一次我和安息的行动非常迅速。我们立刻跟着他们进了医院，并且一直紧紧地跟在佑城的身后。

佑城先去补办了一个住院手续，然后急急忙忙地找到了医院的院长……看来他对这里非常熟悉，而且似乎每个人都认识他。

从佑城紧张的神色和额头微微渗出的汗水不难猜测，一定是发生了严重的事情。

[5]

不一会儿，佑城带着疲惫的神色从院长室里走了出来，之后他又立刻打起精神，去往重病观察区和佑正会合。

到底发生了什么事情？我和安息一头雾水。可就在我们想要跟着佑城进入重病观察区的时候，却被一个小护士给拦住了。

"对不起，"小护士礼貌地说，"这是重病观察区，除特殊许可，外来人士是不能随便入内的。"

"什么？"我有点急了，"可是我们有急事！"

"对不起啊先生，这是院里的规定。"小护士面露难色。

"可恶！什么该死的规定！我必须要进去看看，谁都别拦着我！"

"言明，你别激动嘛！"安息一把把我拉到了身后，转过头笑眯眯地对小护士说，"小姐姐，我们是佑城先生的朋友！"

"啊？真的吗？"小护士的脸上露出了一丝惊喜，"你们认识佑城先生吗？"

"对啊对啊，我们从小就认识呢！"

我汗！这小天使真是撒谎脸都不红！上帝啊，你都听到了吧？

"哇……你们可真是幸福，能认识佑城先生这么帅又这么善良的人！"小护士一脸崇拜。

晕，原来这个姓权的到处都有粉丝啊！

"哦，对了！佑城先生刚刚进了重病观察区是吗？"

"对呀！他来看他的侄子！"

"侄子？！"我和安息同时吃惊得叫了出来。

侄子？

佑城什么时候又多了一个侄子？

"啊？你们还不知道吗？小念念生病了！"小护士接着感动地说，"佑城先生真是伟大，对弟弟的孩子就好像亲生儿子一样关心呢！"

晕倒！弟弟的孩子？难道念念是佑正的儿子？！怎么会这样？

我和安息已经彻底被搞晕掉了，刚刚清晰起来的思路又突然被扰乱了。

念念怎么又变成佑正的儿子了呢？！真是越来越乱……

"小姐姐！那念念到底得了什么病啊？"

"唉！那个小孩子真是可怜，一出生就有先天性心脏病……"

"先天性心脏病？！"我们又吃了一惊。

"小唐护士！快点进来一下！"这时，里面传出了一个男人的声音。

"哦，对不起啊，先生小姐。"小护士礼貌地朝我们鞠了一躬，"还是不能让你们进入重病观察区。你们还是先到那边坐一会儿吧，佑城先生一会儿就会出来了。李博士在叫我，我得先进去一下了。再见。"

说完，小护士急急忙忙地跑了进去。

[6]

我和安息呆呆地坐在一旁，试图理顺这乱作一团的思绪。

怎么会呢？小护士竟然说念念是佑正的儿子？！

如果念念是佑正的儿子，那么佑正和恩恩又是什么关系呢？

可事实表明佑城和恩恩才应该是情侣关系啊！这到底是怎么

回事呢?

现在，佑正似乎也被彻底地卷入了这个事件，他已经不是简单的车祸肇事者了。这里面还有太多没有搞清楚的问题，希望一切都可以在今天有个答案……

第十七幕
元凶

一切都被贴上了不可思议的标签。
爱情，到头来为何会成为罪恶的元凶……

· A ROAD WITH SAKURA ·

[1]

"言明，佑城出来了！我们快点躲起来！"安息边说边把我拉到了一边的角落里。

我看到神色凝重的佑城从重病观察区里走了出来。

"佑城先生！"刚刚陪我们聊了很久的那个小护士紧跟着从里面跑了出来。

"什么事？"佑城停了下来，转身问道。

"佑城先生，李博士让您下午过来的时候顺便带上念念之前的病例本。"

"知道了。"佑城面无表情地回答道，转身继续往出走。

"哦，对了，佑城先生！"佑城没走几步，小护士又追了上来，"忘了告诉您，刚刚有两个您的老朋友来看望您了！"

我汗！这个小护士用不用这么善良啊？竟然还提到了我们？！

我和安息马上郁闷地又往角落里面缩了缩，生怕被他们发现。

"朋友？"听到这话，佑城的眉头警觉地紧锁了起来，冷冷地说，"我没有朋友！"

"……"

这句冷冰冰的话让小护士摸不着头脑，也让我和安息的心里深深地触动了一下。

佑城说得没错，他没有朋友，但是这种封闭阴暗的生活都是他自己选择的。我不知道他为什么会选择这种生活，为什么要活在那个压抑得让人透不过气的世界里。

这中间到底藏着什么样的秘密呢？

[2]

佑城行色匆匆地走出了医院大门，直奔自己的车子。

为了搞清楚事情的真相，我和安息也跟了出来。

"他要去哪儿？"安息的眼神中透露着关心和紧张——我知道，直到现在她都坚信佑城不是坏人。

"你没听到小护士说嘛，是回去取病例本了。"

"我们要不要跟着他？"

"嗯？跟着他干什么？我们应该留下来跟着佑正才是！"

"可是……"安息咬了咬嘴唇，"佑城的状态好像很差，我怕他……怕他会出事……"

"拜托！"我有点无奈了，"你不是总对我说过去的事情我们管不了吗？别忘了我们是来自三个月后！"

"……"安息的脸涨红了，但她还是忍不住跟我耍赖，"我不嘛！我就要去跟着佑城。即使不能帮助他，我也想知道他都在做什么！"

汗！看来天使也是女人啊，永远是"不理性"的代名词……算了，就成全她一次吧。

反正我也很好奇，想知道这一天在佑城的身上到底发生了什么事……

[3]

糟糕！医院大楼前面竟然叫不到车，眼看着佑城的车子就要驶出医院大门了，可我和安息还是没有拦到出租车。

"怎么办啊？言明！"

突然，我的视线扫过了一辆靓红色的跑车——嗯？怎么这么眼熟呢？

我正在纳闷，安息突然狠狠地拧了我一下。

"笨蛋！你还在那儿傻看什么呢？那不就是你自己的车子嘛！刚刚文泉不就是开着你的车子把明蓝送到医院来的吗！"

我汗！原来如此啊！看来我最近的脑细胞使用一定过度了，反应真是越来越迟钝！

"言明，你带着钥匙了吗？"

"废话！还不快点！"

我踢了安息一脚，两个人跌跌撞撞地冲到了我的车子旁边。

呼——幸好！幸好来自未来的钥匙还开得了这辆车！

我立刻发动了引擎，掉头跟上了佑城的黑色宝马。

[4]

佑城的车子开得飞快，还一连闯过了几个红灯，如果不是我的驾驶技术高超，一定早就被他甩掉了。

我们的车子已经行驶进了东郊区域。

这一带靠近郊区和机场，人口并不密集。星期二上午的街道上，行人寥寥可数。佑城的车子越开越快，我跟在后面，开始有些力不从心了。

可恶！这小子有什么急事？用不用开车不要命？！最可恶的

是他还要害我跟他一块疯！

街道上出奇地安静，只有我们两辆距离并不是很远的车子一前一后在狭窄的街道上狂飙。街道两边干枯的树枝上没有一点绿色生命的迹象，找不到初春的感觉。

这样的气氛让我很不自在。我的眼皮在不停地跳，好像有什么事要发生一样。

My God！可千万不要再有什么事情发生了，我的承受能力可是有限的！想不到这短短的时间内竟然发生了这么多的事情，我受到的刺激简直比我这些年受到的总和还要多！

想到这里，我不得不狠狠地瞪我身边的这个"自称天使的魔鬼"一眼！都怪这个臭丫头，如果她不出现，我现在的日子不知道过得多爽！

[5]

"又勋？！不——"我正在胡思乱想，身旁突然传来了安息鬼一般的叫声，害得我的车子在马路上猛烈地画出了一条弧线。

然而我还没有来得及把那个臭丫头大骂一顿，眼前发生的一幕便已经让我目瞪口呆了。

我简直不敢相信自己的眼睛——是佑城！是佑城撞倒了又勋！是飞车闯过红灯的佑城撞倒了正匆匆穿过马路的又勋！

"啊——"见此情景的安息惊讶得大叫了起来——叫声之恐怖足以让我连做一个星期的噩梦！怎么会这样？明明应该是佑正撞倒又勋才对！这到底是怎么回事？

可恶！有那么一刻我真的希望可以改变对佑城的看法，真希望自己之前对佑城的判断都是错误的！可是现在事实摆在眼前，一个个可怕的猜测在我的脑海里不停涌现！

6

这时，发现撞到人的佑城也从车子里跳了下来。当他发现自己撞到的不是别人，正是又勋的时候，他那震惊的反应让几十米以外的我们都看得清清楚楚。

他似乎犹豫了一下，但立刻将头部流着血的又勋抱进了自己的车子里——我看得出，那一刻佑城是十分想要救又勋的。

我看到佑城深深地吸了一口气，掏出手机不知给什么人打了一个电话。之后佑城便立刻钻进车子重新发动了引擎，掉转了车头。

车子飞快地从我们身边开过，留下了佑城一张坚毅的侧脸。

过了好一会儿我和安息才清醒了过来。我连忙重新发动了车子，开始全速追赶佑城。

从佑城车子行驶的方向和路线判断，他正准备前往中心医院。

我紧紧地跟住佑城，连眼睛都不敢眨一下，生怕眼前发生的所有事情会突然消失了。

如果那样的话，我一定会疯掉的。已经被卷入这场风波的我现在必须搞清楚事情的真相——

为了又勋也好，为了羽沫也好，为了我自己也好，为了我身边这个已经傻掉的自称天使的小傻瓜也好……我必须知道真相！

8

正在我们两辆车子一前一后疾速行驶的时候，正前方佑城的车子突然一个急刹车停了下来。不知道发生了什么的我和安息都被吓了一跳。为了避免引起佑城的怀疑，我立刻一个急转弯把车子开进了旁边的巷子。

该死！我们不会是引起他的怀疑了吧？

呼——还好！他并没有回头朝我们这边看。

[9]

佑城的车子在原地大概停留了两三分钟，我和安息焦急地等待着他的下一步动作。

终于，车子再次发动了。不过让我们吃惊的是，车子没有继续朝医院的方向前进，而是转向东边飞速行驶。

这是怎么回事？该死，难道佑城中途改变主意，不打算送又勋去医院了吗？没错！一定是这样的！就是因为这个家伙临时改变主意才会害死又勋的！

我的脑海里突然浮现出了那天在恩恩墓碑前，佑城所说的那句恐怖的话——"早晚有一天，我要让他尝到失去亲人的滋味。"

难道……

我惊出了一身冷汗，狠狠地挂了一个倒挡，将车子退出了巷子，继续跟踪佑城的车子。

为了防止他怀疑，这一次我拉长了我们之间的车距，相信不会被他发现。

[10]

"言明……"安息沉默了一路，现在终于开口说话了。

我转头看到安息的眼睛红红的，眼神中再也没有了往日的光彩。

"怎么了？傻丫头。"虽然此刻我的心里震惊至极，但瞧瞧这丫头的可怜相，我还是控制住了自己的情绪，轻轻地问了一句。

"……"安息咬了咬嘴唇，眼泪在眼眶里不停地打转，"怎么会这样呢？"

怎么会这样？我也想问怎么会这样？！我攥紧了方向盘，不知道如何回答……

"为什么是佑城撞到了又勋？为什么？"安息的声音有些激动，"现在一切都明白了！佑城没送又勋去医院！是佑城害死了又勋！为什么？为什么……"

安息的眼泪终于落了下来。她一直相信佑城是好人，相信所有人都是好人，可是现在事实摆在了眼前，我想就算换作别人也受不了这种转变，更何况是一个天真得如同泡沫一般的天使……

这是我第 N 次看到天使流泪了……我不知道此时此刻这个世界的哪个角落在下雨……

总之，我再也不想看到天使哭泣……

事实越来越清晰了。佑城撞到了又勋，因为某种原因他没有送又勋去医院抢救，所以害得又勋送命……我猜测佑城之所以会这样做，一定和恩恩还有又勋的父亲之间的恩怨有关……至于后来为什么是佑正坐牢，我的解释只能是这个已经丧失理智的哥哥让弟弟替自己顶罪……

可怕的恶魔……

我倒吸了一口凉气。

[11]

佑城的车子终于在东郊空地的中心停了下来。奇怪，为什么会来到这里？

我和安息连忙小心地将车子停在了空地旁边一处破旧厂房的后面。

周围很安静，似乎除了我们之外再没有其他什么人了……汗！我刚说没有什么人了，便发现一个人影从我们右前方闪了过去。我刚想追上去看个究竟，正在这时，佑城的车门打开了。

[12]

我们吃惊地看到佑城把仍旧在流血的又勋抱出了车子，放在了空地上。又勋安静地躺在那里，一动也不动。

正在我们为佑城奇怪的行为感到迷惑的时候，他突然全身颤抖了起来……怎么？难道他在哭泣？

只见佑城突然双腿一软跪在了又勋的身边，头深深地、久久地埋在他颤抖的身体里。

过了一会儿，佑城猛地从怀里掏出了一样东西——啊！是刀！他要干什么？！

我震惊得动弹不得，再看一旁的安息，已经完全瘫坐了在地上，呆呆地瞪着眼睛望着佑城。

上帝！难道佑城真的疯了吗？！他想要杀死又勋吗？

佑城的刀子已经高高地举了起来，此刻，他的眼神中充满了仇恨和莫名的恐惧。我看到他的身体仍然在剧烈地颤抖……

"程汉熙！"佑城用颤抖的声音狠狠地说道，"现在，你可以尝一尝失去最心爱的人是什么样的感受了！你再也看不到你的宝贝儿子了！一切都结束了！"

佑城大叫一声，刀子猛烈地刺了下去。

啊！佑城杀死了又勋？！佑城真的杀死了又勋！

我和安息全都惊呆了。

"不——"

几乎就在同一时刻，一声让人无法承受的撕心裂肺的喊叫从我们身后传了出来。

[13]

天！我们怎么也想不到，佑城的刀子刺向又勋的这一幕竟然被突然出现在这里的羽沫看到！

我不明白，为什么佑城会带又勖来到这里，而且要用刀子刺向可怜的他……我也搞不懂羽沫怎么会在这里出现。难道仅仅是一个巧合吗？

不！我觉得事情不会这么简单。因为所有的事情都已经被打上了"不可思议"的标签，正沿着不可预见的方向前进。

[14]

我想羽沫怎么也想不到，自己竟然亲眼看到又勖被一个"陌生人"用刀子刺中的惨状……

我能感受到此时羽沫近乎绝望的心情和无法言表的痛楚。她想要继续声嘶力竭地大喊、大哭，却怎么也哭不出声音了，她的全身上下剧烈地颤抖，脸上笼罩着一片如同死亡般的黑云。

见此情景的佑城也吓得脸色发白，可能他也一样没有想到这一幕会被人看到，而且还是被羽沫看到。

那么接下来佑城会怎么样呢？他会不会加害羽沫呢？

我的心已经提到了嗓子眼，而身边的安息已经昏倒在我的怀里。

这时，我最担心的一幕还是发生了。只见佑城低着头，慢慢地站了起来，手里提着那把锋利的刀子——不过奇怪的是，我发现了一个细节，就是这把刚刚刺向又勖的刀子上，并没有一滴血迹……这是怎么回事？

不过现在也顾不上注意这些了！眼看着佑城已经一点点地靠近羽沫了。佑城的脸色是那么可怕，眼神中透露着让人捉摸不透的复杂情绪。现在，他已经站在了羽沫的面前，罪恶的刀子又一次举了起来！我从来没有看到佑城的眼神这样恐怖过。

我以为柔弱的羽沫会害怕，但是没想到，她的眼神比佑城还要坚毅。面对冰冷的刀子，羽沫大叫了一声，狠狠地一把将佑城推开，不顾一切地冲向了躺在地上的又勋。

此时，又勋已经没有了呼吸。羽沫知道她已经永远地失去了又勋，绝望的羽沫趴在又勋的身上痛哭了起来，那哭声让所有人都无法承受！眼睁睁地看着自己心爱的人死在自己面前，却无能为力，这样的伤痛就连我们这些旁人都承受不了，更何况是羽沫。

"又勋——怎么会这样——"羽沫紧紧地把又勋的头抱在自己的怀里，根本无法接受这个可怕的事实，那哭喊声让人有一种撕心裂肺的痛楚，"又勋——你答应过我永远和我在一起！你为什么要骗我？为什么！又勋！你快点回来啊！你不是说我们要一起离开这里吗？你怎么能丢下我呢？！只差一步……只差一步我们就可以永远在一起了……为什么？为什么？又勋……"

听到羽沫的哭声，我感觉自己的心正在被一根钢针刺痛。我明白，对于羽沫来说，又勋就是她的希望，是她的全部幸福所在……又勋出现的那一刻，就如同阳光般照亮了羽沫灰暗的世界。她以为自己从此可以得到幸福，可是，又勋却这样猝不及防地离去了，甚至来不及和她说一句话。她的世界，再不会有光明……

我也终于明白了，为什么羽沫会在又勋离开之后精神失常……

[15]

不好！佑城又一次朝羽沫走了过去。这一次他的速度飞快，他一把抓住了羽沫的胳膊，硬是把羽沫拖到了一边，任凭羽沫如何挣扎和哭喊，佑城的眉头都没有皱一下。

他把羽沫拖到了墙边，凶狠地再一次举起了刀子。佑城似乎犹豫了一下，但是马上他的眉毛一横，眼睛一闭，刀子便落了下去。勇敢的羽沫不再挣扎，闭起眼睛似乎在准备承受死亡——也许对她来说死就能和又勋重新在一起，这才是她想要的幸福。

　　就在刀子即将落在羽沫身上的一瞬间，身后突然传来了一阵汽车的马达声，佑城吃惊地连忙回头。然而令所有人都惊讶的是，佑城的车子竟然不知道被谁开走了，而躺在地上的又勋的尸体，此刻也无影无踪了……

　　这是怎么回事？

　　有一个巨大的问号在我的头顶冒了出来。

　　就在我想要继续看个究竟的时候，突然感觉到身体微微一热。瞬间，我感觉自己化作了无数颗粒子，消失在了时间隧道中。

　　我知道，五个小时的时间到了。

第十八幕
爱羽谷

难道在爱情面前，
死亡都可以被如此藐视吗？

·A ROAD WITH SAKURA·

[1]

我和安息再次睁开眼睛的时候，已经回到了现实世界中的夏天。我们没有时间再去享受美好的夏日阳光了，一个恐怖的念头正在我们的脑海中作祟。

"言明，我有一种不好的预感！"安息拉着我的衣角，一边往疗养院跑一边紧张地说。

"嗯！"我也和安息有同样的感觉，"我们得快一点！千万不能让羽沫出事！"

我们没敢再犹豫片刻，便急匆匆地朝疗养院跑去。

可恶！事实已经很清楚了，刚刚佑城害死了又勋！还要再害死羽沫！虽然我还是搞不懂为什么后来佑城不但没有杀死羽沫，而且还帮助羽沫治疗，但我能够确定的是，佑城一定是出于某种可怕的目的！

搞不好他正在酝酿一场更可怕的谋杀！

这种情况下绝对不能让羽沫留在佑城身边！不行，我一定要带走羽沫！

"许先生，你们有什么事情吗？"进入疗养院大门，我们被接待处的小护士拦住了。

"快让开！"我毫不客气地朝她吼，"佑城那个浑蛋在哪儿？"

小护士明显被我吓到了，哆哆嗦嗦地说："对不起许先生，佑城医生一大早就出去了。"

"出去了？"我十分惊讶，"他一个人吗？"

"不是的，是和羽沫小姐一起。"

"一起？！"我和安息同时惊叫了起来。

"嗯。"小护士被吓得说话也哆嗦了起来，"佑城医生是带羽沫小姐去做'回忆治疗'了。"

"回忆治疗？什么该死的'回忆治疗'！浑蛋！他们去哪里了？"

"我，我……我不知道啊……"

"可恶！你——"

"许先生？"

这时，素云刚巧从走廊里走了出来。

"素云！"安息连忙红着眼睛扑了上去，"快告诉我们，佑城先生去哪里了？"

"安息，你们怎么了？怎么急成这个样子？"素云吃惊地望着我们，"佑城医生带羽沫小姐去了大峡谷。你们有什么事情吗？"

"大峡谷？！"安息惊讶地回头望着我。

大峡谷？难道就是那天从墓地回来后，又勋和羽沫去的那个大峡谷吗？奇怪，佑城带羽沫到那里干什么？

"安息，我们走！"

没有时间想太多了，我连忙拉起安息的手转身往外跑。

"许先生，用我的车子吧！"素云追在后面喊道。

"谢谢！"我边跑边转身，接住素云扔给我的车钥匙。

[3]

夏日的阳光微微有些刺眼，金色的阳光从树叶的缝隙中穿透下来，斑斑驳驳地洒落在郊外的石子路上。

我们的车子开得飞快，所经之路都留下了一方飞扬的尘埃，在阳光里疯狂地舞动。一切都已经不在我的眼中。

我的眼中只有一片红色。

我和安息一路飞驰奔向大峡谷，心里头有说不出来的忐忑和不安。如果羽沫真的出了事情，我真不知道如何面对又勋……

该死！这本来就不关我的事情！为什么把自己搞得这么累？！

真是头疼！

[4]

"言明，是他们！"

远远地，安息指着正前方尖叫了起来。

顿时，我的心跳不由得加快半拍。

佑城和羽沫就在那里！佑城正狠狠地按着羽沫的头，把她往悬崖边上推！

可恶！这个没有人性的浑蛋！他的恶魔本性终于暴露出来了！他一定是想要害死羽沫对不对？！该死的！难道……难道羽沫的病已经好了？！她已经恢复了神智，所以佑城才想要——杀人灭口？！

我狠狠地踩下了油门，一鼓作气冲到了他们身边，一个急刹车停住了车子。

"住手！浑蛋！"我大叫了一声跳下车子，一把将佑城推开，并且抱住了羽沫。

"你们来得很快。"似乎早就预见到了我们的到来，佑城对于我们的突然出现并没有太多惊讶，而是从容地微笑着望着我们。

该死！这个阴险的家伙，死到临头了还这样嚣张！真是气得我的拳头痒痒！

我把羽沫放在旁边，抢起拳头朝佑城冲了过去，一拳打在了他的肚子上。

"可恶！来还手吧！"我愤怒地大吼了起来。可是佑城那小子仍旧微笑看着我，根本没有还手的意思。

"该死……不要以为这样我就会放过你！"我气呼呼地又接连给了佑城好几拳，那小子嘴角都已经流血了，但还是不还手。

"言明！你想打死他吗？"见此情形，安息哭着扑上来，一把抱住了我。

"别拉着我！我今天一定要好好教训这个浑蛋！"

"言明！我们还是先看看羽沫吧！"

安息的话提醒了大家，我们这才连忙回头——啊！不！只见羽沫不知什么时候已经站在了悬崖的边上。

"羽沫！你在干什么？"我吃惊地叫了起来。

"羽沫！快点回来！"佑城竟然也紧张地大喊了起来。可恶！你刚刚不是想要把人家推下去吗？现在又想干什么？

"佑城哥……"

什么？羽沫竟然开口说话了？我和安息全都惊呆了。这是两个星期以来我们第一次听到羽沫开口说话。她的脸色虽然还是一样苍白和虚弱，但是从她的眼神中可以看出来，她现在的神志非常清醒……可是，她为什么会呼唤佑城的名字？

"羽沫……"佑城的声音有点哽咽，"快点过来……别做傻事，那里很危险……快过来……"

我看到佑城的眼圈竟然是红红的，额头上的汗水表明他现在十分紧张……该死！这家伙真是一个捉摸不透的恶魔！他怎么会突然又变成这副模样？到底是怎么回事？难道是为了做给我们看的吗？

"佑城哥……"羽沫的声音也在微微颤抖，"我想我应该下去看一看……"

天！羽沫在说什么？下去看一看？难道她是要跳下悬崖吗？难道她疯了吗？！

"羽沫！"佑城的语气中明显带着着急和气愤，"快点过来！不准做傻事！快点！"

"不……"羽沫的脸上浮现出了让人心疼的微笑，"佑城哥，还记得我给你讲过的'爱羽谷'的故事吗？"

"嗯。"佑城轻轻地点了点头，"'爱羽谷'就是这个大峡谷。'爱羽谷'是又勋给它取的名字，意思是又勋永远爱着羽沫……这里是又勋最后和你见面的地方，也就是在这里，你们相约第二天远走高飞……"

羽沫满意地点了点头，说："是的，我们约好了第二天在东郊空地上见面，然后坐飞机离开这里，永远都不再回来……"

私奔？！

我的心里震动了一下。难道那天是又勋和羽沫约好私奔的日子吗？他们为什么要私奔？难道就是因为又勋的父亲不让他们在一起？我不能自控地开始了盲目的猜测。

"羽沫……"佑城的脸上有一种让人无法言表的伤痛。

"然而又勋失约了……"泪水轻轻地从羽沫的脸上滑落，"佑城哥，就让我去吧。我好想知道又勋最后留给我的是什么东西……"

羽沫在说什么？我想起来了！那天又勋的确丢下去了一样神秘的东西，我和安息都看到了！虽然我也很好奇，但我可不是疯子，有这么去找东西的吗？恐怕东西还没见着，就先见着上帝叔叔了！

可是，看着羽沫执着的眼神，我似乎又能够理解她的想法——要是与深爱的人有着唯一联系的东西都失去了，那余下的什么都不再重要了。当然，这其中也包括——生命！

"该死！你快点给我过来！这样死可是会很难看的！"我被自己的想法吓了一跳，却又无能为力，只好气愤地朝羽沫大喊道。

"羽沫！快点过来吧！又勋一定不希望看到你这个样子的！"

安息早已不知道该怎么办了，只能在一旁苦苦地哀求着，希望羽沫能够打消轻生的念头。

又勋的名字让羽沫的眼中又有了反应。她的眼睛瞬间湿润了，她看了看我，又看了看安息，最后，她把目光停留在了佑城身上……

"原谅我……佑城哥……"

啊？她为什么要让佑城原谅？为什么？！

看来我一定还有很多情况没有搞清楚！该死！可我现在已经没有时间想这些问题了！

只见羽沫说完这句话，就微笑着转过了身，在我们惊愕的目光中忧伤地纵身一跃……

"不——"见此情景的安息捂着双眼尖叫了起来。

[6]

"羽沫！"佑城第一个反应过来，不顾一切地飞速扑向悬崖边，朝着羽沫落下的方向抓去。羽沫的身体猛地一顿，停了下来——上帝保佑！佑城抓住了羽沫的手！

我长舒了一口气！可为了拉住羽沫，佑城的半个身体已经跟着滑下了悬崖，我也连忙扑上去紧紧抱住了佑城的腿，想把他和羽沫拉上来。

下滑停止了。

"还不快来帮忙？！"情急之下，我赶紧对还在发呆的安息吼。

安息听后迅速地抱住了我的身体。

我用尽全力，身体不敢移动半分，免得一个不小心，拉不住佑城和羽沫不说，还多葬送了本人这样一位"社会栋梁"。呸……童言无忌，童言无忌！

"羽沫，坚持住！你一定不能有事！"佑城眼睛红红的。

羽沫仰起头，眼泪顺势而下。泪水闪着凄凉的光芒，像一颗颗冰凉的玻璃花，坠向无尽的崖底。

笑容在她嘴角再次漾起……羽沫突然用力挣脱了佑城紧握着的手——

风吹起了她轻顺的发丝，裙摆在空中绽放出最美的蔷薇，羽沫轻盈的身影带着一种无法形容的凄美，向爱羽谷底缓缓落下……

"不要啊——"佑城的这一声呼喊声嘶力竭。那份心痛和懊悔，震得我双眼发酸。我越来越不明白眼前的这个佑城，他在我的眼中更加无法定义了……

[7]

羽沫最后一个微笑深深地刺痛了我的心，引着我的灵魂隐隐作痛。

是什么力量能够让她如此从容地面对死亡？！难道在爱情面前，死亡都可以被如此藐视吗？

不！现在已经不是思考这些的时候了！

虽然心中的难过无法形容，但我现在要做的是必须把佑城拉上来！就算我不喜欢他，也不希望他就这么不明不白地死掉！

头疼！他怎么一动不动？！难道他也死了吗？！可恶，任凭我多么用力地拉，佑城都一点反应也没有！看来他好像也失去了求生的欲望！

我还在拼命地咬着牙往上拉佑城！安息一边哭个不停，一边死死地抱住我不放。

就在这个时候，从悬崖底部突然爆发出了一道剧烈的白色光芒。瞬间，这道白光蔓延了整个峡谷，冲破了天际……我已经被惊呆了！

这是什么？到底发生了什么事情？！

[8]

"言明！别发呆了，快点用力拉！快救佑城啊！"

我的耳边充斥了大峡谷凛冽的风声，眼前已经变得白茫茫一片，什么都看不见了。但我还是听到了安息在我身后声嘶力竭的喊声。

没错！我必须马上把佑城救上来！羽沫已经跳了下去，不能再多一个人去送死！

我咬紧牙关，闭紧双眼，将全身气力都集中到了手臂上，心中只有一个念头——救人！

如同原地旋转一周，我只觉眼前一阵眩晕，整个人便泥一样瘫倒在地上。再看佑城，不知什么时候已经坐在了我的身边。

我一边不停地喘着粗气，一边惊讶地打量着我两只快要断掉的胳膊，怎么都不相信是我把他拉了上来。要知道佑城的个头可是要高过我的！

"言明！"安息那个丫头哭喊着朝我扑了过来，"你怎么样？！还好吗？"

"你还是赶快去看看那个家伙吧！"我还在喘着粗气，用眼睛瞥了瞥坐在我身后的那个人。

安息抹了抹眼泪，带着复杂的心情来到了佑城的身边。

此时的佑城僵硬的脸上仍有泪痕，布满血丝的眼睛死死地盯着羽沫刚刚跳下去的地方。

我发现佑城的双手攥得紧紧的，好像在埋怨自己怎么没有拉住羽沫。

从没有经历过这样场面的安息已经不知道说些什么好了。她跪在地上，轻轻地将佑城的头抱在自己的怀里，默默地流着眼泪。

此时，刚刚出现的白光已经越来越强烈了，几乎完全笼罩住了我们所在的空间，而且越来越刺眼。

想不到面对如此奇异的景象，我们三个人竟然还能保持镇定。是啊，在刚刚经历过洗礼一般的刺激后，我真不知道还有什么能够让我吃惊或是害怕。哪怕现在的白光是羽沫的死亡之光，我也不会有丝毫胆怯。是的，羽沫那么善良，那么可怜，她死后一定会变成天使，也许这炫目的白光就是羽沫的翅膀发出来的动人光彩！

这样也好，羽沫也变成了天使，她和又勋终于又可以见面了。难怪羽沫能够如此从容地面对死亡。对我们普通人来说恐怖至极的死亡，对羽沫来说却是多么幸福的事情！她终于可以与心爱的人重逢了，哪怕只有几天的时间，哪怕几天后他们就要各自飞上天堂，忘却了世间的一切，同时也忘却了彼此……然而几百年后，也许重获新生的他们又会走到一起。

这一世没有享受过的爱情，下辈子再重新找回来……

我终于明白，原来有些时候，死亡，也是一种希望。

我正呆呆地坐在那里胡思乱想，突然，一声如天籁般的鸣叫声从大峡谷的深处传了出来。

　　这是什么声音？！是歌声？风声？鸟鸣声？我吃惊地胡乱猜测着。这时，面色惨白的安息猛然间站起身，冲到了大峡谷的边缘，猛烈的气流吹得她的身体前后晃动。

　　该死！那个丫头怎么也站到了那里！难道她也想不开要跳下去吗？

　　想到这儿，我气呼呼地站起身，冲上去把安息拉了回来。

　　"死丫头！你活腻了吗？站在那儿很危险的！"

　　"言明！"安息的神色十分惊恐，"我听到了天堂鸟的叫声！"

　　"天堂鸟？"

　　"嗯！天堂鸟是死亡之鸟！天堂鸟叫的时候，就是准天使魂飞魄散的时候！"

　　"什么？"我震惊得说不出话来，整个脑袋如同被重锤猛击一样。

　　"言明！"安息惊慌得双手颤抖，一双红红的大眼睛死死地盯着峡谷深处的白光源头，"天堂鸟叫了！又勋他……"安息咬住嘴唇没有说出后面的话。

　　但是我知道，又勋要出事了。可怎么会这样呢？难道上帝真的如此无情？羽沫刚刚跳下深谷，又勋就要魂飞魄散了吗？怎么会这样？为什么不给这对可怜的恋人一分钟相聚的机会？为什么？！

　　"啊——"

　　就在我和安息痛苦地望着峡谷深处的时候，一股如同旋风般的猛烈气流伴随着越发响亮的天堂鸟的叫声从谷底冲了出来。这股强大的气流将我和安息推出了三四米，我们惊叫一声，跌跌撞撞地倒在了地上。

此时，一旁的佑城也被这神奇的景象惊呆了，和我们一样，等待着眼前将要发生的一切。

又是一声如同嘶鸣般的天堂鸟叫声，随着那股巨大的白色气流，一个周身白衣，有三倍于我们身长的，巨大的纯白色翅膀全部伸展开的天使从谷底冲了出来！

[9]

"又勋？！"

我们三个人同时惊叫道。

上帝！我还从没有见过如今天一般的景象。眼前的画面简直让人震撼得血液倒流！

只见又勋身后的巨大天使之翼用力地扇动着，激起了周围呼啸的白色迷雾。我们的耳边充斥着大峡谷凛冽的风声和天堂鸟让人悲伤欲绝的鸣叫声。又勋的身后无数如星星般闪亮的银色光点正在一闪一闪地飞速上升，似乎一直飞上了天堂！最最让人吃惊的是，又勋的怀里竟然抱着他最最心爱的、刚刚跳下"爱羽谷"的、奄奄一息的羽沫！

"羽沫——"佑城激动得大叫一声，猛地站起身冲到了峡谷的边缘，双手伸向了抱着羽沫的又勋。

我和安息已经完完全全被这一幕惊呆了，傻傻地站在原地，不知所措。

我清清楚楚地记得安息的话，她说一个准天使如果在凡人面前现身，就会魂飞魄散。

而天堂鸟那刺痛人心的死亡嘶鸣也证实了这一点！这么说……这么说又勋马上就要魂飞魄散了？！

我紧紧地攥着拳头不忍去想。而身边的安息也如同丢了魂一样，麻木地望着突然现身的又勋，眼泪如同冲破闸门的洪水一样，不停地在脸上倾泻。

这个时候，又是一声天堂鸟的鸣叫，又勋的大翅膀又开始猛烈扇动——上帝！他竟然飞向了站在峡谷边缘的佑城！他要干什么？

又勋靠近佑城的那一瞬间，佑城的整个身体都被笼罩在了银白色的光芒中，如同又一个天使。又勋温柔地将怀里已经昏厥过去的羽沫交给了佑城。

佑城用颤抖的双手接过了羽沫，将羽沫紧紧地抱在了怀里。那一刻，我发现又勋的脸上竟然露出了安心的笑容。

然而这个笑容实在是太短暂了，转眼间，又勋的脸便被恐怖的痛苦表情所覆盖。还有——

天堂鸟的鸣叫也越来越大声。

那双震撼人心的大翅膀又开始了微微颤抖。渐渐地，颤抖变得猛烈了起来，又勋身后的闪亮光点上升的速度越来越快，像箭一般地朝上空飞去。我的头脑突然闪过一个可怕的念头：那些光点会不会就是又勋的生命能量呢？是不是一旦光点全部飞走，又勋的灵魂便会彻底飞散呢？

"又勋——"此时的安息已经从震惊变成了惊慌，"你要坚持住啊！"

看来我的猜测没有错！又勋已经一点点地虚弱了下去，周身的光彩正在渐渐暗淡。

"安息，他会不会死？我们要怎么办？！"

情急之下我说了一句很傻冒的话！我忘记了又勋已经死了，忘记了眼前的又勋已经是一个灵魂，又勋即将面对的是比死亡更加可怕的——灵魂的消亡。

"不行了，言明！"安息已经急得手足无措大哭了起来，"又勋的能量消亡得非常迅速！他马上就要魂飞魄散了！"

魂飞魄散！

这是一个让人听到了就心惊胆寒的词语！然而对又勋来讲，这似乎只是一件无关痛痒的事情。对于又勋来说，没有什么比羽沫更重要！我相信，在又勋决定现身救羽沫的时候，他一定没有半点犹豫！我也相信，在又勋将羽沫救起的那一瞬间，他一定非常满足和幸福——从他将羽沫交给佑城时的那个微笑就看得出来。而且，我也非常坚信，此时此刻，即使面对灵魂的消亡，又勋也没有一点后悔。

又勋翅膀上的羽毛在一根根地消失！他的脸色越来越苍白可怕！又勋的身体已经快要因为能量的消失而变得透明！现在，他正在一点点地下落！消失！飞散！我有一种可怕的预感，再用不了一分钟，又勋就要在我们面前完全消失了！

怎么办？许言明！

该死！我怎么会知道怎么办？除了眼睁睁地看着又勋在我的面前消失，我还能怎么办？！安息是天使都没有办法，我一个凡人又能怎么样？

可是，此刻面对即将灵魂飞散的又勋，我总觉得自己应该做点什么……对！我应该让羽沫见又勋最后一面才是！没错，如果又勋的魂飞魄散都不能换来和羽沫的一次相见，这是不是太残酷了？！

想到这儿，我立刻朝抱着羽沫的佑城跑了过去。

一直死死地抱着羽沫的佑城似乎也意识到了这一点，此时，他正大声地在羽沫的耳边呼喊："羽沫，你快点醒过来！快点睁开眼睛！快点！难道你不想看到又勋吗？难道你不想和他见最后一面吗？！羽沫！快点醒过来！"

我已经顾不得那么多了，直接抱着羽沫的肩膀激动地摇晃了起来："羽沫，你快点睁开眼睛！想睡觉以后有的是机会！！你的又勋为了救你就要魂飞魄散了！你快点睁开眼睛看他一眼啊！至少也让他走得心安！羽沫！我命令你赶快醒过来！赶快！"

"不能太用力！"佑城慌忙地腾出一只手按住我的胳膊，"你这样用力会对羽沫的脑部有伤害！"

"都什么时候了还顾这些？如果羽沫醒来后知道她错过了最后一次与又勋见面的机会，她会后悔一辈子的！"

"如果又勋知道他用生命换回来的羽沫最终还是受到了伤害，他会死不瞑目的！"

"反正又勋已经死了！没有什么瞑目不瞑目的！我们现在能做的就是让两个人都少一点遗憾！"

"你这样会害死羽沫的！轻一点！"

"拿开你的脏手！别拉着我！"

正在我和佑城争吵得不可开交的时候，又一道粉红色的光芒从我们的身后冲了出来，

瞬间将我们几个人全部笼罩。

汗！那又是什么？！

第十九幕
天使羽

[1]

我和佑城连忙吃惊地回过头——上帝！我是不是在做梦？难道星球大战也是我发动的吗？为什么老天爷要这样刺激我？！

我震惊地张着嘴巴，朝安息所站的位置看去。只见安息的周围已经被一圈粉红色的旋风团团围住。这是怎么回事？

该死！那丫头不会出什么事情了吧？！

我连忙松开抓住羽沫的手，大步朝安息跑了过去。

"安息！安息！啊！"不好！我根本无法靠近那团粉红色物体！怎么会发生这种事情？

那到底是什么？！

正在我惊讶得不知所措的时候，我面前的粉红色气团突然发出一声猛烈的巨响，爆裂了开来。只见一个穿着粉红色纱裙、伸展着巨大粉红色翅膀的天使从气团里面冲了出来。

啊？那是安息吗？她的天使之翼现形了吗？！

我惊讶至极，呆呆地张着嘴巴站在那里。只见安息挥舞着翅膀在空中不停回旋，无数闪亮的粉红光点在她的周围发出迷人的光芒。让我震惊的是，几秒钟后，安息竟猛然间转身，不顾一切地飞向了虚弱地停留在峡谷上空的又勋。

她想干什么？

但是此时，无论安息想干什么，我都帮不了她，就算她想要做傻事，我也没有能力阻止她。

我终于明白了一个凡人在天使面前的无能为力，此时此刻，我真实地感觉到了自己的渺小。

周围的一切都被赋予了"震撼"和"博大"的含义，我们人类在这神奇的天堂力量面前，渺小得可怜。

[2]

"安息，你要干什么？！"我还是忍不住朝安息大喊了一声，即使我的声音早已被周围的声波淹没。

安息自然听不到我的呼喊，而是继续执着地冲向了奄奄一息的又勋。

此时的又勋已经快变成一团烟雾了，灵魂的迹象在他的身体里一点点地消亡。就在又勋即将消失在我们面前的时候，安息飞到了他的身边，用那一对粉红色的大翅膀紧紧地将又勋环抱在中间！我吃惊地睁大眼睛看着眼前这不可思议的一幕，我发现又勋那即将消亡的身体竟然缓缓地和安息的身体融为了一体！天，这简直太离奇了！

天堂鸟的叫声一声比一声遥远，似乎它已经飞回天堂了一样。

周围的纯白色和粉红色迷雾渐渐地融合在了一起，也在慢慢地消散。我看到刚刚将又勋的身体吸附在自己身上的安息明显体力消退了，她的表情痛苦，用尽全身力气飞离了大峡谷中心。

就在安息飞到我的正上空的时候，她突然痛苦地尖叫了一声。接着，她身后美丽的天使翅膀瞬间消失得无影无踪！而安息也像突然失重的洋娃娃一样，没有丝毫力气从半空中跌落了下来。

"安息——"我大叫一声接住了从空中掉下来的安息，顾不得手臂的疼痛，连忙把安息紧紧地抱在了怀里，"安息！到底发生了什么事？你一定不能有事啊！安息！"

然而安息没有回答，她憔悴的面容上已经完全找不到刚刚现身天使时的光彩了。

天使安息不见了，我的怀里抱着的还是那个常常被我骂的傻瓜安息。

唯一能够见证我刚刚所看到的一切并非虚幻的，是飘落在地上的一根粉红色的天使羽……

[3]

刚刚发生的一切都是那么不可思议，但是眼下，我们已经没有时间去思考和寻求解释了。我和佑城互相看了一眼，什么都没有说，连忙把安息和羽沫抱进了各自的车子。

就这样，佑城载着昏迷不醒的羽沫，我带着虚弱不堪的安息，两辆车子一前一后飞速驶向了疗养院。

疗养院。

"安息！你这个臭丫头可千万别吓唬我！你不是天使吗？难道天使也会翘辫子吗？安息！"

"羽沫！振作点！你一定不会有事！一定不会！"

我和佑城抱着安息和羽沫一前一后冲进了疗养院，这情景可把门口的小护士们给吓坏了。疗养院里一下子乱作一团。

"佑城医生，这是怎么了？"

"快点叫李医生去帮安息小姐检查一下！"佑城一边大声对小护士说，一边急急忙忙地抱着羽沫朝另一边跑去。

"喂!"我扯着嗓子朝佑城喊,"你要把羽沫抱到哪儿去?你给我站住!喂——"

佑城并没有答应,而是头也不回地抱着羽沫消失在了走廊的尽头。

"先生你放心,佑城医生带羽沫小姐去检查室了。"小护士紧张地拉着我往里走,"我们赶快去李医生那里吧。安息小姐怎么了?"

我也没有心情跟她解释,只是默默地抱着安息往里走,心里一阵莫名其妙的不爽。

[4]

该死,那个姓李的医生行不行啊?安息已经推进去十几分钟了,怎么一点消息都没有啊?我一拳打在雪白的墙壁上,心中的不爽随着拳头的刺痛,在心里快速扩张。

"言明!发生了什么事情?安息怎么会受伤呢?"闻讯赶来的申也和文泉这时也来到了我面前,申也更是紧张地问道。

啊?这件事情如果想要讲清楚可就复杂了!我长长叹了口气,做了一个"别烦我"的手势,郁闷地抱着肩膀靠在了走廊的窗子边。上帝,安息什么时候才能出来?

"羽沫怎么样?"

真是难得,凡事都漠不关心的文泉竟然关心起羽沫来了。奇闻!

"被佑城那个小子抱走了!"

"啊?他们在哪儿?羽沫又怎么了?"申也连忙问。

"好像是去了观察室!对了,你们先过去看看吧!让羽沫和佑城那家伙在一起,我实在不放心!"

"好的！那你呢？言明。"

"你们先去，我等安息醒过来再过去。"

"OK！"

申也和文泉先离开了，我继续一个人在急救室门外焦急地踱着步子。

我明明记得安息曾经说过，一个天使来到人间后，所有的法力都会消失，就连翅膀，也只能在她完成任务回到天堂的时候才会长出来。可是，刚刚为什么安息的翅膀和法力会突然恢复呢？那粉红色的巨翅难道仅仅是一个幻觉吗？

不！不是幻觉！我摸了摸怀里的那根粉红羽毛，那是我在大峡谷旁边的时候捡起来的。

它来自安息的身上，在安息跌落的一瞬间从安息的翅膀上脱落了下来……

如果翅膀是真的，法力也是真的，那又意味着什么呢？是天使即将回到天堂？还是安息将要从我的身边消失？

我的心轻轻地颤抖了起来，不敢再猜想下去了。

[5]

"许先生。"

我正不安地站在门边。这时，满头是汗的李医生突然从急救室里走了出来。

"那丫头怎么样了？醒了吗？"

"唉！"李医生颇为困惑地叹了口气，"刚刚倒是醒了一次，可奇怪的是这位小姐的脉搏、心率都非常怪异，而且……许先生！现在还不能进去？许先生……"

我没心思听他唠叨了！推开李医生便冲了进去，然后用力将门锁上。

该死！我差点忘记了，安息是天使，一个凡人怎么能看出天使有什么毛病呢？更可恶的是，我竟然让一个三流医生在安息的身上摸来摸去！她是天使！没有谁有资格这样做！

来到安息的床边，看到平时生龙活虎、常常向我挥舞小拳头的她，如今竟然像一个虚弱的病人一样躺在冰凉的病床上，我真的很心疼。这让我一时之间很难适应，不知道什么样的对白才适合现在的情形……

"你……还好吗？"这句俗到让人吐血的开场白，却是我此时最想问的一句话。

"嗯……"安息艰难地朝我点了点头，似乎还在努力露出她天使一般——不！就是天使的笑容。但是她有些力不从心了。

"言明……带我离开……"

我的心抽动了一下。是的！我必须带安息离开这里！这些医生不但帮不到她，可能还会添麻烦！如果被他们发现安息身上的每一个细胞都和正常人不一样，搞不好他们还会把安息当成研究对象送去化验室呢！

不行！我不能让这些家伙再去碰安息！我也绝对不能让安息再出事！在安息没有恢复力量之前，我必须保护她的安全！想到这里，我把虚弱的安息用被子紧紧裹住，抱了起来。

"许先生，许先生，开门啊！"该死，门外不绝于耳地传来李医生他们砸门的声音。可恶！还真是一个尽职尽责的"麻烦"医生！

"都让开！"我并不客气地一脚踹开急救室的门，撞得李医生几个人险些坐到了地上。

"许先生，安息小姐还没有脱离危险！你这是要干什么啊？"李医生慌忙从地上爬了起来，拉住了裹着安息的被子。

"放开手，别碰她！"

"许先生，安息小姐还需要进一步观察，不能离开急救室啊！"

"我会自己照顾好她的！快点让开！"

"如果出了事情，我们是无法负担责任的啊！"

"出了事我负责！"说着，我用肩膀撞开了李医生，坚决地抱着安息离开了急诊区。

"许先生，许先生，不能这样做啊！许先生……"

[6]

我一步也没有停歇，飞快地抱着安息离开了疗养院，回到了海滨别墅。

申也和文泉还留在那里守着羽沫，整栋别墅里只剩下我们两个人。我将安息放在了二楼她的卧室里，接下来便不知道该做些什么好了。

最终，我还是决定用温水浸湿一条白毛巾，然后学着生病时老妈照顾我的样子，把毛巾敷在了安息的额头上——虽然这些对于一个天使来说，也许没有一点作用。

之后，我便一直呆呆地坐在安息的床边，看着这个给我带来了那么多"麻烦"和快乐的天使，什么事情都不想做，也没有力气去做。

我就这样一动不动地注视着安息的脸，足足有十分钟之久。突然，一道焰火一样美丽的光彩从我的眼前飞过，我不禁笑了一下。

"安息，我在你的脸上发现了一个秘密……"我微笑地对着又在昏睡的安息说道，"以后再告诉你……"

说完，我无法自控地打了一个大大的呵欠，脑袋重重地搭在了安息的身上。

"言明……"

也不知道过了多久，我被安息轻轻抚摸在我眉毛上的小手弄醒了。看来，这几天我实在是太累了，竟然不知不觉中趴在安息的身边睡着了。

"好点了吗？"我连忙坐了起来，激动地问道。

"还好……"

"今天到底发生了什么事情？又勋呢？"

"我……"安息仍旧十分虚弱，"我把他的灵魂锁在了自己的身体里。"

"锁在你的身体里？这么说现在又勋的灵魂就在你体内？"我吃惊地大喊了起来。

安息轻轻地点了点头。

"为……为什么？"我十分不解。

天，我从小到大还没有听过这种离谱的事情呢！不过安息是天使，我必须让自己明白，在安息身上什么事情都可以发生。

"如果不这样做，又勋的魂魄就会飞散的……"

"可是，你不是说你的法力都消失了吗？"

"言明……"安息微闭着眼睛说道，"我用的并不是法力……而是我的生命力……"

"生命力？"

"是，就好像你们人类在某些紧要时刻有第六感、超能力一样……天使也有自己不可思议的力量……无论是凡人或者天使，只要集中精力激发潜能，并且拥有真诚和毅力，没有什么是不可能的……"

"那……那现在在该怎么办？难道就等着你的生命力一点点地被耗尽吗？"我有点不知所措，慌了手脚。

"现在没有办法……只能等着又勋的灵魂离开我的身体，飞入天堂……"

"什么？只要又勋进天堂你就没事了？那还不快点让他走？！"我有点急躁地、红着眼睛大喊了起来，"又勋，你看到没有？安息这个傻丫头已经为了你就快送命了！你难道忍心这样做吗？羽沫已经被你救上来了，她的神志也恢复了，她醒来之后一定什么都好起来了。你还有什么不放心？快点去天堂吧！否则你会害死安息的！快点啊！"

"言明……咳咳……"安息吃力地伸出手朝我摆了摆，表情看起来更加痛苦，"不能怪又勋……他现在根本没有能力离开我的身体……"

"什么？没有能力离开？为什么？"

"灵魂的融合，是没有那么容易解开的……"

"啊？那怎么办？"

"必须得到一种力量，才能拯救我们……"

"力量？什么力量？！"

"不知道……我也在寻找……"

"寻找？"我有些急了，"难道连你都不知道是什么？在哪里？那要是找不到怎么办？！难道找不到就要在这里等死吗？那到底是一种什么力量？！到底什么力量才能让又勋离开你的身体？！"

突然，我发现安息的眼睛重重地合了起来。

"安息？安息你怎么了？安息！"

"我累了……要睡了……"

说完，安息沉沉地睡了过去。

什么？睡了？

看到"睡着"的安息平静的脸上没有一丝生命的迹象，我的脑子猛然间闪过了一堆可怕的想法。

我忐忑地、十分神经质地将食指放到了安息的鼻孔前。

呼……然后长舒了一口气。

谢天谢地，天使仅仅是睡了……

[8]

安息睡着了，我又不得不担心起一直没有消息的羽沫来。

我连忙锁上门，匆匆忙忙地回到了疗养院。

在羽沫的病房外，我撞倒了正靠在房门上的文泉。

单独见到他，有那么一瞬间，我真想问问他和明蓝那个死丫头到底怎么回事。可我还是忍住了。可恶，现在可不是说这些的时候。

"喂，不是让你照顾病人吗，你怎么站在外面？"我十分不满意地朝他喊了一句。

"你不是也一样。"

头疼！这个臭小子每次开口说话都要把我气个半死！我可是刚刚照顾安息过来的！鬼才和他一样！

"少跟我贫！羽沫醒了吗？"

文泉没有说话，而是皱着眉头看着我，好像在说"哪有那么容易醒"。

可恶，我看看时间，已经三个多小时了，安息又睡了，羽沫还没有醒。如果她们两个之间有任何人出了什么事情的话，我都不会原谅自己的！嗯？我干吗不原谅自己啊？难道她们出事跟我有什么关系吗？该死的！我看我一定秀逗了！

"你不要进去吗？"文泉突然主动问道。

"进去？"我冷笑了一声，"我现在可不想见到那个男人，我还没有想好要不要朝他的左脸飞上一拳！"

"他不在。"

"什么？他不在？"

"嗯。"

"怎么会？那他去哪里了？"

文泉又"冷漠"地看了我一眼，好像在说"我怎么知道"。

该死！他可是羽沫的主治医生，自己的病人还没有好，他怎么就擅自离开了？难道那小子知道羽沫救不活了，为了逃避责任跑掉了？

"他走了多久了？"

文泉打了一个呵欠："三个小时。"

"三个小时？！这么说那小子刚把羽沫送进来就溜走了？"

可能是我的问题太多了，让一向不愿意说话的文泉不耐烦了。他没有再回答，而是眉头又一次高高地皱了起来，然后踱着步子回到了病房里，剩下我一个人留在走廊上。

[9]

真是想死了——我！

难道佑城那个家伙是用问号做成的吗？为什么他这么奇怪？！为什么他紧张兮兮地把羽沫抱进了病房，却又立刻鬼鬼祟祟地离开了？难道他不是真的关心羽沫吗？

不可能！刚刚在"爱羽谷"发生的一切，就算是再厉害的演员也演不出来！佑城所流露出来的情感是真的！不容怀疑！

可是问号又随之而来！那为什么我和安息初到"爱羽谷"的时候，佑城要狠狠地按住羽沫的头，把她往深谷里面推呢？而现在，他为什么又在把羽沫送来之后，不声不响、不闻不问地离开呢？

该死！我的脑袋都快炸掉了！都是因为那个可恶的佑城！如果不是因为他，事情根本不会变得这么复杂！

如果一切可以重来一次的话，安息出现的那个晚上，我就算死也不会答应她来帮助羽沫和又勋的！可现在，自己却变得欲罢不能。眼前越是模糊，便越想找到出路！可恶！到底答案长得什么模样？！

我郁闷地一拳砸在了坚硬的医院墙壁上。汗！这墙还真是硬！正在这时，走廊的另一端传来了一个人缓慢沉重的脚步声。

[10]

"喂！"我气呼呼地双手掐着腰，站在走廊里朝对面走过来的佑城大喊，"你这家伙跑到哪儿去了？！"

佑城没有回答，而是面无表情地一步步朝我靠近。我这才发现，佑城的衣服和头发上都挂着薄薄的一层灰土，而且呼吸也有些急促。这个家伙，难道他去挖地道了吗？头疼！

"你耳朵聋了吗？我问你去哪儿了，该死！装哑巴是不是？你这个不负责任的家伙，羽沫还躺在里面不省人事呢，你竟然丢下她不管！"

这时，佑城脸上终于显现出了一丝紧张的神情："你说羽沫还没有醒？"

"废话！如果羽沫醒了我还会站在这里吗？"

佑城突然猛烈地摇晃了一下，连忙用手扶在了墙上。他拨开袖口，露出了手腕上精致的手表，皱着眉头看了一眼，然后缓缓地舒了一口气，稍稍镇定了下来。

"时间差不多了，应该快醒了，不用担心。"佑城平静地说道。

"不用担心？你说得轻巧！她差点就被你害死了！"听我这么说，佑城冷笑了一声，没有回答。

该死！他笑什么？难道我说错了吗？

"如果羽沫有个三长两短！我不会放过你的！就算我放过你，

你的良心也会一辈子折磨你，因为是你害死了羽沫！"

佑城又冷笑了一声，冰凉地看着我说道："看来你经历的事情还是太少。有的时候自己想死，谁都救不了；自己不想死，谁都不能伤害她——这就是生命的力量。"

"少来，不要给我讲这些没用的！你是想推卸责任吗？"

"我只承担我应该承担的责任。"

"可恶！"我气得七窍生烟，"你该承受的责任就是我的拳头！"

说着，我怒气汹汹地提着拳头朝佑城冲了过去。

我明明不想在这种场合下动手的，可不知道为什么，佑城的每一句话、每一个眼神都能不费吹灰之力地激怒我。我想我们上辈子一定是冤家，这辈子才会如此水火不容。

然而我也十分清楚一点，这个时候我对佑城所产生的愤怒，完全是出于一种对未知的急躁。

"该死！又来这手？不要以为每一次都不还手就能让对手手下留情！"

佑城后退了一步，继续面无表情地说："拳头只不过是弱者保护自己的武器，没有头脑的低级动物才会用它。"

什么？！这个浑蛋是说我没有头脑吗？

那就让他尝尝野蛮人的拳头！

已经怒火中烧的我开始猛烈地朝佑城挥拳，那小子虽然不还手，却敏捷地躲闪了过去。

这让我更加愤怒。

这时，提着药水匆匆忙忙跑过来的素云见此情景吓了一跳，险些把手里的药水丢在了地上。

"佑城医生！许先生！你们怎么了？为什么会这样？"素云

激动地朝我们大叫。

"快点让开！"我毫不客气地喊道。

"许先生，佑城医生的身体很虚弱！请你快住手吧！你会伤到他的！"

嗯？怎么就知道关心他？难道我拼命挥拳头就不需要体力吗？

"快点走开！赶快去照顾病房里的人吧！站在这儿准备搞办公室恋情吗？"

"许先生！你……"

素云红着眼睛说不出话来，转身跑进了病房。

[11]

"言明，你们别打了，羽沫醒过来了！快进来。羽沫醒了！"病房里传出了申也的喊声。

听到羽沫醒来的消息，我发现佑城始终灰暗的眼神中突然闪现出了一丝光芒——而他却也因此走了神，被我的拳头打破了嘴。

佑城仍旧没有反击，而是退后一步，擦了擦嘴角流出来的血，情绪复杂地朝病房里面看去。

"臭小子！还在关心人家吗？那你为什么还要害她？为什么还要害死又勋？"

我也停了手，但气愤难消。我也不知道怎么了，佑城越是表现出他的紧张，就越是能够激怒我。我实在是搞不懂，为什么佑城对羽沫的态度会如此奇怪？一会儿是用冰凉的匕首对着人家脑袋，一会儿是细心呵护与照顾，一会儿是残暴疯狂的行为，一会儿又是如此牵挂和紧张……

我搞不清佑城的心里到底在想些什么，我也不明白他与羽沫之间到底是什么样的关系。

我只知道自己已经被佑城这个家伙给彻底搞疯了，我甚至已经感到自己的双眼越来越模糊，再也看不清眼前的一切了……

"喂！你干什么？想进去看人家？想进去看你把人家害成什么样子吗？你这个浑蛋！"

我知道此刻佑城一定是很想进到病房里面看看羽沫的，可不知道为什么，那家伙听到我的话后竟然什么也没说，轻轻擦了擦嘴角的血，转身走掉了。让我心中郁闷的是，佑城临走前竟然朝我淡淡地笑了一下……

可恶！这个该死的家伙！他笑什么？！他到底是什么意思？他是不是觉得把自己搞得高深莫测让别人猜不透是一件很爽的事情？！

"浑蛋！是不是害怕见到人家？是不是觉得对不起人家？有本事就进去看看羽沫！是个男人的话就站住！喂——站住！你这个懦夫！站住——喂——"

我还在冲着他的背影大骂，然而他还是没有一丝想要回头的意思。

可恶！我是怎么了？！佑城转身的那一刻，我竟然非常希望他能够回头留下来，非常希望他能进去看看羽沫……我想我一定是疯了！我竟然认为羽沫会十分想在她醒来的时候见到佑城……

"言明！"申也有点不耐烦的声音又从病房里传了出来，"你还在干什么呢？快点进来啊！我们都不知道怎么办好了！"

我没有理会申也，而是死死地盯着佑城的背影消失在走廊里，这才转身朝羽沫的病房走去。

[12]

我刚要进门，正巧撞上了正要走出来的素云。

"许先生，佑城医生呢？"素云眼睛红红地望着我，语气中充满了紧张和忧虑，眼神中似乎还有一份对我的埋怨。

"我怎么知道？"我有点不耐烦，"你这么担心干什么？放心，我拳下留情了！"

素云没有再说什么，而是用颇为怨恨的眼神看了我一眼，然后绕过我的身边跑掉了。

看样子一定是急着去找佑城那个家伙了。

"言明，快点过来啊！"

我有点郁闷，烦躁地朝羽沫的病床走过去。

三四点钟的阳光从巨大的落地窗里照射进来，洒在橡木色的地板上，看得到轻轻飞舞着的尘埃。整个屋子都很明亮，却只有羽沫的病床所在的地方被笼罩在阴影里，让人的心里有着说不出的难过滋味。

我想这个世界上一定有很多像羽沫这样遭受着痛苦的人，他们都隐藏在阴影里，不被住在阳光下的人们所看到。然而终有一天，阳光下的人们会注意到这一片阴影，也许直到那时，他们才能明白自己是多么幸福，也终于明白这个世界并非想象中完美，并非所有人的心中都能幸运地拥有阳光……

我看到申也的眼睛也是红红的，我知道，这小子一定是又哭了。这个家伙总是像个女孩子一样，动不动就会掉眼泪，即使是看到猫猫狗狗病倒了，都会难过得吃不下饭。

我还看到文泉静静地站在落地窗旁边，一半身体露在阳光下，一半身体隐藏在阴影中，就好像他本人一样，让人捉摸不透……此刻，文泉的表情还是如冰山般冷漠，但是从他注视羽沫的眼神中，却可以找到一丝伤感。

羽沫一个人孤零零地躺在病床上，一双盛满泪水的眼睛微微睁开，呆呆地注视着天花板。

即使现在她的身边有我们三个人，她却仍旧是孤单的——因为心爱的人不在身边……

"又勋……又勋……"羽沫的嘴里发出微弱的呼唤，让每个听到的人都心情沉重。

"言明，"申也转过头，难过地对我说，"羽沫一直这样叫着又勋的名字，怎么办啊？"

这时，羽沫发现了刚刚走到她床边的我，突然像变了一个人一样，猛地直起上半身，抓住了我的手，用一半哀求一半命令的口吻朝我喊道："不要为难佑城，拜托你，不关他的事！"

羽沫的反应让我们所有人都吃了一惊！

[13]

"可恶！你怎么还在帮那个家伙说话？！"我激动地喊了起来，"你现在什么都想起来了是不是？精神正常了是不是？难道还不知道是谁害死了又勋吗？"

"不是的！不是佑城哥的错！又勋不是佑城哥害死的！"羽沫红着眼睛大声为佑城分辩。

"你说什么？不是佑城？难道那个时候你不是亲眼看到佑城把匕首刺向又勋的吗？！而且我还要告诉你，是佑城的车子把又勋撞倒的！他明明可以把又勋送去医院的，但是他没有！就是因为这样又勋才会死的！"

"言明，别说了！羽沫很难受的！"申也拉住了我，哀求似的说道。

我也想不再说下去，可是不知道为什么，我还是没有控制住自己的情绪。

我也希望不再去刺痛羽沫，但是每每看到羽沫仍旧认不清佑城的真实面目，仍旧为佑城辩护的时候，我就会非常气愤。

"不是的……"羽沫哭了，轻轻地抽搐了起来，用无助的声音低声说，"不是的……佑城哥不是有意害死又勋的……那是一个意外……"羽沫的眼泪落了下来，"其实佑城也是受害者……"

她在说什么？她说佑城是受害者？！说佑城"害死"又勋是"意外"？！天，这个丫头吃了佑城的迷魂药吗？真是搞不懂她！

"你这个丫头怎么还是搞不清状况？那我问你，在大峡谷的时候到底发生了什么事情？为什么我和安息看到佑城把你往下推？还有还有，"我气愤地捶了捶郁闷得发胀的胸口，"你怎么叫那个家伙佑城哥啊？该死！你们到底是什么关系？"

"我们……咳咳咳……"羽沫似乎也非常激动，猛烈地咳嗽了起来。

"你想要她的命吗？"文泉皱着眉头盯着我说。

"你说什么呢？"我气呼呼地把头转向了文泉，"你这个臭小子！平时什么事情都不闻不问！现在倒装得像个人似的！告诉你，我还有账没跟你算呢！"

"喂，你们两个别吵了！羽沫咳得很凶呢！"申也着急地喊道。

"笨蛋！那还不快点叫护士？！"

"啊？哦！"

交友不慎啊……这两个家伙，迟早会要了我的命。

[14]

病房里的空气实在是让人郁闷，一个是非不分的羽沫，一个总是泼我凉水的文泉，一个做事手忙脚乱的申也……我感觉自己已经呼吸困难了。

护士小姐正在帮助羽沫注射镇静剂，我独自提前离开了羽沫的病房。

这个时候，太阳已经失去了火热的威严，开始变得柔和，可海风却也从这一刻开始凉爽了起来。我穿上了一直提在手里的外套，托着下巴在海边的沙滩上坐了下来。

真是搞不懂，一切都变得这么莫名其妙、疑点重重！最可恶的要数那个佑城！我真恨不得可以再次回到过去，亲眼看看这中间到底发生了什么事情！

还有安息，想不到这个丫头竟然为了拯救又勋的灵魂不顾一切地牺牲自己。过去只是觉得这个臭丫头心肠不错，这一次，安息的勇气简直让我震惊。我不禁在想，如果换作是我，那我会不会做出像安息一样的选择呢？

该死！我过去可是最厌恶做这种无聊假设的！没错，我又不是天使！我干吗操这份心？

……

我又郁闷地捶起了我那可怜的、就快要被气炸的胸口，烦躁地躺在了沙滩上。

突然，什么东西从我的口袋里飘落了出来，落在了我的身边。

我下意识地捡了起来——哦，原来是安息的羽毛……

安息……也不知道那丫头现在怎么样了。

我呆呆地举着羽毛，心中焦躁不安。

安息所说的那种奇怪的"力"，到底是什么东西呢？据安息所说，如果没有那种力的帮助，又勋是无法离开她的身体的。那样的话，即便又勋已经决定进入天堂也是不可能的了。而安息呢，就会这样一点点地被又勋耗尽生命……

这个可怕的猜测让我心头一阵刺痛。

该死！什么"力"可以解救又勋呢？

我转动着手中的羽毛，皱着眉头绞尽脑汁地想个不停。

解救又勋的力……那会不会和羽沫有关呢？嗯，这种猜测不是不可能！但是瞧瞧羽沫现在虚弱的模样，真的很难想象她会拥有什么力量……

呃……或者我想象得太简单了。也许这种力并非现实的力，而仅仅是一种意志或者信念……

可那又会是什么呢？

头疼！

也许只有了解事情的真相才能够找到又勋需要的"力"！可是整个事件的真相到底又是什么样子的呢？我过去眼睛看到的那一切到底是不是真实的呢？

可惜我现在已经没有了又勋身上掉下来的羽毛，否则我就可以回到……

嗯？！

我突然一个激灵坐了起来。

"许言明你可真是秀逗！"我举起手中的粉红羽毛，激动地喊了起来。

是啊！我虽然没有了又勋的白色准天使羽毛，但却拥有一根安息的粉红天使之羽！如果说又勋的羽毛都能够带我回到过去，那安息的天使之羽就更应当具有惊人的魔力了！说不定还可以带我自由穿梭时空！

没错！许言明你这个笨蛋，怎么早没有想到？竟然还在这里耽误时间！要知道，你现在就是在耽误安息和又勋的生命！

嗯！不管怎么样都要试一试！

"安息，如果你这丫头真是个有前途的天使，那就保佑我顺利地回到过去，顺利地了解事情的真相……"我一边说，一边激动地在外衣口袋里摸索打火机，"如果这次成功了，我发誓，再也不说你长得丑, 再也不说你是'自称天使的魔鬼', 再也不说你没出息, 再也……"

太好了! 带了火机!

我用颤抖的手将打火机掏了出来。这是老妈在我十六岁的时候送给我的生日礼物, 上面还有老妈亲自叫人刻上去的几个字: 吸烟有害健康。

亏她想得出来。不过我也的确是个孝顺的儿子, 从来没有碰过烟那东西。

汗……我怎么开始胡思乱想了? 没错, 书上说当一个人过度紧张的时候就会思维神游……

镇定! 老妈你可一定要保佑你的宝贝儿子! 千万别让他丢脸!

"啪"的一声, 火苗燃烧了起来。

我神经紧绷, 将手里的天使之羽靠近了火苗外焰。"唰"——火苗如同被羽毛吸过来一样, 瞬间包围了整根天使羽……

我的心几乎提到了嗓子眼。

就在天使之羽变成一丝迷雾的一瞬间, 突然, 我感到浑身上下一阵难忍的剧痛, 紧接着便是如火烧一般的痛苦。该死! 我不会因为烧掉了一根天使的羽毛就上天堂了吧? 上帝啊! 你不会这么喜欢我吧? !

我的全身上下已经开始着火, 整个身体开始不听使唤, 好像每一个细胞都开始做分裂运动。

我的大脑之中开始频繁闪现自己小时候的经历, 所有曾给我留下记忆的人和事物都像放电影一样飞快地从我的脑海里闪过……我的身体继续分裂, 即将失去知觉……

然而就在这时, 最后一个留在我脑海中的画面竟然是明蓝那个鬼丫头站在我家阳台下大喊大叫的情景……上帝！我这是怎么了？！难道我真的要死了吗？就因为烧掉了一根羽毛？！没这么严重吧？！

　　不好！我的眼前已经开始发黑了……我……彻底失去意识……

第二十幕
情人劫

这段爱情并没能有一个美好的结局。

· A ROAD WITH SAKURA ·

[1]

当我再次睁开眼睛的时候，惊讶地发现自己竟然仍旧待在海边的沙滩上，没有一点变化。

眼前还是仲夏碧蓝的海水，身上依然是傍晚暖暖的夕阳，就连耳边的风声都没有改变……

我的心"咚"的一声沉入了谷底。

我叹了一口气，冷笑了一声——算是嘲笑自己的愚蠢！

许言明！你这个大白痴！你以为自己真的变成神仙了吗？！你以为这个世界上真的有那么多奇迹会发生在你一个人身上吗？真是天真！你以为自己真的变成魔术师了？想象力可真是越来越丰富！还自以为真的可以穿梭时空！别做梦了！

我失落地将手中的打火机扔进了海里，站起身来，朝海滨别墅走去。

还是现实一点吧，去看看安息醒了没有。唉，没办法，就算安息再笨，她毕竟还是天使，也许只有天使才能想出拯救天使的办法！

安息，你要振作……

2

大门和我出来的时候一样，仍旧牢牢地锁着。看来申也和文泉都还待在疗养院里。

这么说，羽沫的情况还是不乐观？

不！别这么想，也许羽沫已经恢复了健康，申也正高兴地给她煮面条吃！嗯！没错，如果羽沫情况恶化了，申也那小子早就哭着跑回来找我了。

现在，只能这样安慰自己……

我无奈地叹了口气，甩着钥匙走上门前的台阶。

晕倒！我一定是太心不在焉了，竟然一脚没有踩稳，一个趔趄朝坚硬的大门扑了过去。

Ayo？！我……我我我……我是不是做梦啊？我不但没有撞到铁门，而且一眨眼工夫竟然已经进到了屋内！什么？难道是穿门而过？！难道我的身体穿过了一道巨大的金属防盗门？我是不是疯了？啊！NoNoNo！一定是做梦一定是做梦！

我吃惊地打量着自己的身体，还神经兮兮地用手指头戳了戳自己的脑袋……嗯？好像没什么问题啊？也没有受什么伤，这是怎么回事？

我又开始捶我那可怜的胸口。嗯！一定是做梦！做梦！最近睡眠不足又加上营养不良，难免出现幻觉！幻觉！都是幻觉！我正在自我安慰，突然从楼上传来了一串细碎的脚步声，接着，一个女人好听的歌声从我的头顶传了过来。

汗……怎么会有女人的声音？难道是安息醒了？啊！怎么可能？先不说那个可怜的丫头绝不会有这么美妙的歌声，就算有，瞧她刚刚那虚弱的样子，连说话都费劲，又哪来的肺活量唱歌？那会是谁？难道……难道是鬼？！

咻……一滴硕大的冷汗从我的天灵盖一直流到了鞋底……

呃……我看我还是姑且相信那是安息吧……

可怜的自我欺骗！

[3]

可恶！什么鬼都别想吓倒我！再说！我又不是没见过"鬼"！

我定了定神，小心翼翼地沿着楼梯上了二楼。

声音是从二楼右手边的卧室里传出来的。奇怪！那不是佑城的卧室吗？

我放轻脚步，慢慢靠近了房门。

门没有关，我惊讶地发现屋子里面有一个女人的背影正在细心地打扫房间。看来，并不是什么女鬼。

我突然想起来了，素云曾经说过，佑城的房子总会定期有人来打扫，这样看来，她应该是佑城雇佣的钟点工！

汗……一个钟点女工就把自己吓成这个样子，看来我最近还真是神经衰弱！

呃……一个大男人偷偷摸摸地站在人家女孩子背后总是不大好，我看还是先打个招呼吧。

我咳了两声："喂，你是来打扫房间的吧？"

嗯？我的声音已经不小了，可那个女人怎么好像一点反应都没有呢？

"喂——"我故意加大了音量，"你听不到吗？！我问你是谁！喂——"

可恶，我已经开始扯着嗓子大喊了，可那个女人好像还是什么都没有听见。晕，难道佑城那个抠门的家伙为了省钱连钟点工都请了一个聋女吗？

我有点郁闷，大步走上前想要拍她一下。

可就在我的手抬起来的一瞬间，原本蹲在地上的那个女人突然站了起来。

"My God，怎么会这样？！见鬼了！"

汗！那女人竟然从我的身体穿了过去，而且像没事发生一样继续向前走！她仍旧哼着歌，微笑着朝门外走去！

什么？这是怎么回事？！怎么会这样？难道……难道她看不见我？难道我已经变成了一团空气？别人看不到我也听不到我说话，甚至触摸不到我？

晕死了……这么说我变成了隐形人？！安息那丫头身上的羽毛没有带我回到过去，却把我变成了一个隐形人？真是太不可思议了！

啊——不！等等！等一下！刚刚那个女人……怎么那么眼熟？

"啊——"我又一次大叫了起来——像一个受惊的女生一样丢人地大叫了起来。

天！那个女人不是恩恩吗？不就是那个和佑城暧昧不清、和又勋关系复杂的恩恩吗？怎么会？这

是怎么回事？！她她她……她不是死了吗？怎么会在这里出现？！难道……

一个不可思议的想法从我的脑海里闪过。我匆匆忙忙跑下楼，一下子扑到了客厅壁柜上的电子日历牌上——汗……日历牌上显示的日子让我彻底惊呆了……

真是想不到！想不到安息那丫头身上的羽毛竟然有这样神奇的魔力！看来，它不但让我变成了一个隐形人，而且还带我回到了一年前的夏天！我有一种预感，这根天使之羽不但带我回到了过去，而且一定可以帮助我了解事情的真相！

一定可以！

[4]

　　我很兴奋，但又不知该做些什么，我有点郁闷地坐在沙发上，双手托着下巴，盯着恩恩看。那感觉就好像一个没买票的观众偷混进剧场看明星演出，结果发现只有自己一个观众一样，非常别扭。

　　恩恩的脸上挂着我在相片里见过的微笑，看得出她此刻是幸福的。她愉快地哼着歌，心满意足地收拾着屋子里的每一个角落，好像对她来说，这就是最大的幸福一样。

　　过了一会儿，外面传来了一声轻快的刹车声，看来一定是佑城回来了。我刚想赶快找个地方躲一躲，但又马上意识到自己现在已经是一个隐形人了。

　　汗……这种日子还真是不好适应。

　　听到刹车的声音，恩恩连忙放下手中的擦桌布，开心地跑到了窗前，幸福地朝外面张望。

　　她激动地跟窗外的人挥手，然后马上跑去开门。

　　进来的人不是别人，正是佑城。但眼前的这个佑城与我认识的佑城判若两人。他的眼神虽然疲惫，但却掩盖不住幸福和喜悦。他的脸上表情简单，但却全都是爱情的符号……

　　看得出，此时的佑城正沉浸在自己的幸福中。

　　"佑！"

　　"恩恩！"

　　两个人刚刚关上门，就像几百年不见一样地拥抱在了一起。接着，竟然不顾我的存在热吻了起来！可恶，他们也太大胆了吧？太没有社会公德了吧？这样会让我很难为情的知道不？真是头疼！

　　"佑，你快坐下，我带来了82年的Bordeaux！你一定会喜欢！"恩恩说着，开心地朝酒柜跑去。

我注意到佑城脸上满足的幸福神情。只是，这幸福感似乎还不够彻底。

　　"啊！"

　　随着恩恩紧张的一声尖叫，杯子碎落的声音像一串走调的音符一样传了过来。

　　"别动！"

　　佑城连忙跑过去把恩恩拉到了一边，然后什么也没说，迅速地去厨房拿来扫帚，弯着腰清理起地上的玻璃碎片来。

　　"佑，还是我来吧！"

　　听到恩恩内疚的声音，佑城回头朝她笑了笑，然后转回身，一边继续打扫，一边温暖地说道："傻瓜，我说过，只要我还活着，就绝对不会让你碰到15℃以下的水，超过0.1毫米以上的灰尘，硬度超过70%的金属物体和面积小于1平方厘米的玻璃碎片！"

　　佑城说得非常认真，恩恩却忍不住地笑了出来。

　　"那我不就成了豌豆公主了？"

　　佑城收拾好地上的碎片，微笑着拉着恩恩坐在了沙发上——我被"挤"到了沙发的一角，就坐在佑城的左边，连他的眉毛有多少根都数得出来。Ayo？真是想不到，这两个人坐在一起还挺般配的。虽然年龄上有些姐弟恋的嫌疑，但是佑城的成熟和恩恩的清纯又显得十分和谐。只是可惜，这段爱情并没能有一个美好的结局。

　　"我就是要你做我的豌豆公主。如果可以的话，我真希望可以把你放在我的衬衫口袋里，让你永远在我的身边，时刻保护你……"

　　"佑……"恩恩红了眼睛，甜蜜地依偎在佑城的怀抱里。

[5]

　　"恩恩，今天可以留下来吗？"

佑城的这一句话，让恩恩眼中的光彩瞬间消失了。

"恐怕不行……"

"又是因为那个老头子吧？"佑城的语气突然变得很冷。

"他最近盯我很紧……我总觉得，他已经知道了我们的事情……"

"知道又怎么样？恩恩，我们在一起已经三年多了，难道你还想这样一直躲躲藏藏下去吗？难道你还想让我们一家人过着这种每年只能见几面的日子吗？最可怜的是念念！"

佑城有些激动了："从小就不能和自己的亲生父母生活在一起，还不能让任何人知道他是我们的孩子……念念已经长大了，他不能永远和阿姨生活在一起！他总是需要爸爸妈妈在身边的！恩恩，你忍心让念念过这种没有妈妈的日子？"

"佑城……"说到这儿，恩恩的眼睛湿润了，"我知道……我知道这样对你不公平，也对念念不公平……但是我真的没有办法……"

"没有办法？恩恩！又是因为什么程家有恩于你是吗？又是因为你爸爸的病需要姓程的资助对不对？我说过了！我可以把这栋房子卖掉！把车子卖掉！我一样可以养活你！一样可以帮你的爸爸治病！"

"佑城！"恩恩急得眼泪都哭了出来，"别再傻了好吗？我说过了，事情不会像我们想象中这样简单的！程汉熙不会让我离开他的！他也不会放过你的！佑城，我不希望你有危险，我也不希望我们的念念有危险！"

"是不是只有那个老头子死了你才能跟我在一起？好！那我现在就去杀了他！"

"你疯了吗？佑城！我说过了，如果有一天你厌倦了这种日子，你可以选择忘记我，忘记念念，忘记这一切重新开始！佑城，你还年轻，你有大好的前途，你完全可以不用为了我……"

"我不许你这么说！"佑城将颤抖的手放在了恩恩的嘴上，打断了她，"你知道我爱你，不要说这种话来伤害我！就算我死掉，我也不会忘记你，恩恩……你就是我的一切……"

说着，佑城将面前哭得如同泪人的恩恩拥入了怀里。他的眼泪也流了下来，滴在了恩恩单薄的肩膀上。

"我知道，佑……但是我必须回去……"恩恩犹豫了一下，还是说了出来。她不敢再停留在佑城的怀中，可能是害怕会动摇自己回去的决心吧。

"好，吃完晚饭你就回去。"佑城似乎是咬着牙说出这句话的，然而为了不让恩恩过于自责，佑城马上温柔地在恩恩的脸颊上吻了一下，"我送你回去。"

"嗯。"恩恩只是轻轻点了点头，连看着佑城眼睛的勇气都没有。她的表情是那样忧伤与无助，不要说是佑城，就算是我一个局外人，看了也难免心疼。

看来又是一对苦命鸳鸯，真不知道他们这三年是怎么熬过来的？真是不可思议！

[6]

大概晚上十点多钟，佑城发动了车子，过度"无聊"的我只好也跟着坐进了车子的后座。

我有什么办法？我现在除了跟着他们两个，根本就不知道还能去哪里。我不明白安息身上的天使之羽为什么把我丢在了此时此地，也不知道自己还有没有办法回去……

唉！算了，现在想这些也没有用，既来之则安之吧。

车内很安静，正播放着舒缓的古典音乐。

"佑，我知道现在的日子让你很累……"

沉默了很长一段路，恩恩终于忍不住先开了口。

佑城把 CD 音量调小。

"你说什么？"

"我说……不希望你很累……"

"傻瓜，我怎么会累呢？！"

"不是的，我是说……"

"只要能和你在一起，我永远都不会觉得累。"佑城微笑着打断了她。

"佑……"恩恩感激地望着佑城。

"幸福都会有代价的，这样的幸福才是最宝贵的，不是吗？"佑城用轻松的语气安慰身边的恩恩，但是鬼都知道这小子的心里是什么滋味。

车子拐进了一条有些偏僻的单行小路。

不知道什么原因，小路两旁的路灯都灭掉了，周围没有其他路人，安静得让人很不舒服。

车内也重新陷入了沉闷之中。

整张 CD 已经播放完毕了，这短暂的寂静让车内人备感尴尬，佑城连忙用手摸着更换 CD。

正在这时，几个黑衣人突然闯入了佑城车灯光亮所及的范围，挡住了车子前进的道路。

佑城被迫急刹车。一种不祥的预感侵袭着我的大脑。

该死，今天是什么日子？这群人是干什么的？

坐在前面的佑城和恩恩似乎也有同样的疑问，露出非常惊异的表情。

谨慎的佑城并没有立刻打开车门下车，而是镇定地留在车子里，观察着车子外的动静。

几个黑衣人开始慢慢朝车子靠近了。

嗯？不好！这些人的手里好像拿着家伙！

"佑，怎么回事？"恩恩紧张地抓着佑城的胳膊。

"别怕，有我在！"佑城握了握恩恩的手。

黑衣人几乎已经来到了车门旁边，一个带头的家伙开始用铁棒叮叮当当地敲佑城的车门，还示意车里的佑城下车。

"佑！他们要干什么？"恩恩惊恐地说道。

"不用担心，不会有事的。"

佑城从容地重新发动车子。

嗯？怎么回事？引擎出现了问题？怎么会这样？！

车子无法发动了。

不好！看来这一次的事件并不简单，搞不好就是一场蓄意的阴谋事件。佑城也意识到了这个问题，迅速地按下了车子的自动报警系统。

车外的人还在继续敲打车门，甚至已经开始敲打更容易被损坏的车窗，而且不断地示意佑城下车。

如果他们还这样继续下去的话，车内的恩恩很可能会受到伤害。可能正是因为想到这一点，佑城突然打开了车门，准备下车。

该死！太危险了，他如果下车，肯定会被那些人打死的，难道他疯了？！

"佑，别下去！"恩恩紧紧抓住佑城的胳膊，怎么也不肯放开。

"没事！放心，你待在这里不要动。"

佑城用坚定的眼神安慰恩恩，一个人赤手空拳地下了车子。

可恶！那些人到底是干什么的？劫财？不像，他们身上穿的可都是名牌西装！劫色？那也应该是让恩恩下车才对啊！那难道是寻仇？呃……佑城有什么仇家呢？真是的……

啊！我的脑子里突然闪过了一个人！

没错！除了他还能是谁？！

"你们想干什么？"佑城镇定地问。

不过面前的几个黑衣人根本不理他，二话不说，提起手中的家伙便朝佑城冲了过来。

"不要啊！佑！"坐在车子里的恩恩急得哭了出来。

可恶，这群臭小子，以多欺少就算了，怎么还能无耻地用家伙对付赤手空拳的人呢？

真是丢人！

佑城的身手的确不错，可是面对这样几个看得出是训练有素的家伙，还是显得力不从心。

形势已经越来越糟糕。车内的恩恩已经被吓得呆掉了，不知道如何是好。

不行！这样下去佑城一定会有危险的！

该死！不是报了警吗？警察怎么会这么慢？而且附近一个人都没有，连个能帮忙的人都找不到！

嗯？还找别人干什么？我一个大活人坐在这里看电影吗？还不下去帮忙？！我看我真是秀逗了！

想到这儿，我"噌"地跳下了车。

这时，几个黑衣人已经开始对佑城发动了猛攻，形势非常糟糕。突然，一个高个子的家伙将手中的铁棒高高举起，飞速地朝佑城的背后靠近。

臭小子，偷袭是不是？真是可恶！我这辈子最讨厌干这种肮脏勾当的人！今天老子一定不会放过你！

眼看着那个家伙就要贴近佑城了，我挽起袖子，一个箭步冲了上去，瞄准那家伙拿着凶器的胳膊便飞起一脚。

啊！该死！根本没有作用！我的腿如同穿过空气一般，从那人的胳膊上直接穿了过去，没有一点碰撞的迹象！也就是说我根本没能阻止那个家伙砸向佑城的一棒！

"啊——"身后传来了一声痛苦的惨叫。

"恩恩！"接着是一声让人几乎毛骨悚然的呼喊声。

我吃惊地连忙回过头。想不到，我竟然看到奄奄一息的恩恩倒在了血泊中。

"恩恩！你疯了吗？为什么要这样做？"佑城紧紧地把恩恩抱在怀里，痛苦的呼喊声回荡在这条深暗的小巷子里。

"佑……快……快走……"恩恩倒在佑城怀中，面色惨白，嘴角流着血。

该死！她居然替佑城挡住了那一棒！

"不，我不会离开你的！傻瓜！你为什么这样傻？你不能有事知不知道？"我看到佑城的身子在猛烈地颤抖着，他的心里只有恩恩，根本忘记了自己还处在危险之中。

"你……更……更不能……"恩恩用手摸了一下佑城的脸，微笑着说完这句话，头便重重地低了下去。

"恩恩——"

看到这种场面的几个黑衣人似乎也被吓坏了。

其中一个好像带头人的家伙连忙给了身后人一个手势，命令他们立刻把恩恩带走。

接到命令的"凶手"们上前强行拉开了已经没有了反抗能力和意识的佑城，将恩恩抱走了。

剩下佑城一个人失魂落魄地坐在那里，如同就在等死。

因为从他的眼神中，已经找不到一点生的意念了。

恩恩被带走了。

凶手又一次把铁棒举了起来。

该死！佑城在干什么？还不快点走？

就在这时，警笛声从巷子口处传了过来。几个黑衣人见事情不妙，连忙将家伙裹进大衣，像什么事情都没有发生过一样"从容"地离开了。

半分钟后，整条巷子被警车车灯照得灯火通明，而佑城的脸上却笼罩着死亡一般的阴影。

他充满仇恨的坚定目光让人心惊胆战。我猜想着更可怕的事情又要发生了。

就在我想要靠近佑城的时候，突然感到身体一阵猛烈的疼痛，眼前一黑，整个人又失去了知觉。

第二十一幕
白色葬礼

痛苦至极，他在坚强地微笑……

·A ROAD WITH SAKURA·

[1]

当我再次睁开眼睛的时候，竟然置身于让人窒息的墓地之中。

我十分惊讶，自己不但没有回到现实，而且还跟随着这神奇的天使之羽再次穿梭了时空。

我来到 8 月 16 日——恩恩的葬礼现场。

我感叹于天使羽的神奇，冥冥之中感觉到，真相正在一步一步地浮出水面。

今天，天空中飘着小雨，空气有些阴凉。几十位穿着黑色礼服的亲友参加了这场葬礼，其中包括又勋和他的父亲程汉熙。

这是我第一次见到又勋的父亲，只是他一直戴着黑色的墨镜，帽檐压得低低的，让我一直无法看清他的脸。

又勋很难过，他脸色苍白，握着白玫瑰的手在继母灵柩下葬的那一刻颤抖不停。看来又勋是真的很爱这位年轻温柔的"妈妈"。

又勋把手里的白玫瑰抛向了"妈妈"的灵柩，然后神情忧伤地鞠了一躬。

"老爷，就要封土了，您还有什么话要对夫人讲吗？"一个管家模样的中年人对程汉熙说道。

咦？这个中年人我见过，他就是那天在程家公寓门前拦住又勋不让他出门的那个人。

程汉熙听到这话，微微地点了点头，往前走了两步。

"恩恩，真想不到我们夫妻一场，最后会落到这个下场……其实你们的事情我早就知道了，我已经给过你很多次机会了，只是你自己没有把握，所以才会走到今天这一步。不管怎么说，我对你的感情从来没有改变过，如果你一定要怪我，我也没有办法……不过，我既然答应了你不会为难那个小子，我就一定会做到。只要今后他不来找麻烦，我保证他会活得很好……恩恩，下辈子，你可以自己选择自己的路了，一路走好……"

从程汉熙的语气中，我无法分辨到底包含着什么样的情感。我只是隐隐约约觉得这个老头子似乎也是真心地爱着恩恩的。

看来爱情还真是一件头疼的事情——被两个人同时深爱，比没有人爱更可怜……

[2]

葬礼就要结束了，我开始四处搜索佑城的身影。我知道今天这个场合，他是无论如何都会出现的。

果然，我在距离葬礼现场几十米外的隐蔽处，发现了抱着小念念来为恩恩"送行"的佑城。

不过让我没有想到的是，佑城的身边还站着一个漂亮的男孩子。他不是别人，正是佑城的弟弟——佑正。

我好奇地朝他们走了过去。

"哥，为什么不过去？"佑正愤愤地说，"我们怕什么？"

佑城没有说话，而是安静地闭着眼睛，默默地为就要离开的恩恩祈祷。

"哥，你才是恩恩姐爱着的人！只有你才有资格为她送行！哥！"佑正大喊着。

"住嘴！"佑城猛地睁开眼睛，厉声呵斥，"你不知道今天是什么日子吗？我只想要让恩恩安静地离开！不想惹什么麻烦，让她走得不安心，你明不明白？！"

我看到佑城的眼圈红红的，人也消瘦了一大圈，想象得出恩恩的死对他的打击有多大。

眼看着心爱的人死在自己的面前却无能为力，眼看着爱人的灵柩却不能靠近，连最后一面也见不到，那又是一种怎样的痛苦？恐怕只有经历过的人才能体会。

我开始同情一个自己曾经讨厌的人……

"哥，就这么算了吗？"过了一会儿，佑正又有些沉不住气了，两个拳头攥得咔咔作响。

"念念，"佑城并没有理他，而是将一直睡在肩头的小念念叫醒了，"念念，跟妈妈说再见。"

念念太小了，而且从出生到现在也没见到"妈妈"几次，他根本不理解妈妈的概念，更不知道死亡是什么。他用小手揉了揉眼睛，看到爸爸表情严肃的样子，不情愿地小声说了一句"妈妈再见"。然后他又趴在爸爸的身上，还把小脸侧了一下，让自己尽量趴得舒服些，又睡着了。那句"妈妈再见"根本听不出任何的感情色彩，让人更加难过。

看到这一幕，佑正激动地将手里的白玫瑰扔在地上，气势汹汹地便要朝远处的人群冲过去。

"站住！"佑城一把抓住了弟弟的胳膊，"不准乱来！"

"乱来？哥！都是那个老头子让你失去了心爱的人！让念念失去了妈妈！你难道真的就这样算了吗？！你难道不要为恩恩姐报仇了吗？！"

"我的事不用你管！"佑城说这话的语气十分冰冷，眼睛瞪得红红的。兄弟两人狠狠地盯着对方，如同两个不共戴天的"仇人"。

"哥！"佑正的眼圈也红了，"我是你养大的！在我眼里你不仅是我的哥哥，还是我在这个世界上唯一的亲人！你的事情我怎么能不管？！哥，我是绝对不会让你独自忍受痛苦，而让那个凶手逍遥自在的！"

"浑蛋！你以为你是谁？这里的所有事情都不用你管！下个礼拜马上补办好签证回去念书！没有我的允许不准回来！"

"要我走也行！不过我要先杀了那个老头子！"佑正的目光中充满了仇恨，像火一样。

我有种不好的预感，这种仇恨会烧到他自己。

"你疯了吗？你以为杀死他恩恩就会活过来了吗？你以为杀死他我们的生活就会不一样了吗？"

"如果不杀死他，恩恩姐会死不瞑目的！"

"你去做傻事才会让她死不瞑目！"

"那我们就什么都不做吗？难道就看着那个老头子举着带血的拳头从我们面前走过去吗？难道不应该让他受到惩罚吗？！"

"死亡并不是最大的惩罚！死亡不过是罪孽深重的人获得解脱的捷径！"佑城咆哮道。

佑正不说话了，一直高高挥舞着的拳头落了下来，像个泄了气的皮球一样，开始默默地流泪。

"我真是没用……哥，我什么都帮不了你……不能帮你减轻痛苦……"

佑城没有说话，而是深深地吸了一口湿凉的空气，颤抖着仰起了头——我知道那是男人不让眼泪流出来的方式。兄弟两人紧紧地抱在了一起。

死亡并不是最大的惩罚，死亡不过是罪孽深重的人获得解脱的捷径……这一刻，我又开始学会了为一个曾经讨厌过的人而感动……

3

时空穿梭又开始发挥它神奇的力量。

我跟着安息的粉红羽毛来到时间隧道途中的9月1号——虽然我还搞不清安息的羽毛为什么会带我来到这天。

今天天气有点凉，我现在所在的位置是圣安妮娅的大门前。我还在好奇自己傻乎乎地站在这里到底要干什么，正在这时，一辆黑色的车子出现在了我的眼前。

那是佑城的车子。

奇怪！佑城来这里干什么？

更让我奇怪的是，从车子里下来的人并不是佑城，而是佑正。

真是越来越想不通了，为什么佑正会来圣安妮娅呢？难道他是来找羽沫的吗？

不！这怎么可能？！如果真是那样的话，羽沫的身份也会开始变得复杂了！我倒是希望这一切越简单越好，希望佑正的出现仅仅是一个巧合。

停好车子的佑正匆匆忙忙地在门口签下了名字，然后直奔院长办公室。

"佑正？真的是你吗？你不是还在国外读书吗？"

老院长见到佑正的表情非常惊喜，很明显他们一定有很长时间的交情了，而且佑正还一定给老院长留下了很好的印象。

"哦，我上个月回来了。"佑正似乎很着急的样子，"院长，羽沫在吗？我想见她！"

汗！真是怕什么来什么！佑正果然是来找羽沫的！可他们怎么会会认识呢？现在可是9月1号，距离又勋和羽沫第一次见面的时间12月2日还有两个月时间，距离那场可怕的车祸3月24日还有五个月时间，而他们两个怎么会在这之前就认识呢？而且听这语气似乎已经认识了好久！这到底是怎么回事？

看来，佑正在这个事件中扮演的角色也越来越不简单了。

"哦，羽沫啊，每天这个时间她都在后院看书，你去那里找她吧。"

"谢谢。"

佑正说完，飞快地朝后院走去。

我紧紧地跟在他后面，迫不及待地想知道他和羽沫的关系。

[4]

"佑正哥？"

看到突然出现在眼前的佑正，羽沫惊喜的神情全都写在脸上，就连手里的书都激动得掉在了地上。

"羽沫，你还好吗？"佑正的表情有些复杂。我还搞不清他到底想要做什么。

"嗯，我很好！多亏了你和佑城哥，还有半年我的学业就要完成了。"羽沫说着，脸上泛起了淡淡的红晕，"到时候我就可以自己养活自己了。佑正哥，你怎么会突然来这里？你不是在国外……"

"我上个月回来了，因为家里有点事情。"佑正迫不及待地打断了羽沫的话，拉着羽沫坐到了一旁，"羽沫，你知道吗，我哥他……"提到哥哥，佑正又有点激动了。

"你是说佑城哥吗？怎么了？发生了什么事？"羽沫关心地问，看来她和两兄弟的关系的确不一般。

佑正忍住难过，接着说道："羽沫，我哥那里出了事情……他的爱人……他的爱人死了……"

"什么？"羽沫吃惊得叫了出来，"怎么会这样？怎么会发生这种事情？"

"哥现在很难受，整个人都瘦了一圈……"

"怎么会？怎么会这样？"羽沫的眼泪"唰"地涌了出来，"佑城哥是好人，为什么要经受这样的折磨呢？"

"没错！哥是好人，不应该受到这样的伤害！可是现在，伤害他的人还逍遥自在地活在这个世上！"

"佑正哥你说什么？你说佑城哥是被人害的？"羽沫吃惊地问。

"是！那个人叫程汉熙，就是他让哥不能和心爱的人在一起！现在，他竟然狠心对他们下毒手！这个禽兽，我一定不会放过他的！"

"怎么会这样？为什么？为什么佑城哥这样好的人也会有人想要害他？为什么？"羽沫伤心地掩面大哭了起来。

佑正难过地抱着羽沫的头，咬着嘴唇，强忍着眼中的泪水。

"羽沫，"突然，佑正托起羽沫的脸，用恳求的目光久久地凝望着她，"羽沫，你……你愿意和我一起，帮哥哥报仇吗？"

"报仇？"羽沫先是吓了一跳，但是紧接着立刻坚定了起来，"佑城哥是我的救命恩人，如果没有佑城哥的救济，我和妈妈早就饿死在街头了。妈妈死后，佑城哥和你一直给我资助，安排我来圣安妮娅生活、上学……没有你们就没有羽沫……只要能够帮助佑城哥哥，就算让我去死，我也不会犹豫的！"

想不到羽沫和兄弟两个还有这样的渊源！我吃惊得倒吸了一口凉气。

听到羽沫的话，佑正感动得红了眼圈。他的眼中划过了一丝不忍，但最终他还是紧紧地抓住了羽沫的肩膀。

"羽沫，你放心，佑正哥不会让你受到一点危险的！你是一个好女孩，就连天使也会保护你，不会让你受到任何伤害！"

"佑正哥……"

"羽沫，我将来让你做的事情，你可以拒绝——记住！可以拒绝！我绝对不会强迫羽沫做自己不喜欢的事情！你记住了吗？"

"嗯！我知道，佑正哥！"羽沫用力地点了一下头，用感激和信任的目光注视着佑正。

"羽沫，你同时也要记住！我们要报复的那个人是一个恶魔！是一个魔鬼！无论我们对他做了什么，都是他应得的报应，我们不要有任何内疚！知道吗？"

羽沫又点了一下头，比刚刚更加坚定。她的目光如炬，我明白，对于单纯善良的羽沫来说，伤害佑城哥的人就是这个世界上最恶毒的人。

"羽沫，那个人叫程汉熙。是他让我哥失去了最心爱的人，那么我们……"佑正的眼神中露出了恐怖与仇恨，"也要让他尝尝失去亲人的滋味！"

"佑正哥……"羽沫显然不懂佑正的话。

"我哥说得没错。死亡只是一个罪孽深重的人解脱的方式！比死亡更让人痛苦的是失去最亲爱的人！"

"你是说……"

"羽沫！"佑正的目光中闪着可怕的光芒，"程汉熙有一个儿子，叫又勋，和你一样大，是程汉熙唯一的儿子，是程氏企业唯一的继承人。程汉熙视他的宝贝儿子为自己的命根子……如果我们能够让他的儿子背叛他、离开他……那他一定会痛不欲生！"

"佑正哥……我不明白你说的……"羽沫有点迷惑，"那……那我能做些什么呢？"

佑正没有立刻回答，而是用十分坚定的目光望着羽沫，说："让又勋爱上你，背叛他的爸爸！"

"什么？"羽沫惊讶得说不出话来，久久地呆在那里，不知如何回答。

"羽沫，你放心，具体的事情我来安排！我会为你们创造一切机会！保证让他迅速对你着迷！而且根据我的调查，程汉熙一直以来都是做假珠宝生意，深知这一点的又勋和他的父亲关系很不好。只要我们稍一挑拨，他就会离开他的父亲……不但如此，我们还要让他亲自指控自己的父亲，送他进监狱！身败名裂！"

"可是……"羽沫犹豫了起来。像她这样一个单纯的女孩，要利用感情去欺骗别人，简直是太可怕了！

佑正这个可恶的臭小子，竟然让羽沫做这种事情？如果可以的话，我真想现在就把他揍一顿！

"你放心！羽沫，这一切成功之后，我就会安排你去英国留学，不会再受又勋的干扰，你可以重新开始自己的生活，不会受到任何影响！而且程汉熙也会因此受到心灵和肉体的双重惩罚！我们不但为我哥报了仇，也为社会除了一害！"

"可是，佑正哥……"羽沫有些颤抖了，脸色变得苍白，"这样做……似乎……似乎是在利用感情……"

"只有感情的惩罚才能给一个人最沉重的打击！"

"不！"羽沫猛烈地摇了摇头，"不是的！佑正哥，我是说又勋！那个叫又勋的男孩子！我们利用了他的感情，这样对他是不公平的……他是无辜的……"

"无辜？难道恩恩不是无辜的吗？我哥不是无辜的吗？我们要报复程汉熙！就要从他最亲近的人下手，谁让又勋是他的儿子！再说我们也没有要又勋的命！可程汉熙要了我哥最亲爱的人的命你知不知道？"似乎意识到自己的行为有些过于激动了，佑正连忙控制了一下自己的情绪，"羽沫……如果你不愿意的话，我也不会勉强你……但是我已经决定这样做了，就算是你不帮我，我也一定会这样做！你考虑一下吧，不用马上答复我。"

佑正说完，站起身来准备要走了。

"佑正哥……"羽沫的眼睛红红的，目光有些呆滞。她下意识地拉住了佑正的胳膊，目光仍旧呆呆地望着地面。

过了好久，她才缓缓地抬起眼睛，颤抖地说："我答应你！"

听到羽沫的回答，佑正激动得紧紧地抱住了她，眼泪终于流了出来。

[5]

一直傻傻地站在旁边看完这一切的我简直已经惊呆了。

My God！事情的真相难道是这个样子的吗？难道一切的幕后策划都是佑正？而到头来对又勋爱到至死不渝的羽沫，最初与又勋结缘的原因竟然是为了帮助佑城复仇？！

天，这些人怎么会这么傻？！竟然为了复仇让自己身陷绝境！这两个家伙已经完全把自己的命运赌在了这场"复仇游戏"中，而且无论最终的结局是什么，他们都已经注定了是这场游戏的输家！特别是羽沫，这个傻丫头，竟然用自己的情感当筹码，结果到头来被自己的感情伤得体无完肤……

一切都开始混乱了，所有的线索和迹象，都必须在我的头脑中重新洗牌。

不可思议……

[6]

12月2日，圣安妮娅孤儿院。

再次来到圣安妮娅孤儿院，而且还是我熟悉的12月2日，我的心里有种说不出的失落感。

我记得上一次我和安息就是来到这一天，当时，我们还为羽沫和又勋的第一次相遇的"单纯和清新"所打动了……结果，这全部都是"假象"……

我心里的滋味很复杂，一个人在走廊里晃来晃去——时不时还会无聊地玩一玩"穿墙""穿人"的"游戏"，等待着那节意义非凡的钢琴课的开始。

　　和上次一样，穿着格子大衣的又勋带着阳光般的微笑走进了教室。我跟在他的后面，也走了进去。

　　又勋脱掉了身上的大衣，微笑着坐在了钢琴的旁边，而我就十分"无聊"地靠在了他身后的黑板上，连又勋紧张得在下面直搓的手都看得一清二楚，呃……怎么突然有一种"偷窥"人家的感觉呢？

　　"又勋哥哥就是我们这段时间的钢琴教师！"院长的"台词"和上一次一样，没有一点变化，"又勋哥哥可是音乐学院的高材生哦！他只有一个月的时间陪伴大家，同学们可要珍惜这段宝贵的时光啊！好不好？"

　　"好！"

　　"各位同学，你们好！很高兴能够认识你们。我叫又勋——"又勋控制了一下自己的紧张，面带微笑把自己的名字一笔一画地写在了黑板上，"从今天起，我就是你们的钢琴老师。希望……"

　　唉！这些台词我上一次都听过了，没有一点新鲜的！我开始无聊地观察坐在后面的那些社会热心人士。那个时候，我还是和他们坐在一起呢！结果现在自己却变成了一个"隐形人"，真是奇怪。

　　突然，我的目光停留在了坐在最后一排的一个戴帽子的年轻人身上。汗！那人不就是佑正吗？不用说，这节钢琴课早就被他列入行动计划里了，而且不难猜测，羽沫和又勋的这一次"初遇"，也是佑正精心安排的了……

　　真是想不到，那个时候佑正就坐在我和安息的后面！而我和安息欣赏的，正是佑正所导演的一场戏……这个世界的事情可真是有太多不可思议了……

　　这时，又勋介绍完自己准备开始讲课了。他又重新坐到了钢琴前，轻轻地打开了钢琴盖。

突然，又勋的表情中闪烁出了一份惊喜，他的目光久久停留在翻开的钢琴盖上……

嗯？琴盖里面好像写着字呢！我连忙好奇地凑过去看：

"是爱情，一分钟就是……不是爱情，一辈子也不是……"

哦？这是谁写上去的呢？怎么会出现在钢琴盖子上呢？

最奇怪的是又勋的反应，他的手竟然激动得颤抖了起来。他像要找寻什么一样朝整个教室里张望，眼睛中有些微微泛红。然而这种反应实在有些不合时宜，并且同学们都在等着新老师开始讲课呢。最终又勋还是控制住了自己的激动，开始讲课了。

[7]

课已过半，羽沫像电影中的重放镜头一样准时走进了我的视线。

敲门的声音仍旧是轻得如同蜻蜓点水。进来后的她，也如上一次一样，轻轻地朝又勋点了点头，红着脸回到了自己的座位上。

之后，又勋的视线便被羽沫牢牢吸引住了。

不过这也难怪又勋，任何一个男人都无法抗拒羽沫走过来时楚楚可怜的害羞的模样。

当然，我相信这些并不是佑正安排好的，而是羽沫的真情流露。

钢琴课结束了。我第二次亲眼目睹了又勋和羽沫在老香树下那一次让人心动的"约会"。

虽然我的心情已经不如第一次那般纯粹了，但还是被又勋的真诚又一次打动了。

又勋走后，我开始一个人在走廊里乱晃，等待着这奇妙的时光穿梭将我带到下一站。

看来，我已经习惯了这种"行走方式"。

"院长！"

我在院长办公室门口撞见了气喘吁吁跑回来的又勋。

嗯？又勋刚刚不是和那个叫南志的男生一起离开了吗？怎么又突然回来了呢？

"哎？又勋啊，怎么回来了？有什么事情吗？"院长和蔼地问。

"刚刚……有件事情忘了问您。"又勋因为跑得很急，有些气息不匀，"院长，请问……请问我上课时用的那架钢琴，平时……平时有谁用过吗？"

"平时？哦，呵呵，我们孤儿院里的孩子会弹琴的不多，只有一个女孩子用过那架钢琴。"

"哦？"又勋显然有些激动，"是谁？"

"她叫羽沫——哦对了，就是今天迟到的那个女孩子。"

"迟到的那个女孩子？"又勋的脸上划过一丝惊喜的神采，接着傻笑着自言自语了起来，"原来她叫羽沫……"

"嗯……又勋啊，怎么了？"院长对又勋的反应感觉有些莫名其妙。

"哦呵呵，没……没什么！"又勋不好意思地挠了挠头，"我……我还以为她不会弹琴呢……"

"嘿！羽沫可是我们院里的才女呢，不但钢琴弹得好，而且还会跳舞呢！可是个了不起的女孩子！"院长有些自豪地说。

"真的吗？那可真的很棒呀！不过……"又勋犹豫了一下，但还是决定把疑问说了出来，"院长，羽沫是怎么到孤儿院来的呢？"

"唉！又是一个可怜的孩子啊。"院长叹了口气，"羽沫小的时候家里着火，父亲被烧死了，母亲成了残废……后来羽沫就跟着母亲流浪。母亲死后，羽沫就来到了我们孤儿院，那时候，她才十四岁……本来啊，我们孤儿院的孩子只能在这里学习到十五岁的，幸好羽沫得到了好心人的资助，所以才能一直读书的……羽沫是个聪明的孩子，也是一个善良的好孩子，只可惜父母离开得太早，真是可怜……"

哦，原来羽沫有这样的身世，难怪她的性格如此忧伤，甚至还常常有些消极。

又勋的表情也随着院长的叙述悲伤了起来。

"又勋啊，还有什么其他的事情吗？"

"嗯？"正在溜号的又勋这才回过神，"哦，没有什么了。麻烦您了，院长。再见。"

又勋说完，礼貌地跟院长鞠了一躬，怀着复杂的心情转身离开了。

[8]

对于又勋的突然返回，我还有一个疑问。那就是为什么他会对钢琴上的那行字如此有兴趣，甚至明明已经离开了，却还要专程返回来询问？

本打算跟在又勋身后探寻个究竟，谁想走到门口的时候，我却看到了两个熟悉的身影躲在拐角处。带着好奇心，我朝那两个人走了过去。

"看来我说得没错，他一定会回来的。"佑正用低沉的声音说道。

一直低着头站在他身后的羽沫没有说话，而是一直心事重重地拽着自己的衣角。

"你知道我为什么让你把那行字写在钢琴盖子上吗？"佑正的脸上挂着让人害怕的得意神情，"又勋家里的钢琴上也刻着这样几个字。那是又勋的继母——也就是我哥心爱的人，恩恩刻在上面的。为的是让又勋明白什么才是真的爱情，不要走自己的老路……"

我惊讶得倒吸了一口凉气。佑正的心计着实让我吓了一跳……

"佑正哥，"羽沫的表情十分痛苦，她咬了咬嘴唇，终于鼓起勇气说出了心里的想法，"我觉得……我觉得又勋是一个好人。我们似乎不应该这样对他……"

"那只能怪他有一个没人性的父亲！"佑正愤怒地丢下了这句话，裹紧大衣，头也不回地转身离开了。留下羽沫一个人在拐角里久久不愿抬起头……

[9]

时间穿梭继续。

这一次，我来到了一个非常陌生的地方。这是一间复古装修的房间，屋子里弥散着淡淡的檀木香气。在我的正对面有一张超大的桌子，桌子后面的阴影里坐着一个高大的身影，看不清容貌。

我刚想凑过去看看，这时，门外突然传来敲门声。

"进来。"这个声音有点耳熟。

"父亲，找我什么事情？"

进来的不正是又勋吗？这么说我现在应该在又勋的家里，而我面前这个一直隐藏在黑影里的人不是别人，正是原本打算暗杀佑城、但却阴错阳差地害死了自己的爱人的程汉熙！

"过来。"程汉熙的语气有点沉重，似乎还有些怨气夹杂在其中。然而他却始终隐蔽在阴影中，让我无法分辨他的相貌。

又勋今天的状态似乎也不是很好，瞧他苍白的脸色和眼睛上两个明显的黑眼圈，估计已经失眠几夜了。

他有点不耐烦，但还是走过去坐在了程汉熙的对面。

"还和她在一起？"程汉熙的语气仍旧很冰冷。

又勋没有回答，坚定地望着自己的父亲，算是一种示威的默认。

"我知道，你一定很喜欢那个女孩子。但是我想要告诉你的是——你爱错人了。"

又勋仍旧没有回答，而是一声冷笑。

"那个女孩子根本没有你想象中那么简单。"程汉熙的声音突然沉得更低，一字一顿凶狠地说，"她是在利用你！"

"父亲！"又勋激动地站了起来，"我不允许你这样说她！"

程汉熙也站了起来，还把抽屉里的一个信封狠狠地摔在了桌面上："你自己看吧！"

父亲的举动让又勋十分惊讶，但他还是马上镇定了下来，从容地将信封拿了起来。

厚厚的一打照片被又勋抽了出来，所有的照片中都只有两个人——羽沫，还有一个陌生的男人……

"那个男孩子叫佑正，"程汉熙点燃了一支雪茄，冷静地说，"儿子，可能你并不认识他，但是他的哥哥你不会不知道——没错，他就是佑城的亲弟弟。"

听到这里，又勋的手突然哆嗦了一下，照片险些掉到桌子上。

"你应该非常清楚佑城和我们程家的恩怨，而那个叫羽沫的女孩子偏偏在这个时候出现，并且向你隐瞒她和佑城弟弟的关系。我想这其中的问题所在，你应该和我一样清楚。"

"不，这不可能！"又勋的脸色更加苍白了，他愤怒地将照片丢在了地上，"就算羽沫认识他们，也不能代表什么！"

"又勋，难道你现在还不明白吗？羽沫接近你只是为了某种可怕的目的！说不定他们就是想让羽沫害得我们父子反目！"

"哈！"又勋又是一声冷笑，"那他们可是要白费心机了！因为我们父子从来就没有和睦过——从我妈妈去世那天开始。"

又勋冷冷地说完，便头也不回地转身走掉了。

房门"吭"的一声关掉了。程汉熙仍旧严肃地站立在阴影之中，一动未动，只有雪茄燃烧的烟雾在空气中缓缓上升……

又勋离开后，直接去了恩恩的墓地。这天，正是我和安息跟踪又勋来到大峡谷的那一天。

[10]

大峡谷。

这一次，我终于可以凑到又勋和羽沫的身边，搞清楚那天他们到底说了什么。我有点兴奋，还有点莫名的伤感。因为这个地方，就是又勋和羽沫最后见面的地方。

"又勋，你觉得……"羽沫的眼睛微微湿润了，"你觉得……我值得你爱吗？"

"值得！"

又勋的回答没有半点犹豫。他的声音在大峡谷凛冽呼啸的风声中是那么单薄，却让人备感坚定。

羽沫满足地笑了，然而也更加地悲伤起来。

"又勋……为什么说值得呢？"

"相爱本来就是一瞬间的事情。有的人，你看她一眼，就知道她值得你爱一辈子。"

"可有的时候，我们看到的，往往只是假象……"

"那就看他的眼睛！眼睛是不会说谎的。"又勋微笑着说，目光坚定地注视着前方，"去他的眼睛里寻找'爱情光'。"

"'爱情光'？那是什么……"

"那是一道金色的光，和太阳的颜色一样。"又勋继续微笑着，"你伤心的时候看到它，就会变得坚强；快乐的时候看到它，就会想要分享。在冬天，它会给你带来温暖；在夜晚，它会帮你照亮眼前的路……"

"又勋……"羽沫感动得流了泪。

爱情光？真是一个奇妙的东西……难道人的眼中真的会有这样一道光吗？

我皱着眉头坐在又勋的身边，很"无聊"地盯着人家的眼睛看。我可真是笨蛋，只有相爱的人才能看到这道光呢，我和他又没有"特殊关系"，怎么会看得到呢？我真是越来越神经。上帝保佑我吧，我发现自己越来越不正常了。

"羽沫，你知道吗？我就是从来不相信看到的，只相信那道'爱情光'……"

又勋的这句话似乎有些什么特别的含义，我听得糊里糊涂，然而羽沫似乎已经听明白了。

我看到她用感激的目光望着又勋，轻轻地将头靠在又勋的肩上，脸上露出无比幸福的欣慰笑容。

[11]

"羽沫，我记得很久以前看过一部小说，叫《失乐园》……"

"嗯，我也看过。"羽沫说着，轻轻地抬起头，脸上带着心有灵犀般的淡淡笑容，望着又勋的眼睛。

又勋也笑了，笑容里说不出的感慨和感伤。他将目光投向了远处的深谷，一只胳膊紧紧地搂住了羽沫。

又勋："四岁时，拥有了自己的第一架钢琴。我懵懵懂懂地按下了一个琴键，老师说很好听。我开心极了。"

羽沫："六岁时，我第一次见到了自己的爸爸。妈妈说爸爸出狱了，以后一家人就可以一起生活了……我却哭着跑开了。"

又勋："七岁时，爸爸忘记了我的生日，带着一个陌生的女人回了家。我把自己反锁在房间里两天两夜。"

羽沫："九岁时，我收留了一只流浪猫。一个月后，一场大火烧掉了我们的房子和我可怜的爸爸……我和妈妈也成了'流浪猫'。"

又勋："十岁时，我得到了钢琴比赛第一名，没有庆祝会，只有检察院给父亲送来的一张搜查令。"

羽沫："十二岁时，看到别的女孩身上流行起来的蕾丝裙，我哭了，不想再见人。"

又勋："十三岁时，爸爸的新婚礼很隆重。新妈妈很美，我知道她不爱爸爸，但对我很好。"

羽沫："十四岁那年，妈妈去世，留下一个好心人资助的一笔钱，让我没有在被收留之前饿死在街头。"

又勋："十七岁那年冬天，遇到了一个叫羽沫的女孩子，突然看到了幸福的希望。"

羽沫："十七岁那年圣诞节，和又勋在一起，第一次发现，原来自己也是一个幸福的人……"

又勋："十七岁的春天……不！是从这个春天开始，我要和羽沫永远在一起，永远……"

羽沫："我要永远和又勋在一起，永远……"

我坐在一旁，像个傻子一样静静地听着，感觉眼圈有点湿——像个神经质的女生一样——许言明彻底"堕落"了！

我似乎越来越明白羽沫为什么会在又勋死后萎靡不振，而又勋为什么会在死后迟迟不愿离开羽沫上天堂。

[12]

"又勋……"羽沫飘忽的目光看着前方，轻轻地问，"你说……

真的可以永远吗？"

　　我感觉得到羽沫这样问时的心情。她一定非常害怕失去又勋，失去身边的幸福，然而冥冥之中，她又觉得他们是根本不可能在一起的。他们所说的"永远"不过是一个让人陶醉的词语，仅仅如此。

　　"当然！"又勋的语气却很坚定。

　　他转过身，两手紧紧地抓住羽沫的肩膀，带着自信的微笑望着羽沫。

　　"我们一定会永远在一起的！上天既然安排我们两个人走到了一起，又怎么忍心把我们分开呢？就算是命运一定要拆散我们，我们也要反抗！因为命运在我们自己的手里，我们要一起保护我们的幸福！羽沫，我不会离开你，永远不会，就算是给我一个天堂，也不会动摇我的决心！"

　　"又勋……我相信你。可是……可是我……"

　　"不要说！"又勋把手指轻轻地放在了羽沫的唇上，"什么都不要紧，无论过去发生了什么事情，都不要紧！从现在开始，我们只是一对真心相爱的普通人，其他的人和事情都与我们无关！我们唯一要做的就是——永远在一起！"

　　"可以吗？"

　　"可以！一定可以！羽沫，别怕！我会带你离开这里！"

　　"离开这里？"

　　"嗯，到一个没人打扰我们的地方去！没有人可以阻止我们两个在一起！"

　　又勋的每一句话都让我感动难过，我知道，那天他父亲给他看的照片一定让他的心里蒙上了很大的阴影。是他对羽沫的爱让他依然相信"永远"。即使他的心里曾经动摇过、伤心过，但是我知道，他最终还是选择了信任羽沫。他相信无论羽沫过去做过什么，一定都是有苦衷的！至于羽沫一开始是出于什么目的和他在一起，现在都已经不重要了。正像他自己说的那样，他不相信眼睛看到的"照片"，他只相信他在羽沫眼中看到的"爱情光"——

他坚信羽沫对他的爱情，就如同他相信自己对羽沫的爱一样……

而且又勋还天真地认为，只要他们能够离开这里，过去的就可以全部过去了，新的生活就会开始了。到那时，再没有什么可以打扰他们的爱情……

"又勋……"

又勋的话让羽沫非常激动，她明白又勋的意思，也知道又勋对自己的爱是多么真挚和深刻。然而羽沫喜悦的眼神中似乎还藏着一丝内疚。因为她明白，又勋是想要和她"私奔"，也就是说，他真的愿意为了她离开他的父亲，抛弃他现在拥有的一切……

看来当初她和佑正哥的目的已经实现了一半。虽然她现在非常希望能和又勋离开这里，但是因为有之前的种种，让她总是感觉这样的"私奔"很不单纯，对又勋很不公平。

"羽沫，"又勋看出了羽沫的心思，温柔却十分认真地说道，"你知道吗，没有你，就等于失去全世界……如果不能和你在一起，对我来说什么都没有意义了……"

听到这句话，羽沫的眼泪落了下来。我相信那种感动一定是发自内心的。

又勋接着说道："从见到你第一眼开始，我就坚定地告诉自己，我一定要和这个女孩子在一起！现在，我是多么幸运，能够拥有你的爱情。羽沫，我想好了，等我们离开这里，就去一个没有人打扰我们的地方，然后我们可以租一个小小的房子，我们一起把房子布置成你喜欢的样子，然后在院里种满你喜欢的风信子……我们可以在树下一起弹琴唱歌，还可以做一架秋千，我推着你在月光下荡秋千……以后的日子，我可以每天去酒吧弹钢琴，也可以去做家庭教师……我有很多事情可以做，相信我一定能够用自己的劳动养活你，不会让你受一点苦……"

想象着"美好"的将来，又勋的脸上泛起了红晕。

"将来，我还要和我最心爱的羽沫结婚，还要养很多的小孩子，我们一家人幸福地生活在一起……多幸福啊！羽沫啊，想到能和你一起变老，真是一件太幸福的事情了……"

"又勋……"羽沫幸福得哽咽了，"你……你真的愿意和我一直到老？"

"傻瓜！我当然愿意！想到能和你生活在一起，我觉得自己简直是全世界最幸福的人！"

"如果我老了，变丑了，你还会不会喜欢我？"羽沫傻傻地问。

又勋笑了，他的眼神中流露出无限的深情："如果你走不动了，我就背你走；如果你看不到了，我就是你的眼睛；如果你的皮肤松了，我就吻你额头上的皱纹……"

羽沫又哭了，单薄的身体微微颤抖。虽然这样，我知道她一定是非常开心的。我记得老妈说过，当初就是因为老爸"随便"地对她说了一句"遇到你是我这辈子最幸运的事情"，老妈就感动涕零地嫁给了老爸……女人都是情感动物，当她们陷入一场爱恋的时候，男人的一句简单问候都会被她们美化成一句爱情赞美诗，更何况是像又勋这样深情的一番真情告白。就连我，也几乎被感动了……

[13]

"羽沫，"这时，又勋从大衣的内侧口袋里拿出了一个精致的小金属瓶，"你知道吗，我有好多话想和你说，有好多事情想要为你做……现在，我把他们都写在了纸上，放在了这个'愿望瓶'

里。我发誓，从这一刻开始，要珍惜和羽沫在一起的每一分钟，把所有想要为你做的事情都一一实现。"又勋温柔地笑着，"如果在我有生之年，没能把所有的事情都做到，那么我希望会有其他人来替我完成这些心愿——即使是天使。"

又勋说着，把手中的"愿望瓶"举了起来。

嗯？他要干什么？

Ayo！我想起来了！我记得那个时候又勋把一样什么东西丢进了这个峡谷，而后来羽沫就为了找到那个东西而不顾一切地跳进了"爱羽谷"。难道那个东西就是又勋手上的"愿望瓶"？！

哈！真是得来全不费工夫啊！我今天可是走了大运，如果让我得到这个东西，说不定羽沫那个傻丫头会很高兴呢！更何况我也好像要知道那里边到底写了些什么东西！

想到这儿，我马上站了起来，伸手要去抓那个瓶子。

这时又勋已经做好了要把"愿望瓶"抛出去的动作了。只见他手臂用力一甩，折射着微弱的太阳光芒的金属瓶子便沿着抛物线飞了出去。

"该死！动作还挺快！不过我一定会接住！"我大喊着伸手去抓。

哈！够着了！

啊——头疼！该死的，瓶子竟然穿过我的手掌飞了出去，转眼间消失在了茫茫的峡谷深处……

看来过去发生的一切都是不能被改变的。

"从这一刻开始……"羽沫感动得脸颊绯红，声音都在微微颤抖，"我永远都不会离开又勋……永远不会……即使失去生命……"

"羽沫，从今天开始，这个大峡谷就叫'爱羽谷'！"又勋开心地说。

"爱羽谷？"

"对！它是只属于我们两个的峡谷，代表着又勋永远爱着羽沫！"

"又勋……谢谢你……"

啊？这样也可以啊？！有没有搞错！随便找一块地皮取个名字就归自己啦？这种泡妞的方法可真是不错！那好啦，如果以后我对哪个女孩子说"星星就是我送给你的珍珠项链"，那个女孩子岂不会乐得疯掉？

呃……不过这种时刻想这些似乎不大好哦！

现在的又勋看起来就像是一个天使，眼睛中充满了爱与包容。

"嗯……"

羽沫紧紧地和又勋拥抱在了一起。

第二十二幕
局外人

[1]

啊！怎么回事？！眨眼工夫我竟然已经坐在了佑城车子的后座上，而且车子正在一条人迹稀少的单行道上飞驰。

我连忙将身子朝前探，眼睛盯在汽车上的液晶日历上——汗！3月24日！那不正是佑城撞死又勋的日子吗？

我连忙朝车窗外看了看。没错，正是那条熟悉的马路！看看现在的时间，再看看现在的路段……如果我没有记错的话，前方五六百米的那个十字路口，正是当时车祸发生的现场！

这个念头让我冒了一身的冷汗。我明白天使之羽带我来到这个时刻的用意，一定是想要我亲眼验证这场车祸发生时的真实情况。那也就是说，让我亲眼看着又勋的身子撞在我眼前的挡风玻璃上，然后鲜血残留在龟裂的车窗上，整个人飞出几米以外，落在冰冷的水泥地面上……而我呢，面对这一切却无能为力？！

啊！NoNoNo！上帝大叔不会真的这么相信我的心理承受能力吧？

"喂，佑城！佑城！听到了吗？喂——"

我的呼喊都是无聊的，佑城根本听不到我的声音，甚至根本不知道我的存在。我不过是一个不属于这个时空的局外人。

该死！根本什么都做不了啊！

我从后车座跳到了副驾驶的位置上，试图拉住手刹或是仅仅按一下方向盘。然而结果仍旧是我的手如同空气一般穿过了这一切。可恶！这可真是急死人了！

我看到坐在驾驶位置上的佑城双手紧紧地握着方向盘，右脚狠狠地踩着油门，两只眼睛红红的，呆呆地目视着前方。头疼！他明明已经有些神情恍惚了！这个样子怎么能不出事？！臭小子！你在想什么呢？就是因为你的"灵魂出窍"，连累了多少人知不知道？！

"该死！红灯！红灯看到了吗？"眼看着佑城没有丝毫减速地超前冲了出去。我知道，一切都无法挽回了。

果然，就在同一时刻，又勋的身影出现在了我的视线里。可恶！那个小子竟然也是一副魂不守舍的模样，低着头从十字路口的直角方向走了出来，似乎根本没有注意到他左右方向飞驰而来的车子。

"可恶！停车！停车！前面有人——"我无力地大喊了起来。

佑城终于看到了又勋——当然，他并没有听到我的声音。

佑城一个激灵，马上踩下了刹车，然而这一切已经来不及了。车子结实地撞在了又勋的身上。一切如我刚刚预想的那样，一块鲜红的血迹留在了我面前龟裂的挡风玻璃上——还有又勋一个绝望的表情深深地刻在我的脑海里。

我彻底惊呆了。3月24日，我第二次目睹了同一场车祸——在一米以内。

[2]

发现出事的佑城马上清醒了，飞快地跳下了车子，朝被撞者跑了过去。

我也忙提起了精神，跟着冲了过去。

"又勋？！"当佑城把被撞者扶在怀里的时候，他的脸色瞬间变得惨白。他简直不敢相信眼前的一切，震惊得猛烈地颤抖了一下。

　　上帝！你还在干什么啊？赶快送医院吧！还犹豫什么啊！

　　身处这样的境地，我已经完全忘记了什么叫历史是不可改变的。我就像根本不知道事情的最终结局一样，愚蠢地希望又勋还可以被救活……

　　"怎么……会这样？"又勋痛苦地望着刚刚撞到自己的这个"凶手"，一口鲜血从口中涌了出来，眼神中有说不出的复杂情感。

　　佑城似乎这才反应过来，立刻将又勋抱上了车子的后座。然而他并没有马上开车，而是犹豫了一下。

　　最终，他决定先拨通一个电话。

　　我记得，那时我和安息的确远远地看到佑城拨了一个电话。

　　"阿正。"

　　原来是给他弟弟佑正拨了电话！该死，现在这个时候还打什么电话啊？赶快送人去医院啊！

　　"哥，怎么样了？念念的病例本取回来了吗？"

　　"……"

　　"哥！你怎么了？"

　　"阿正，我这边出了点事情……你帮我照顾好念念。"

　　"哥，出了什么事情？哥！你怎么不说话？到底出了什么事情？哥……"

　　佑城没有再回答，而是挂掉了电话。

　　终于，佑城钻进车子，用颤抖的手发动了引擎。我也连忙跳上了副驾驶的位置。

　　车子朝中心医院驶去。

"怎么会这样？"

一路上，虚弱的又勋一直躺在那里重复同一句话，听得人心里难受极了。

怎么会这样？他是在问上帝吗？是啊，怎么会这样！原本遇到羽沫就是看到了希望，可以开始享受属于自己的幸福了，谁想自己深爱的女孩却是为了复仇才走到自己的身边。

原本已经排除了千般阻碍，不顾一切地准备和羽沫离开这个是非之地，从此以后开始只属于他们两个人的生活，谁想却又出了车祸……

太多的意外了。我不明白上帝大叔为什么偏偏要如此"厚待"这两个可怜的人？！

"别说话！你不会有事！"一直没有说话、眉头紧锁的佑城终于开口了。和过去一样，他没有转头，面目表情。

又勋轻轻地咳了两声，用虚弱的声音说道："我知道……你是谁……我在妈妈抽屉里……看过你的照片……"

听到又勋提起了恩恩，佑城的眼圈又红了，双唇微微颤抖了起来。

"不能再讲话了，你很虚弱。"

"妈妈很爱你……"又勋没有理会佑城的劝告，继续说道，"她……咳咳……临死前……只请求父亲……一件事情……就是不要伤害你……"又勋的脸色越发惨白，却还硬撑着跟前面的佑城讲话，"我清楚……清楚地记得……妈妈死的时候……是……是微笑着的……"

佑城没有说话，我却震撼地看到一颗晶莹的泪珠从佑城右脸颊滑落，碎在了他的肩膀上。

我甚至无聊地猜想，是不是他的左脸也有这样一颗泪珠碎掉了……

　　"我觉得……妈妈很幸福……"

　　"又勋，不可以再说话！"佑城命令般地喊道。

　　"请让我说……"又勋的眼睛也湿润了，"我知道……我快不行了……"

　　"可恶！别乱讲！快点安静下来！你已经让我无法安心开车了！"

　　"我很……很羡慕你……也很羡慕妈妈……"又勋的语速越来越慢，声音也越来越小，"因为……你们深爱……深爱彼此……也拥有……彼此的爱……即使不能再一起。我总是在想……如果死去……就要像妈妈一样……为心爱的人……微笑着死去……"

　　"傻瓜，"佑城的声音颤抖了，"你不会死……"

　　"不……我就要死了……我感觉……感觉得到……"

　　佑城狠狠地咬住自己的嘴唇，继续目光坚定地望着前方，用力地踩着油门。我知道，他是在为又勋争取生存的机会。

　　"佑城哥……"这是又勋第一次这样称呼佑城，"请替我……转告羽沫……无论发生过什么……我都一样爱她……永远爱她……"

　　"我想羽沫更想要听到你亲口对她说这句话……"

　　"和羽沫在一起的时光……是我……这辈子……最快乐的日子……要她忘记我，因为……我要她幸福……"

　　佑城的泪水已经湿透了衣服的前襟。看来对于这个我一向认为没有情感的冷血动物，我必须抛弃成见了……

　　"又勋，羽沫也这样说，她说……遇到你之后，她发现自己可以飞起来了……因为有你的爱……"

　　爱情，能够让一个人有飞起来的感觉……我不知道羽沫是真的说过这句话，还是佑城为了安慰又勋而说的……总之，我们都被感动了……

又勋的脸上露出了淡薄但却满足的微笑。那微笑一直挂在又勋的脸上……也许直到死亡……他终于实现了自己的"愿望"——如果死去，就像妈妈一样微笑着死去……

"请回去……"

什么？回去？！

我和佑城都被又勋的要求给吓了一跳。

[4]

"回去？"佑城惊讶地转过头，皱着眉头望着奄奄一息的又勋，"你在说什么？"

"请回去，"又勋依旧微笑着说道，"东郊……机场旁边……废旧厂房……空地……"

"不行！"佑城严厉地说道，继续保持原来的方向，甚至又加快了速度。

"请回去……羽沫……心……"

终于，又勋的声音消失了。我震惊地看到又勋苍白冰凉的手重重地垂了下去……

这是我有生以来第一次如此近距离地亲眼目睹一个人在我的面前死去……

我的头脑一片空白。

[5]

当我回过神来的时候，佑城的车子已经在路边停了下来。

我看到佑城用悲伤的眼神望着躺在冰冷后座上的又勋，眼泪悄悄地布满了脸颊。就这样在沉默中僵持了半分多钟，佑城终于鼓起勇气，把一只手伸到了又勋的鼻子前面……然后痛苦地闭上了眼睛。

死亡的气息弥漫了车子内的所有空间，就连后视镜上装饰的小精灵，都笼罩上了死亡的气息……

又勋死了，正如后来羽沫对我所说的，又勋在被佑城送往医院的途中死去了。时间3月24日15点37分。

15点41分，佑城掉转车头，车子飞快地朝东郊空地驶去。

我知道，虽然佑城并不明白又勋为什么一定要回到那里，但现在，他必须帮助又勋完成这个他生前最后的愿望。

再次经过刚刚车祸出事地点的时候，一辆红色的出租车开始紧紧地跟随在后面。佑城并没有注意到这一切，却被我无意间注意到了。

有人跟踪！

[6]

十分钟后，佑城的车子驶进了东郊空地。一路上，我除了时不时回头看看跟踪我们的红色的士之外，连喘气都格外小声。

车子里的气氛实在太压抑了。躺在后座上的又勋自然没有一点生命的气息，可怎么就连坐在我旁边驾驶着车子的佑城都是一身死寂呢？

如果上帝可怜我的话，我真希望自己可以立刻消失，离开这个让人窒息的空间。

虽然我并不惧怕死亡，但却十分恐惧悲伤……

车子停了下来。我第一个穿门而出，坐在地上大口大口地呼吸着车子外的空气，仿佛刚刚从一个无氧星球回到地球一样。

这时，一句话不说的佑城把又勋从车子里面抱了出来，轻轻地放在了空地上。

之后，整个人虚弱地跪在了又勋旁边，就如同我上一次看到的一样。

"怎么会这样……"佑城的嘴里重复着又勋临死前翻来覆去重复的那句话，让人的心里有说不出的难受。

"恩恩，我好累……就快承受不了了……我真希望自己可以快一点去找你……"佑城的身体剧烈地颤抖了起来，眼泪再一次从他迷人的黑眼睛中涌了出来，"念念的病情已经进入危险期，阿正和羽沫又为了我做出了好多傻事。现在，又勋也死了……恩恩，我真的很累很累……感觉自己的整个身体都快被挖空了……我真想做一个逃兵，什么都不去面对了……可以吗？可以吗，恩恩……我真的很想从人世间逃走，即使狼狈不堪……恩恩，你明白吗……恩恩，你还在等着我吗？"佑城的眼神中突然划过一丝可怕的光彩，"恩恩，等着我！我就要来了！"说着，佑城的身体突然一下子挺直了，他的右手麻利地从外衣内侧拔出了一把明晃晃的匕首。

该死！上一次见到的就是这把匕首！当时我和安息还以为佑城想要杀死又勋！没想到，事实竟然是又勋已经死了，而佑城想要杀死的是自己！

"程汉熙！"佑城用颤抖的声音狠狠地说，"现在，你可以尝一尝失去最心爱的人是什么样的感受了！你再也看不到你的宝贝儿子了！一切都结束了！"佑城的脸上浮现出一个让人胆寒的微笑，"我也要休息了……"

傻瓜！想死吗？难道死就是解决问题的唯一方法吗？难道他真的想要一死了之、什么都不管了吗？别忘了！他自己可是说过的，死是懦夫的行为！他都忘了吗？

"佑城，别做傻事！你这个蠢货！"

眼看佑城的刀子已经举了起来，我激动地伸手上前去夺。结果自然是毫无作用，我的手仍旧像空气一样从冰凉的刀子上穿过。

锋利的匕首像一阵风一样落了下去。

呼……幸好！刀子仅仅是落在了又勋尸体旁边的空地上。

我擦了擦额头上的冷汗，一屁股坐到了地上。

看来佑城还没有彻底失去理智。

[7]

然而就在这个时候，远处却传来了羽沫的一声惨叫。

我知道，事情还没有完，因为这里正是又勋和羽沫相约私奔的地点。又勋想来到这里无非是想见羽沫最后一面，然而并不知情的佑城却把又勋的尸体送到了羽沫的面前，还无意中让羽沫目睹了如此悲惨的一幕。

"该死！怎么会这样！"见此情景的佑城脸上被恐怖的表情所笼罩了，他握着刀子，颤抖地站了起来，目光汹汹地朝已经被惊呆的羽沫靠近。

"来吧！你看到了更好！来杀死我吧！为又勋报仇吧！"佑城又一次失去了理智，举着刀子朝羽沫走了过去。

已经完全情绪失控的羽沫一把将佑城推开，扑到了又勋的身上。

这些，正是我和安息那一次所看到的。

现在，至少其中的一个谜团解开了，那就是为什么佑城不但没有杀死羽沫，还帮助她治疗。原来佑城并不是想要杀害羽沫，而是想让羽沫杀死自己……真是让人不寒而栗……

"又勋，你醒醒，醒醒啊……我是羽沫，你快看看我！你不是说过要永远和我在一起吗？你不可以留下我一个人！你说过要和我一起慢慢变老，你不可以离开我！刚才我已经去找过佑正哥了，我告诉他我要和你在一起，我是真心喜欢你的！他已经答应不会再让我来伤害你！只要我们离开，就可以重新开始了！又勋你快睁开眼睛看看我！你是在和我开玩笑对不对？！你一定舍不得让我一个人留在这个冰冷的世界上！我知道你最疼我了！又勋！你是不是累了想睡一会儿？我知道你一定是困了！我抱着你睡，我给你唱歌好不好？又勋！不要这样对我！不要……"

羽沫像疯了一样抱着已经死去的又勋不停地呼喊着，一会儿哭一会儿笑，在看到又勋死去的一瞬间，羽沫的灵魂也就已经随着他死去了。

情绪失控的佑城又一次把羽沫拖到了一边，举着刀让羽沫刺向自己。

刚刚从激动的情绪里抽离出来的我刚要跑过去看看，可就在这时，一个熟悉的身影闯入了我的视线。

[8]

是佑正！

原来他已经在旁边默默观察这一切很久了。现在，他的目光非常恐怖，脸色异常苍白，正在一步步地朝又勋靠近。

该死！这个小子想要干什么？？

只见佑正用一种让人恐惧的冷静表情注视着又勋，很久。突然，他猛地弯下腰，似乎用尽全身力气将又勋抱了起来，放进了佑城的车子里。

然后他没有半刻犹豫，发动了车子，冲出了东郊空地。

看来我那个时候又猜错了——并不是佑城强迫弟弟替自己顶罪，而是佑正主动为哥哥承担了这个可怕的罪名。

从某种意义上看来，也算是他罪有应得。因为又勋和羽沫的悲剧，其实都是源于佑正孩子气一般的报复计划……

又一次，我的眼前一黑，迷失在了错乱的时间隧道里。

再次睁开眼睛的时候，我惊讶地发现自己又站在了大峡谷的边缘。

一阵凉风吹过，毫无戒备的我险些就掉了下去。

我被惊出了一身冷汗。

该死，看来安息一定是爱上了这个"爱羽谷"，怎么她的羽毛总是带我来到这个地方？

"请放开我！放开我！"

什么？是羽沫的声音。

我茫然转过头，发现不远处佑城正粗暴地按着羽沫的头，把她往深谷下面推。

我也终于搞清楚了自己来到了什么时间。

该死！这是怎么回事？

我连忙朝两个人跑了过去。

现在，我已经到了两个人的跟前，可以清楚地看到他们的每一个动作、听清他们的每一句话。正好！我还有一个疑问想在这里解开！

"难道你还记不起来吗？快点看看这是什么地方吧！这可是你和又勖许下爱情誓言的'爱羽谷'！难道你都忘记了吗？！"激动的佑城按着羽沫的头，让她往下看。然而我也清楚地看到了佑城的另一只手——正紧紧地拉着羽沫，以免她失足落下去。

此时此刻，我的困惑也终于解开了。

我的心也随之猛烈地震颤了一下。

"快点记起来吧羽沫！你不能再欺骗自己，也不能再折磨自己了！快点记起又勖和你的爱情！记起这个属于你们的'爱羽谷'吧！"佑城红着眼睛咆哮着。

已经哭到身体抽搐的羽沫猛然间大叫了一声："不！"

这一声把我和佑城都惊呆了。

羽沫呆呆地站在峡谷边上，泪水静静地在脸颊上流淌。微风吹拂着羽沫雪白的裙子和长长的黑发，美得让人伤感。

看到羽沫的反应，佑城没有说话，而是同样流着泪，望着她。

[10]

"佑城哥……"羽沫转过头，用一双早已被泪水封住的眼睛看着佑城。虽然如此，我却能够清楚地感觉到，羽沫已经彻底恢复了。

"羽沫，你早就恢复了，对不对？"佑城的声音十分冷静。

"是的……佑城哥，我怎么可能会忘记又勋，怎么可能忘记我和又勋的爱情？"羽沫几乎要痛苦地倒在地上了。

"为什么要瞒着我？"佑城的情绪开始激动起来。

羽沫的眼泪又一次涌了出来："因为我知道，一旦我好起来，佑城哥就会离开我，去找恩恩姐！我已经失去了又勋，不想再失去你，我希望你可以好好地活着……"

"傻丫头。"佑城的声音有些颤抖。

"佑城哥，你不能再出事，答应我，好吗？"羽沫恳求。

"别再说了！"佑城很明显要逃避这个话题。

"请你答应我！"羽沫盯住佑城，坚决地追问。

佑城深深吸了一口气，紧闭着眼睛说道："我答应你……"

就在这时，远处一辆熟悉的车子飞速开了过来。我的脑子"嗡"的一声，险些炸了开来。

头疼！如果没有时差的话，车子里面来的人不就是我和安息吗？！这么说我真的就要见到另外一个时空的自己了吗？

我紧张得手心冒汗——也许还有点兴奋，但还是不大敢接受这个现实。我记得过去看过一部什么电影，也是讲什么时空穿梭的。

但是我明明记得在最后一幕，主人公见到来自未来的自己的时候，就爆炸了！汗！我不会也爆炸了吧？

晕倒！我看我还是先躲起来吧！可是我又能躲到哪里去呢？

就在我慌乱得不知所措的时候，突然觉得眼前一片漆黑，心口一阵刺痛，之后便什么都不知道了。

[11]

当我再醒过来的时候，吃惊地发现自己仍旧躺在大峡谷的边上。我勉强爬了起来，活动了一下早已僵硬的双腿，惊奇地观察着周围的一切。

该死，佑城和羽沫已经不见了，刚刚开过来的车子也没了踪影，整个大峡谷就只剩下了我一个人。

真是奇怪，为什么时空隧道会让我停留在这空无一人的大峡谷呢？

呃……难道是……

我的脑子里突然闪出一个奇怪的想法。我记得羽沫为了寻找被又勋丢进"爱羽谷"的"愿望瓶"，义无反顾地跳下了大峡谷。难道天使之羽将我停留在此处的用意就是要让我代羽沫找到那只"愿望瓶"吗？

没错，既然已经来到了这里，就算天使的本意并非如此，我也要下去找一找。也许那个"愿望瓶"可以带我找到那个能够救活安息生命的"力"。

想到这，我振作了一下，来到了峡谷的边缘。

一靠近才知道，想要下到底部可不是一件容易的事情。

上帝，这样下去会不会被摔死啊？像我这样百年难得一见的社会栋梁，如果就这样白白送了命，那岂不是全宇宙帅哥界的一大损失？

风这么大，峡谷又这么深，四周连个人影都没有，万一死在这里，十年八载也不会有人发现吧……啊呸！说什么呢我，好好的死什么啊！

[12]

"小伙子，找东西吧？"

汗！真是吓死人了！刚说没有人就突然冒出来一个！嗯？这荒郊野外的怎么突然来了一个老婆婆？！手里还提着一篮子苹果！更加可疑的是，这个老婆婆竟然能够看到我！

我吃惊地把手在她眼睛晃了晃："美女！你看得到我吗？"

我这一句话几乎把老婆婆气得背过气去。

"你这个臭小子！我老太婆虽然年纪一把，但是耳不聋眼不花呢！"

汗……可我明明是"隐形人"啊！不好！这个老太婆形迹可疑，搞不好是一个退休的老天使呢！

"小伙子，风大，可别站在这里啊，很危险的。"

"婆婆，我看您还是担心您自己吧！快点靠后！靠后！"

头疼，就算是被风吹下去，也是先把她吹下去才是啊！瞧她的样子，估计体重还没有我一半呢！想到这儿，我连忙把老婆婆往后推。

"呵呵，小伙子，我不要紧的，我已经在这里待了一个星期了。"

"啊？一个星期？"我好奇地打量着眼前的老婆婆，觉得她真是越来越像一个巫婆。

"是啊，我的女儿三年前的今天从这里跳了下去，以后每年的这个时候啊，我都会带她最喜欢的苹果来这里……"老婆婆说着，将手中的苹果朝峡谷下面丢了下去。

晕！看来这个峡谷下面可真是什么都有啊！不仅有"愿望瓶"，还有死尸、烂苹果……

上帝！我禁不住打了一个哆嗦。

"老婆婆，您女儿怎么这么想不开啊？想找刺激的话去蹦极好了啦！"

"唉，这个世界上比自己的生命和可怜的母亲更重要的，就是爱情了……"老婆婆一边说，一边继续朝谷下丢苹果。

比生命更重要，比自己的母亲更重要……这就是爱情吗？

爱情，头疼的东西。

如果换作我，会不会那么傻呢？不！一定不会！

"小伙子，想什么呢？"

汗！这个老婆婆是想吓死我吗？走就走好啦，干吗拍我？

"婆婆！你哪来的这么大力气？你再用点力我就掉下去啦！"

"小伙子，在这里许过愿吗？"

"嗯？许愿？"我有点好奇地望着老婆婆。

"是啊，"老婆婆慢悠悠地说道，"这个大峡谷啊，其实一点都不大，之所以被称作一个'大'字，就是因为这个峡谷包含的神奇力量……"

"神奇力量？"我的嘴巴变成了一个"O"形，呆呆地打量着眼前的这个老婆婆。嗯，没错！

她一定是一个巫婆！说起话来都好奇怪的！

"这里啊，可是爱情的圣地！相爱的人都喜欢把自己的爱情愿望放在精美的许愿瓶里，丢下去，那样愿望就可以实现了。"

"啊？真的吗？丢下去就能实现？"我十分怀疑。

老婆婆有点得意似的笑眯眯地接着说："呵呵，能不能实现，那就要看两个人的爱情有多大的力量了……"

"……"

汗……看来我一定和这位老婆婆有代沟，她说的话我全都似懂非懂。

"小伙子，你是不是想下去找东西啊？"

"啊？"我还在溜号，被老婆婆这样一问，吓了一跳，"你怎么知道？"

"呵呵，上个星期也有一个小伙子来这里找东西。和你一样，站在这里四处张望。嘿嘿，"老婆婆陶醉地说，"那个小伙子长得可真好看，你们现在这群孩子发育得真是好。"

晕倒！这老婆婆年纪不小，心思还挺年轻。

"什么？你说还有人来这里找东西？"

"是啊，我记得那个小伙子就是沿着那边的陡坡下去的。"

我朝着老婆婆手指的方向看过去。果然，那里有一条蜿蜒回转的坡路，应该可以沿着斜坡下去。刚好，既然有人已经下去过，那我就也走那里好了。

"小伙子，我要走了！希望你能够找到你要找到的东西。"

说完，老婆婆笑眯眯地离开了。

[13]

真是奇怪，难道最近很流行把东西丢进峡谷里，然后再爬下去找吗？看来做这种傻事情的还不止我一个人呢！

唉，别管这些了，反正先下去看看再说吧。如果那个"愿望瓶"真那么重要的话，也许能够让羽沫振作，让又勋去天堂，安息也就能恢复了。

我运足了一口气，开始沿着老婆婆指给我的那条蜿蜒小路往下爬。

两旁的植物非常茂密，半人多高的拦路草布满了整条小路。

我双手扶着岩石和树枝，倒退着一步一步地向下移动。踩在这条不知道有多少人踩过的路上，心里的感觉怪怪的。

我突然之间不知道自己在做些什么，也不明白为什么要这样做。我只是觉得有一种力量牵引着我，一步步向下走。

这一路并没有我想象中坎坷，虽然偶尔会有荆棘的缠绊，但都不能阻止我前进——准确地说是下降的路。是的，我在一点点地下降，下沉。我不知道最终的落脚点在那里，或者说我根本不知道这条下降的路途上有没有落脚点。然而此刻这些都不重要了。

下降越深，我的头脑越是清醒。那是一种朦胧中的清醒，不属于这个空间的清醒。我的眼前出现了很多真实的影像——虽然我明明知道那都是幻觉。

我看到了五岁时父亲离开时的情景。

那时老妈独自躲在阴影里哭了很久很久……我饿了，缠着老妈想要吃蛋糕，可她却没有理睬我。那是在我的记忆中，第一次老妈忽视我的要求。后来，我因为太饿，也哭了起来。

当时老妈一定以为我流泪的原因跟她相同，或者近似。所以，她非常感激地将我抱在了她的怀里，然后哭着对我说："言明啊，这个世界上根本没有真正的爱情，最真实的感情都不会超过一个月，其余的都是假象和欺骗……言明啊，你可千万不要像妈妈一样傻……我的言明啊……"

老妈哭了很久，也抱了我很久。我原本已经干瘪的胃被她压得更加干瘪——索性忘记了饥饿。那天的事情我忘记了很多，唯一记住的就是老妈那句让我懵懂的话：真实的感情不会超过一个月……

我并不是有意记住的，只是就在我想要记住什么的那一刻实在没有其他什么好记住的，所以我便记住了它。

呃……这句话似乎有点不好理解！不过就是这个原因，让我在五岁的时候便有了自己的爱情观：恋爱的保鲜期只有一个月。

虽然现在，我的爱情观正在被一点点地颠覆——自从遇到又勋和羽沫之后。

但我还是执着地提醒自己，老妈是不会骗人的。

……

我看到了三年级时的那场战斗：那一次，申也因为送给隔壁班级小美女一枝玫瑰花，而遭到高年级老大的"追杀"。我原以为那个小美女是那个老大的马子，所以申也才会惹祸上身。但事实并非如此，而且据我调查，那个老大根本不喜欢女生。后来我终于搞清楚了申也被"追杀"的原因，就是因为申也是全校小朋友中第一个懂得送给女孩子玫瑰花的男生。

就是因为这个原因，申也被"追杀"了。

汗……

申也哭着跑到我读书的学校，让我帮他报仇。

那年我九岁，申也八岁，我要面对的对手大我四岁。但我还是没有一点犹豫地拎着拳头跑了过去。

那一仗我输了——不过那是我唯一的一次失败。从那以后，我再也没有败在别人手下过。

我记得自己的左手腕被那个老大狠狠地弯了一下，痛得想死。对了，就是后来羽沫咬我的那个地方。我永远也忘不了那个家伙面无表情、嚣张冷酷的模样。我永远记得那张脸，

那是让我在无数兄弟面前丢人的一张脸。该死！就和佑城那家伙冷冰冰的高傲神情一样！

佑城？我怎么又想起了佑城……每一次想起他，心里就像被刺痛一样。这是我从小到大第一次为了一个男生感到难过……

我看到了一年前和文泉的那次相遇：那天一放学，我就感觉

身后有人跟踪。我谨慎地用手机镜头观察身后的情形，看到了一张帅气得让人窒息的脸。只是那紧缩的眉头和没有情绪可言的脸让我感觉并不舒服。

一向对"跟踪者"不以为然的我终究没有太在意，全然把他当成一个陌生人。然而，第二天我得到消息，那个家伙叫文泉。就是那一天，他在巷子里把准备对付我的黑帮老大的脸打花了……

[14]

我的身体突然猛烈地震动了一下。原来我已经到了谷底。

眼前的景象瞬间将我拉回到了现实。

我倒吸了一口凉气，惊讶于刚刚出现的所有真实幻觉。当我再一次定神仰头看去的时候，更是震惊！想不到自己已经不知不觉中下降了几十米！谷顶已经被乳白色的迷雾团团封住，自己彻底被封锁在一个异度空间里。

"喂，有没有人？"

汗！我十分神经质地大喊了一声。如果真的有人回答，一定会把自己吓个半死，特别是在听到那个老婆婆讲到的她女儿跳崖的事情后的现在。呃……千万别再碰到孤魂野鬼了……上帝叔叔保佑我。

周围到处都是杂草、石块和树枝。我艰难地在其中摸索，努力地在地面上搜索我想要的东西。

晕，这下面的东西还真是丰富。我在一个树枝上发现了一个红色的香囊；在一个杂草堆里看到了一个刻着名字的同心锁；在一堆石头上找到了一枚三色堇胸针……还在一块仅有的空地上发现了一堆烂苹果。汗……看来这里对着的就是我今天在峡谷上所站的位置，也就是老婆婆丢苹果的地方。当然，也是又勋那时将"愿望瓶"扔下去的地方。

我开始认真寻找那个曾经折射过爱情光芒的"愿望瓶"。

[15]

半个小时过去了。

该死！怎么会找不到呢？就连纸团布条都在这里保存完好，一个金属瓶子怎么会消失不见呢？

可恶，天都快黑了，如果再这样找下去，恐怕想要爬上去都难了。

真是头疼，连老婆婆的烂苹果都找得到，为什么偏偏最最重要的"愿望瓶"找不到呢？

真是没有道理！难道这是天意吗……

对不起，又勋，我尽力了。早知当初你就不该把瓶子丢到这种地方，害得羽沫差点为了它送了命！还有羽沫，可能我也只能说抱歉了，本以为自己可以做一次救世主，本以为还可以看到你见到"愿望瓶"时开心的笑脸，这回看来没有希望了。

算了，既然是天意注定，我也无能为力了。就当我从来没有来过这里好了。

我试图安慰自己，然而心中仍旧飘着淡淡的失落。

太阳就快落山了，整个峡谷都暗了下去。

身边一阵冷风吹过，我不禁打了一个冷战。还是快点上去吧，否则过一会儿那些孤魂野鬼就开始四处游动了。我可不想和它们打交道。

我开始沿着原路，小心翼翼地往上爬。

上去倒是比下来的时候容易了一些。没过十分钟，我已经几乎接近了峡谷的边缘。只要双手攀上去，再一个纵身，我便可以重新"返回地球"了。

想到这，我有点激动地攀住了悬崖的边缘，准备用力跳上去。

该死！怎么回事？脚下的石头怎么会突然松动了？

我还想把握住石头彻底滚落之前的最后一秒钟，谁知一切都已经太晚了。我的身体一个失重的摇晃，两只手便脱离了崖边。

不好！这样下去会摔死的！

我的脑袋瞬间一片空白，眼前却一片漆黑。我闭上眼睛等待着命运即将带给我的一次巨大"惊喜"！

就在我的身体即将下坠的一瞬间，我感觉到有一只坚实的手掌突然将我的手抓住了。

这是幻觉吗？我惊讶地仰头睁开了眼睛。

"文泉？"我吃惊地叫了出来。

[16]

"怎么是你？！"我惊讶地望着头顶这个拉住我手的家伙，激动地大叫了起来，"你怎么会在这儿？难道你这个家伙也烧了安息的羽毛？该死的！安息那丫头都病得要死了你还拔她身上的毛啊？你可真是够残忍！如果她因为你拔了她一根羽毛就翘辫子了，我跟你没完！"

汗！我一定是太激动了，乱七八糟地说了一大堆连自己都觉得可笑的话。文泉一定对我的反应非常奇怪，他的眉头皱得老高，用一副无奈到郁闷的表情望着我。

不过最后，那小子还是选择先把我拉了上来。

"臭小子！"我拍了拍身上的泥土树叶，"你怎么也回到过去来了？真是可恶，我正在为如何回去发愁呢，想不到你这个家伙竟然也跟着我跑了过来。这回可好，你也来了，我们好歹有个伴。"

文泉的眉头越皱越高，显然没有听懂我在说什么。

"你的脑袋摔坏了？"

汗！这个该死的小子，一张嘴就是气死人的话！

"你的脑袋才摔坏了呢！"我气呼呼地说，"文泉！你这小子真是越来越不像话，看来非要收房租不可了！等回去了就跟你算总账！"

那个臭小子眯着眼睛瞧了瞧我，没有说话，而且还非常欠扁地将头扭到了一边。

可恶！装没听见是不是？真是气死我了！

"臭小子，又开始装聋作哑？一提到房租就来这一套！"

"你失踪了十一天半。"文泉丢过来一句冷冷的话，差点把我砸死。

"什么？"我十分不解地望着这个家伙，"你在说什么呢？什么失踪？"

"从安息病倒开始。"

"安息病倒？"我倒吸了一口凉气。

我没有听错吧？他说我从安息病倒开始失踪了十一天半……什么意思？难道……难道我已经回到了现实世界？

我激动地在文泉的身上乱摸了起来。别误会，我之所以摸他是因为文泉的身上一直带着一块刻着复古花纹的银质怀表。虽然这小子从来不用那东西看时间，却一直带着，从来没有离开过他的身上。当然，现在可不是讨论他的怀表的时候，我只是想知道今天的日期，非常单纯。

"不用摸了。"文泉冰着脸，把我的手挡了回去，"现在是7月3日下午2点40分。"

[17]

7月3日下午2点40分？

我倒吸了一口凉气。

还好，这样看来，我终于回到了现实的世界！文泉是现实世界中实实在在的文泉。那我也就不再是那个迷失在时间隧道里的许言明了！

上帝叔叔保佑，一切开始恢复正常！

"真是不敢相信，我竟然回来了……"我暗自庆幸，自言自语道。

"羽沫也失踪了十一天。"文泉不以为然地说道。

"什么？你说羽沫也失踪了？怎么回事？有没有报警？"

"佑城带走她的。"

"佑城？"我吃惊地喊了起来，不过又马上镇定了下来，"如果是佑城带走她，倒是可以放心了。"

文泉一定是搞不懂我怎么会这么说，眉头皱起了好高，莫名其妙地望着我。

"嗯？你怎么会来这里？"我突然想起了这个问题。

文泉没有回答我，而是转身就要离开。

汗！这个臭小子，走连个招呼都不打，怎么说也该叫着兄弟一起走啊！

喊！他不回答我也知道他为什么会来这里！一定是担心羽沫失踪了这么久，搞不好会来这里。

这个家伙就是这样，什么都不说，自己想做什么就做什么。整天一副什么事情都不以为然、漠不关心地样子，其实心里还是很重感情的！只是谁都搞不懂他为什么总是这副冷冰冰的表情！

[18]

海滨别墅。

申也对于我的突然消失"惆怅"了整整一个星期，现在我又突然出现了，他的激动简直让我害怕！

"言明，你担心死我了！我以为你再也不会来了！如果那样的话，我真不知道怎么跟你妈妈交代！"

一进门，我就被申也紧紧地抱住了。

嗯？我怎么记得过去都是我跟他老妈"交代"呀，什么时候用得着他来为我交代了？

"喊！"我瞥了他一眼，把他推开，"是不是真的那么紧张啊？"

"当然是真的！我已经好多天没有合眼了！你看我的眼睛，都有黑眼圈了！"

黑眼圈？我怎么没看见？而且这小子看起来好像比我离开的时候更加精神焕发了才是！

"要是真的紧张，我失踪了你怎么不去报警？"我故意找碴。

"我当然是要报警的！"申也不满地申辩，"可是文泉说不用！他说你不会有事的！"

嗯？这个文泉！我回头瞥了一眼正在看电视的那个没心没肺的家伙。这小子简直就是置我的生死于不顾啊！他怎么知道我一定不会有事？万一我出了事算他的吗？

"申也，安息怎么样了？"

我一问到安息，申也的眼神就暗淡了下去。

汗……干吗这种表情啊？难道我离开了几天那个丫头就翘辫子了？该死！如果真是这样，我一定跟她没完！我还没有同意你消失，你就不能消失！

我推开低着头站在一旁不出声的申也，大步冲上了二楼。

[19]

床上虚弱的安息躺在那里如同一个透明人。我想起又勋灵魂即将消失前的样子，和安息好像……

我的心里有说不出的难过。

傻丫头，如果可以的话，我还是希望整天和你一起吵嘴，一起打架，哪怕一起堆雪人我也愿意……我只是不希望你一直这样躺着——安静得可怕……

"安息越来越虚弱了。"这时，申也走了过来。

"怎么会这样？"

"我和文泉也没有办法。这些天安息什么东西都不能吃，连水也不能喝。我们只能这样在她身边陪着她。现在，她连说话的力气都没有了……"

我难过得说不出话来，感觉有什么东西哽咽在我的喉咙。

突然，房间门被推开了。

文泉靠在门口，用犯困的眼神看着我和申也。

"出来看电视。"

可恶！这个该死的臭小子，都什么时候了，竟然还叫我们去看电视！？他没看到安息

那个丫头还半死不活地躺在床上吗？他怎么越来越没心没肺？

"文泉，"申也莫名其妙地望着文泉，"怎么了？是不是有什么重要消息？"

文泉没有说话，而是打了个呵欠，便转身走掉了。

晕！这个家伙还真是让我头疼！

但是直觉告诉我，他一定是发现了什么重要事情。

[20]

回到楼下，电视上正在播放昨天的重播新闻，镜头锁定在建安高级法院的大门前。

"半年前惊动一时的富商之子被蓄意撞死一案，前天出现了让人惊讶的变数。原本被判入狱十三年的十八岁少年佑正，因其

兄佑城主动自首，承认车祸是其所为，而被重判无罪，当庭释放。这一次之所以会改变半年前的判决，主要是因为目击证人的出现。据悉，此次出庭作证的目击证人正是死者又勋的前女友——羽沫小姐……事件的真凶佑城，昨天已经被转交建安监狱。据此次的法官陈先生……"

我惊讶得说不出话来，呆呆地望着电视机，动弹不得了。

[21]

"叮咚！"

突然响起来的门铃声，把已经呆掉的我和申也惊出了一身冷汗。

不过文泉看起来倒是十分镇定。

"你们想要见的人来了。"

汗！他在说什么？我们想要见的人？我好奇地盯着这个如同"巫师"一般的"可怕"家伙，并示意申也去开门。

"羽沫？"

申也的一声大喊又把我吓了一跳。

什么？羽沫？

我激动地连忙丢下手中的遥控器跑到了门口。

"羽沫，到底发生了什么事情？你去了哪里？佑城现在怎么样了？"

听我提到佑城的名字，羽沫的眼圈红了。她没有说话，而是沉默着低下了头。

"羽沫，快点说话啊！你怎么会失踪这么久呢？你们到底去了哪里？！为什么要去指控佑城？！到底发生了什么事情？！"

"你们准备一直不让她进门吗？"

文泉的一句话提醒了我，我这才控制住了激动的情绪，连忙把羽沫领进了屋子。

[22]

"羽沫，到底怎么回事？"

关上了门，我还是无法抑制心中的疑问，开口便问道。

羽沫缓缓地抬起头，用犹豫的眼神望着我，许久都没有说话。我发现她的眼睛一点点地湿润了，眼泪在眼圈里不停地打转——比落下来的泪水更让人心痛。

"言明先生……"过了好久，羽沫才终于用颤抖的声音说，"佑城哥不是坏人……请相信我……"

听到羽沫这样的话，我的心里既难过又内疚。

"傻瓜，我相信你。我知道佑城的事情，比你知道得都多！我知道他不是坏人！"

可能谁都没有想到我会这样评价从来看不上眼的佑城，大家都吃惊地望着我，申也甚至还发出了一声大叫。

"言明先生……你……"

羽沫的眼神中似乎还充满着感激，这更加让我无地自容。

"羽沫，告诉我，到底发生了什么事情？为什么会翻案？"

"你们都已经知道了吗？"

"当然！我们看了重播新闻！"

羽沫又一次难过地低下了头，用低沉伤感的声音说道："翻案是一定的……念念已经不在了，我的病也好了，佑城哥要做的事情都已经做完了，现在他又怎么忍心让自己的弟弟把生命浪费在监狱里呢？"

羽沫说得没错，凭佑城的性格，他是无论如何也不会让自己的弟弟受苦的。当初同意让弟弟替自己坐牢，无非是因为他还要把念念的病治好，同时，他也必须让疯掉的羽沫恢复。何况，如果自己进了监狱，弟弟一定会做出傻事的。现在，佑城该做的事情都完成了，再没有任何牵挂，所以让佑正重获自由便成为了他最后要做的事情。这样也好，他终于可以安心地睡一会儿了……

"那佑正呢？"我长舒了一口气，轻声地问道。

"他听从佑城哥的命令，准备重新出国读书。可能这个礼拜就会走了。"

"羽沫，那你接下来有什么打算？"

"打算……"羽沫轻轻地抬起头，呆呆地望着我，好像她自己从来没有想过这个问题一样。

她的眼神非常空洞，唯一充斥的就是迷茫。

"羽沫，"申也红着眼睛，关心地问，"你还打算回孤儿院吗？"

"孤儿院……"羽沫又一次机械地重复了一遍，"我想不会了……"

"那你要去哪里呢？"

"去哪里……又勋不在了，去哪里都是一样的……"

"羽沫……"申也的眼泪流了下来。

"不用为我担心。"羽沫振作了一下，轻轻地擦了擦眼角的泪水，"我不会再做傻事，也会好好地活下去。"

听到这话，我们所有人都松了一口气。

呼……不知道又勋听到这话后，会不会获得进天堂的力量，好让安息好起来……

[23]

"安息小姐好些了吗？"羽沫突然关心地问。

"呃……"申也有点为难，但还是安慰着说，"可能……好些了吧，她……正在楼上休息。"

"那我晚些时候再来看她吧。现在，我还有两件事情要做。"

"两件事情？"我和申也同时好奇地问道。

"嗯。"羽沫轻轻地点了点头，然后转身朝二楼走去。

奇怪，她要干什么呢？她还有什么事情要做呢？

我和申也好奇地跟在羽沫的身后，也往二楼走去。当然，这种事情从来都不会引起文泉的兴趣，就好像他这人没有一点好奇心一样。此时，他竟然还可以安静地靠在沙发上喝咖啡。

汗……

羽沫的脚步很轻，似乎害怕打扰到正在休息的安息。我在想，如果她知道又勋的灵魂正锁在安息的身体里，会是什么样的反应？然而安息说过，灵魂的事，是天堂的秘密，凡人是不能知道的。我和申也，还有文泉，作为人间的异类，只能遵守天堂的规则……

看到羽沫缓缓地从藏着又勋灵魂的房间走过，仿佛两个时空的生灵在同一时刻交错……

让人的心里有无限的感伤。

羽沫带着忧伤的表情来到了二楼最里面的储物间。她并不费力地推开了许久没有人碰过的这扇门。对于能如此轻易地推开门，羽沫有过一瞬间的好奇——她自己不会知道几个星期前，我曾经进来过这里，还搞坏了它的门锁。但马上，羽沫的注意力还是被屋子里面的物品所吸引了。她开始认真地寻找着什么。

对灰尘过敏的我捂着鼻子勉强地靠近了门口，好奇地观察着羽沫的一举一动。

申也却有点兴奋似的跑上前去，捡起了我们第一次进来时见到的那张落在地面上的、有佑城和恩恩合影的照片。

"还在这里！就是好多灰尘了！"申也挥着手里的照片，转过身给我看。

"咳咳！远一点！咳咳咳！"我被照片上飞起来的灰尘搞得咳嗽不止，抱怨地说。

然而，看到这张照片的羽沫却如获至宝一般，激动地抢了过去。

　　"就是它！"

　　"嗯？你要找的就是这张照片吗？怎么回事？"

　　羽沫的眼泪流了下来，紧紧地把照片搂在了自己的怀里："这是佑城哥和恩恩姐唯一的合影，只有两张，一张在恩恩姐那里，一张在佑城哥这儿。恩恩姐出事后，佑城哥本来想毁掉这张让他难过的照片的，但他最终还是舍不得，便把它锁在了储藏室里。"羽沫的眼泪已经布满了她小小的脸蛋，"现在，佑城哥唯一想要的东西就是这张照片，我必须把它带给佑城哥，必须……"

　　我的心猛烈地抽动了一下。不知不觉中，自己的眼圈竟然也红了。多险啊，差一点点，佑城就连最后一点可以慰藉的东西都没有了……

　　我想他当初想要烧掉这张照片的时候，一定是想要立刻随恋人而去……然而最后还是理性战胜了冲动。佑城没有死，而是坚强地活了下来。虽然他明明知道活着要比死去更痛苦。

　　"羽沫，你现在就要把这张照片送去给佑城吗？"申也关心地问。

　　"嗯。立刻就去。"

　　"我陪你去！"我有些哽咽，"我也很想见见佑城。"

　　羽沫看了我一眼，露出了欣慰的神情，用力地点了点头。

　　"申也，留下来照顾安息，我很快就回来。"

　　"好的！哦，对了！言明，你还是把手机开机吧！方便联系！"

　　"知道了！"

　　我一边急急忙忙地跟着羽沫离开，一边打开了手机，好像自从来到这个疗养院之后，为了防止明蓝的骚扰，我就再也没有打开过手机……

明蓝……

汗！现在可不是想她的时候！

我跟着羽沫离开了海滨别墅。

第二十三幕
消失

一切，都完美终结了。

·A ROAD WITH SAKURA·

[1]

拦了一辆顺路的车子，我和羽沫朝监狱出发了。

一路上，我们什么话都没有说。我一直在想，见到佑城后的第一句话该说些什么？可最终也没有想到答案……

也许什么都不说更好！如果实在气氛尴尬，我干脆就伸出手握住他的拳头……虽然这样有点土气……

车子已经不知不觉来到监狱门口，我和羽沫静静地下了车。

经过和看守人员的一番交涉，我们被带到了装着铁门的接待室。

我和羽沫怀着不同的心情，坐在接待室的木椅上。

我发现羽沫握着照片的手在微微颤抖，一路上都湿漉漉的大眼睛终于发出了微弱的光芒。

我的心里同样忐忑。我猜想，自己将要面对的，很可能已经不是那个脸上带着贵族一般高傲气质的心理医生了，而是一个穿着监狱服装，一脸愁容、神情绝望的罪犯。

我害怕这样的改变，也无法承受这样的事实。我说过，只有带着那张高傲神情的脸的佑城才是真的佑城。一旦高傲消失了，佑城也就不存在了……

度过了让我窒息的五分钟等待时间，接待室的铁门终于被推开了。我的呼吸也几乎在同一时刻停止了。

[2]

一步……两步……三步……

佑城终于在我的视线中出现了——那一瞬间，我几乎被佑城完美的笑容灼伤了眼睛！

我震惊得倒吸了一口凉气，开始定睛观察眼前的这个如同陌生人一般的佑城……

高挑的身材此刻显得越发挺拔了，如同白玉石一般的肤色虽然暴露了主人的虚弱，却也将如黑夜一般的双眸衬托得格外清亮——仿佛整个小屋子的光芒都来源于那两点。

他的确完美。而我，似乎也第一次有勇气正视他的完美。

这个低矮的屋子也没有办法掩饰他的光彩，即使他穿着狱服。

再艰苦的环境、再残酷的境遇都没有压倒过他，他脸上的高傲神色仍旧没有消失，让人欣慰。

佑城温柔地看了一眼羽沫，然后将目光停留在了我的身上。

"好久不见，许先生。"仍旧是过去那种足以激怒我的高傲语气，然而此时，我对他只有敬意。

我真诚地朝他点了点头："好久不见。"

"佑城哥。"羽沫用湿润的大眼睛望着佑城，"你要的东西我带来了。"

羽沫像托着宝贝一样，将照片递给了佑城。

看到照片的一瞬间，佑城变得激动起来，他幸福地看着照片，好像是看到了期待已久的爱人。他的目光是那样热烈，和平时的冷漠判若两人。过了好久，才又恢复了他一贯的镇定自若。

"谢谢你，羽沫。"佑城温柔地说。

"不……佑城哥，是我对不起你……"羽沫一看到佑城，就变得忧伤起来。

"这不关你的事，是我要你这样做的，我还要感谢你呢。"佑城安慰着羽沫，就像是一个体贴的大哥哥。

"佑城哥……"羽沫的眼泪还是忍不住流了下来。

"傻瓜，不要哭，佑城哥现在不知道多开心。"佑城的脸上浮现出幸福的笑容，"从来没有感到像现在一样轻松。我真的很满足。"

"……"羽沫难过得说不出话来。

"去了吗？"

"还没有……一会儿就去……"

嗯？他们在说哪里？我有点好奇，但又不好意思打断他们的对话。

"别忘了我跟你说过的。"

"嗯！"羽沫强作笑容，轻轻地点了点头，"佑城哥说过的话，我永远不会忘记。"

"那就好。"佑城又把视线转向了我，"许先生。"

我有点紧张，不知道说什么好。

"呃……叫我言明就行了！"

佑城笑了笑。

"虽然我直到现在都不明白你和你的朋友为什么会出现在这个事件中，但是我至少可以肯定，你们是出于好意。"

我不知如何回答。总之，只要佑城明白我们并不是想来捣乱的就好。

"以后，就要拜托你帮我照顾好羽沫了。非常感谢。"

"不用客气。我一定会照顾好她的。"

"佑城哥，你放心，我也会自己照顾好自己的，再不会做傻事了。而且，我还要等着佑城哥出来……一直等待……"羽沫坚定地说。

这句话让佑城颤抖了一下，他明亮的眼睛也似乎在这一瞬间蒙胧了一下。

"傻瓜……不用等我，过你自己的生活！"

"不！佑城哥！我一定会等你出来！你一定要在这里保重自己！即使一百年，我也会等你出来！照顾你一辈子！佑城哥！"

佑城不说话了。

沉默了一会儿，他突然抬起头朝我们微笑了一下，然后便和狱警离开了。

[3]

短暂的会面结束了。至于我都说了哪些无关痛痒的话，我已经记不住了。我感觉自己的脑袋一片空白，唯一记住的，就是佑城高傲的笑容。我希望它永远不会从佑城脸上消失。

[4]

羽沫说还有一件事情要做。我十分好奇，便一路陪着她。

大概经过了半个小时的车程，我们又一次来到了一个我再熟悉不过的地方——墓地。

我跟着羽沫来到了又勋的墓碑前。

让我奇怪的是，不知从什么时候开始，羽沫的脸上竟然挂上了淡淡的、温暖的笑容……

"又勋，终于能来看你了。真高兴，你的笑容还没有变，还是那么灿烂，像阳光一样……你知道吗？不管我有多难过，只要一看到你的笑容，就会变得开心……"羽沫说着，温柔地伸出手抚摸墓碑上又勋的照片，"又勋，这个星期我过得很愉快……"

羽沫突然哽咽了一声，但马上又平静下来，继续微笑着说道：

"真的非常愉快！真的……第一天晚上，佑城哥带我爬上了小教堂的屋顶。那可是我第一次爬那么高，开始的时候还很害怕呢……我看到星星在我们的头顶闪烁，美极了……佑城还帮我找到了属于我的双鱼座，它是那么美……我在想，你也一定是变成了星星，在天堂守护我吧。你说过会照顾我一辈子，就算死亡也不能把我们分开，我相信你会在某个地方看着我，就像我现在看着天上的星星一样。"羽沫的眼泪开始顺着眼角流了下来，不过她的脸上仍旧挂着让人感动的温暖笑容。

"又勋，你一定不会相信，第二天，我竟然和佑城哥去了布拉格……那是我第一次坐飞机，心里很害怕……不过当我看到窗外的云朵在我的脚下飞过的时候，我突然幸福地流下了眼泪……因为我在想，我的又勋一定已经变成了美丽的天使，就生活在这纯白色的云端吧……"

羽沫微笑着拭去了眼角的一滴泪，说道："我们来到了布拉格广场的许愿池边，我把一枚硬币丢进了池子中间，佑城说我的心愿一定能够实现……我默默祈祷，希望我的又勋在天堂生活得幸福……希望来生，我们还会在一个飘着雪花的季节相遇……又勋，我要告诉你……从今天开始，羽沫每天都会许下一个心愿，而且每个心愿都与你有关……所有……"

我不明白羽沫在说些什么，只是默默地站在旁边听。但即使什么都听不懂，我也能感受到羽沫对又勋的爱。

"接着，我们转机去了芬兰。虽然我们并没有看到北极光，但我却知道了世界上还有北极光这样美好的东西，就像是你给我的爱，不，你给我的爱比北极光还要美，还要温暖……"

"后来我们去了爱琴海……那是我做梦都想要和你一起去的地方……曾经有人说，爱琴海一定要和心爱的人一起来，才算来过。

可是你却不在我身边，我觉得好孤独。但是佑城哥告诉我，心爱的人不一定要在身边，只有在心里才是永远的陪伴。我突然明白，爱是没有距离的，不管是贫富贵贱，甚至是死亡都不能把我们分开，你在我心里，你就是我，我也是你，只要我活着，我就能感受到你的爱，就算是我死了，你也会在天堂等着我，我们还会在来生相见……"

"在欧洲的五天时间，佑城哥带我玩过了旋转木马、摩天轮……在夕阳下散步，在海边烛光晚餐……虽然你不在我身边，但是我却觉得我们从未分离。因为佑城让我明白了：爱情在心里，爱人就永远不会寂寞……"

"又勋，今天，我还有一个重要的礼物要送给你。"

羽沫停顿了一下："那就是我的微笑……"

说完，灿烂的笑容浮现在了她精致的脸蛋上，像一朵在雨后绽放的花，又像是天空中七色的彩虹，美得炫目，让人无法形容。

我默默地为他们的爱情而感动。

"羽沫……"虽然感动，但是我心中的疑惑还是无法压抑，"这是怎么回事？"

"是佑城哥，"羽沫微笑着转过头，用湿漉漉但却光亮的大眼睛望着我，"是佑城哥带我做了这一切，也是佑城哥让我把这些话说给又勋听的……我虽然不明白为什么要这样，但是我相信，我相信佑城哥让我所做的一切都是正确的……"

"羽沫……"我的眼圈不争气地红了。

"许先生，我现在也很快乐，"羽沫的笑容让人心醉，"好像感觉又勋就在我的身边……从来没有离开过……"

就在这时，我看到一束纯白色的光芒从我的面前飞过，冲向了天空。

我的心里猛烈地震动了起来。

那是什么……

手机铃声偏偏在这时响起。是申也的来电。

"言明，言明，幸好你开机了！告诉你一个好消息，安息好起来了！她好起来了！"

我的眼泪忍不住流了下来……

安息！我知道了！羽沫的微笑，就是我们一直在寻找的力量！

等着我！安息，我回来了。

[5]

回去的路上，我发现羽沫一直靠在车窗上望着天空，脸上挂着淡淡的微笑。

"羽沫，你怎么了？"我好奇地问道。

"嗯？"羽沫回过神来，转过头轻轻对我笑了笑，"言明，我好像感觉到又勋了……"

"感觉到又勋？"

"是的，我的心里暖暖的……这种暖暖的感觉过去只有又勋才能够让我感受到……所以我想，又勋一定就在我的身边……"

"嗯，对！不是说爱情在心里，爱人就在身边吗？看来说得没错。"

"是的。"

"羽沫，接下来怎么打算？"

"我……"羽沫犹豫了一下，但马上还是微笑着回答道，"好好地活着，为了又勋，也为了佑城哥……我在孤儿院学习的是护理，等将来佑城哥出狱了，我还要帮助佑城哥实现他的愿望，帮助先天性心脏病的孩子恢复健康呢……"

"哦！好像佑城的儿子……"我突然想到了这个让人并不是很愉快的话题。

"是的，"羽沫有点难过，"小念念就是死于先天性心脏病，他是医生，却救不了自己最爱的人……这个世界真是对佑城哥太残酷了……"

"没关系！"我试图安慰羽沫，"好人总会有好报的……等佑城出狱了，一切就会好起来了！"

"嗯！"

我和羽沫彼此会心地笑了笑。

就在这时，我的手机又响了起来。一个陌生号码出现在了屏幕上。

"请问，是许言明先生吗？"

"你是谁啊？"

"我是建安监狱死亡鉴定科，请你和羽沫小姐迅速来这里认尸……"

"什么？！"我一声惊叫，手机掉到了地上。

[6]

停尸房。

"怎么会这样？你们是干什么吃的？这里可是监狱！你们怎么能让一个犯人随便自杀？！我们才离开了两个小时就发生这种事情！你们都是吃白饭的吗？！难道有人自杀你们都不知道？他怎么会有自杀工具呢？你们这些家伙倒是说话啊！"我已经无法控制自己的情绪了，抓住身边一个穿着狱警服装的年轻人大吼了起来。

可恶！全都是浑蛋！怎么能让佑城就这么白白死了？不应该这样！绝对不可以这样！

"先生！请镇定点！法医说犯人是服毒自杀的！"

"服毒？"我更加愤怒了，"你们竟然让犯人身上带着毒药？

你们的检查人员是白痴吗？！"

"不不不！不是的，先生！"狱警被我的恐怖眼神吓得发起了抖。可恶！我也不知道自己为什么会这样激动。总之，我不希望佑城死！非常不希望！

"到底是怎么回事？"

"先生！犯人是刚刚吞掉照片自杀的！"

"吞掉照片？什么照片？"

我吃惊地瞪大了眼睛。

"这……"狱警有些为难。我可真是蠢！照片都已经被吞掉了，一个小小的狱警又怎么会知道是什么照片呢？！

"是佑城哥和恩恩姐的合影，对吗……"一直默默地面对着佑城的尸体一句话都没有说的羽沫突然转过身，用平静得让人窒息的语气说道。

从我们进来的那一刻起，羽沫连一滴眼泪都没有掉过，只是远远地望着佑城的尸体微笑……

那种笑容简直让人心如刀绞。我想如果此时羽沫悲痛欲绝地趴在佑城的身上大哭的话，也许不会像现在这样让人心里难受。

"是的。"这时，一直默默地低着头没有说话的监狱长终于开了口，"就是那张你们为他送过来的照片。"

"怎么会这样？"我吃惊得咆哮了起来，"一张照片怎么会要了他的命？"

"照片上涂有剧毒，化验表明，毒素已经在照片上覆盖了很长时间，已经渗入了照片的每一根纤维……看来犯人早就想好了要死……"

我们所有人都被惊呆了，震惊得说不出话来。

多么完美的死亡计划啊……原来佑城从一开始就已经准备好了这场完美的谢幕……

羽沫久久地僵立在那里，头重重地低了下去。我所能看到只有她微微颤抖的背影。

我在想，幸好安息没有在这里，否则天使的眼泪一定会将我们所有人淹没……

"请问，您是羽沫小姐吗？"

监狱长走到了羽沫的背后，轻轻地拍了拍她的肩膀。

羽沫勉强支撑着抬起头来——那双因为强忍住眼泪而红得像血一样的眼睛，让我的心里猛烈地震动了一下。

"你好，犯人临死前留下了一样东西，说是要交给一个叫羽沫的女孩子。"监狱长一边说，一边从袋里取出了一个小塑料袋。

透过干净透明的塑料包装，我和羽沫清楚地看到了里面的东西——那是一个折射着美妙太阳光的金属瓶子……

那一刻，我的眼泪也忍不住地落了下来。

许言明！最后一次！除了此时此刻，今后，请不要再流泪……

然而羽沫的眼泪也在那一刻决了堤，一发不可收拾。

[7]

"上个星期也有一个小伙子来这里找东西。那孩子可真了不起，这么深的峡谷，都没有犹豫就下去了……那个小伙子长得可真好看……"

[8]

羽沫，你总是说，遇到我是你这一生最幸福的事情，说是我给你的生命带来了阳光……

其实你不知道，真正让我的心明亮起来的，是你……

我想我上辈子一定是做了天大的好事，这辈子上天才让我遇

到了你。所以，从今天开始，我生命中的所有时光都要与你一同度过，哪怕只是默默地手拉手站在一起，一句话都不说，

我也会觉得很充实。如果上天还能给我更多的恩赐，我希望能把自己所有的时间都送给你，陪你度过人生中所有美妙的时刻。所有女孩子喜欢的事情，我都要陪你做，让你成为全世界最幸福的公主！

我要和你一起坐在屋顶，在仲夏夜的星空里，寻找属于你的双鱼座。

我要带你去布拉格广场的许愿池，许下你闪亮的心愿，即使它与我无关。

我要陪你在冰天雪地的芬兰，等待北极光的出现，就算那天我正在感冒，很疲倦。

我要约你在爱琴海的岸边烛光晚餐，亲手下厨做你最喜欢的番茄蛋饭，只要你喜欢。

我要和你拍很多很多的大头贴，然后把你的照片贴在我的手机上，每隔一分钟就翻开一次。

我要陪你一起玩旋转木马，坐摩天轮。

……

总之，所有你们女孩子喜欢而我们男孩子不以为然的小游戏，我都要陪你玩过……

冬天来了，我要用温暖的手掌融化你冰棒一样的小脚。

夏天到了，我要用单薄的身影为你遮挡火热的太阳……

你生病的时候，我一定要陪在你的身边，用调皮的小把戏哄你吃药，让你忘记痛苦。

你难过的时候，我一定要把你搂在怀里，让你放声地大哭一场，把所有的忧伤都丢在我的身上。

每一个生日，我都要和你一起度过，然后许下同一个愿望——希望彼此永不分离。

每一个周末，我都要陪你逛超市，推着购物车在零食区大笑着奔跑，买你最喜欢的巧克力和太妃糖。

每一个早晨，我都要把早餐放在你的桌上，然后用我的嘴唇，轻轻地将你吻醒，对你说一声"早安"。

每一个黄昏，我都要拉着你的手在夕阳下"流浪"，把自己小时候的所有故事都讲给你听，让你依偎在我的肩上……

我多希望这所有的一切都能让我陪着你一一实现，即使我没能做到，我也真心地希望会有别人代替我完成所有的心愿，让我的羽沫成为世界上最最幸福的女孩子。

羽沫，我常常在想，这辈子一定要送一个最好的礼物给你——我想这个礼物我已经找到了，那就是我自己。

如果你真心地接受了这份礼物，那我也想找你要一份礼物——那就是羽沫的微笑。

即使有一天我死了，在去往天堂的路上，我希望同样看得到羽沫的微笑。

只有你的微笑，才能让我相信天堂是美好的……

你永远的又勋

[9]

羽沫的眼泪一滴滴地落在她手心里捧着的"愿望瓶"上。我隐隐约约在羽沫悲伤的神情中找到了更多的安慰和幸福。

而我呢，此时此刻，已经再也说不出话了——除了感动和震撼，我不知道还有什么词语可以形容我此刻的心情。

为了又勋，为了佑城，为了羽沫，为了爱情……我深陷在一场残酷却华丽的感动中，无法自拔……

[10]

窗外的天空不知从什么时候起，已经下起了濛濛细雨。我猜想，去往天堂路上的又勋可能真的看到了几秒钟前，人世间发生的一切。我想他一定是感动得哭了，所以才会有这场温柔小雨的突然降临。

虽然再过一会儿，又勋就要忘记人世间的一切，忘记曾经爱过的羽沫，忘记他们曾经有过的爱情……但是此刻，又勋一定是欣慰的、满足的。也许哭过之后，他会在天堂的门口回首微笑，感谢自己所拥有过的一切。

一切，都完美终结了。

尾声
粉红之远

他说，终有一天，我们会再次相遇……
·A ROAD WITH SAKURA·

[1]

"安息，你一定要走吗？可不可以留下来？我们都很舍不得你啊！"

"喂！"我凶巴巴地敲了敲申也的脑袋，"你自己舍不得人家不要拖我们下水！我可巴不得那个'自称天使的魔鬼'快点从我的面前消失呢！还有文泉也一定是一样！啊，文泉那小子呢？"

"他睡觉去了！我已经在他的房门前砸了半个小时了，也没有反应。"申也无奈地说。

"你看看！"我朝安息撇了撇嘴，"人家连见都不想见你了！哈哈！"

"许言明！"安息气呼呼地跳到了我的面前，红着脸大叫，"你这个没有人性的家伙！你这个坏蛋！死了以后一定上不了天堂！"

"不要人家说了两句实话你就激动成这个样子！你这个天使可真是太没有气度了！"

"讨厌！你竟然还我说没有气度？！"

"好啦好啦！你们不要总是吵架好不好？头疼！"

"喂！别偷我的口头禅！"我和安息同时朝申也喊道。

就在这时，安息的背后爆发出了一股巨大的能量，那对粉红色的天使之羽瞬间将我们整个房间撑得满满的，如同进入到了一个粉红色的天堂，周围的一切都变得美妙而虚幻……

真想不到安息的翅膀这么快就现形了。是天堂的召唤吗？还是我刚刚的话真的让她生气了？

突然，我的心里生出了一点不安和内疚。

"喂，我随便说说的！其实你也没有那么差劲！即使不能算作合格的天使，但至少不能说是魔鬼啦！好啦，别生气啦！不用这么急着溜走！你可是一向都很厚脸皮的！"

安息"扑哧"一声笑了出来。

"讨厌啦！谁说我是要溜走？是人家真的要走了！"安息突然失落了，"呃……没想到，这么快……我自己都有点不习惯呢……"

别说安息了，就连我自己都很难适应……

我已经习惯了有安息"烦"我的日子，真不知道还能不能再去习惯回到过去的那种生活……

"言明、申也，还有正在睡觉的文泉，你们也要帮我转告他！安息很喜欢和你们在一起，很高兴认识你们……如果还有机会的话，我希望还可以见到你们……我爱你们……"

安息的泪水顺着脸颊流了下来，然而，她的笑容仍旧是那么甜蜜。

"傻丫头！快走吧！"我强忍着没哭，不想让安息看到我的眼泪。

"安息！我会想你的！"申也哭着抱住了安息，两个人哭作了一团。

天空突然下起了大雨，雷电开始在我们的屋顶疯狂大作——就和安息来的时候一样。

这时，天空裂开了一个巨大的缺口，而且正在一点点地合拢。

"言明、申也，我要走了！"安息望着天空的裂口，难过地说。

"快走吧！傻瓜！"

虽然我的心里很不希望安息离开，但我必须这样说。

天堂才是天使的家。

巨大的翅膀又开始猛烈扇动，周围绚丽的光彩和闪烁的粉红色光电，炫目得让人心动。

安息回过头痴痴地望着我们，我好像看到她的眼睛中有亮亮的东西，她好像有什么话要对我说。

我突然间有种欲望想要留下她，可是又不知道要怎么留，腿也好像僵住了一样。安息最后把目光定格在我身上，然后对我绽放出一个灿烂无比的笑容，然后挥舞着翅膀从窗口飞了出去，一直飞向了遥远的天空。

[2]

一切都消失了，周围的一切恢复如常。我又找到了从前的我，一种无法言喻的失落感侵袭着我的心头。

我和申也没有说话，只是静静地站在原地，感受着周围的一切。

算了，一切都已经结束了。结束了就让它结束吧！即使不舍，也必须放手，何况这是一个让人欣慰的结局。我没有伤感的理由。

我轻轻叹了口气，撇了撇嘴——算是送给自己的微笑，然后转身离开了窗子。

"许言明！"

汗！

我被吓得一个激灵，激动地转过了身。

"啊？有没有搞错？你怎么又回来了？！"

我按捺住自己的激动，吃惊地望着站在我面前窗子上的安息。

翅膀还在她的身后不停扇动，美妙的粉红光彩仍旧在她的周围荡漾。

我偷偷地瞄了一眼天空上的缺口——似乎就要合上了。我有点担心，又有点暗自庆幸。

担心是怕缺口一旦合上了，安息就会回不去了；庆幸的也是缺口一旦合上了，也许安息就能够永远留在我的身边了……

不！许言明，别这样想。

安息是天使，她并不是你的专属天使，她属于所有需要她的人。

天使必须回到天堂。

"言明，你还有件事情没有跟我说清楚！"

"嗯？什么事情？"我一头雾水。

"你还记得我昏迷的时候吗？你说在我的脸上发现了一个秘密！嘿嘿！那到底是什么秘密呢？"安息的脸上写满了期待。

嗯？她在说什么？

哈！我想起来了，那次安息为了救又勋陷入了昏迷之中，她虚弱地躺在床上的那个时候，我的确在她的脸上发现了一个秘密……

还真是一个好奇的天使啊！为了这么一个问题都要飞回来一次。

嗯？不过奇怪了，那天她明明已经昏迷了，怎么还会听到我说的这句话呢？

"喂！你这个小丫头！竟然装昏迷偷听我讲话！真的很差劲啊你！"

"喊！谁说我偷听啦？谁说我昏迷啦？我只是没有力气睁眼睛、没有力气说话而已！不过你说什么我可是听得一清二楚啊！快点，快点告诉我！"

"哈！我为什么要告诉你？不说又怎么样？"

"讨厌，该死的许言明！快点说啊！没有时间啦！"

"就是不说！"

"拜托！说啦！求求你！"

"我看你还是死了心吧！我是绝对不会告诉你这个秘密的！你还是快点回去吧！否则就回不去啦！"

安息焦急地望着天空渐渐缩小的缺口，几次想要飞走，可是又不甘心就这样莫名其妙地飞回去，急得小脸通红。

我暗自窃笑。

"好了啦！傻瓜！我答应你，等你下次来的时候，我一定会告诉你！"

安息笑了，笑得很好看。她似乎听出了我的弦外之音，明白我是希望能够再见到她……

我的脸竟然也红了起来。

"该死！快点走吧！快点！"

安息还在笑，傻傻地看着我笑。

就在天上的缺口即将合上的一瞬间，安息猛地扇动起翅膀，像一只鸟一样，飞上了天堂。

再见，我的天使。

完